Grâce à un programme d'aide à la traduction du Conseil des Arts, il est enfin devenu possible de faire connaître au Québec les œuvres marquantes d'auteurs canadiens-anglais connues souvent dans tous les pays de langue anglaise, mais ignorées dans les pays de langue française parce qu'elles n'avaient jamais été traduites.

Ce même programme va permettre aux oeuvres marquantes de nos écrivains d'être traduites en anglais.

La Collection des Deux Solitudes a donc pour but de faire connaître, en français, les ouvrages les plus importants de la littérature canadienne-anglaise de ces dernières années.

UN HOMME DE WEEK-END

RICHARD B. WRIGHT

UN HOMME DE
WEEK-END

Roman

Traduit de l'anglais par

JEAN PARÉ

PIERRE TISSEYRE

8955 boulevard Saint-Laurent — Montréal, H2N 1M6

Dépôt légal : 4ème trimestre de 1977
Bibliothèque nationale du Québec

L'édition originale en langue anglaise
de cet ouvrage a été publiée
pour la première fois par
MacMillan, à Toronto en 1970

© Copyright Richard B. Wright, 1970

La traduction de cet ouvrage
a été subventionnée
par le Conseil des Arts du Canada

Première partie

Chapitre un

Aujourd'hui, il y avait trois messages sur mon bureau quand je suis rentré de ma promenade habituelle au Centre commercial, après le lunch. Trois petits billets jaunes, de forme rectangulaire, avec la mention : « On vous a téléphoné pendant votre absence. » Quand j'ai commencé à travailler ici, en septembre, le directeur des ventes, Sydney Calhoun, a mis sur mon bureau plusieurs paquets de ces aide-mémoire, avec un épais bloc-notes, un dictionnaire, le *Trésor des citations*, broché, et un stylo à bille bleu portant gravée l'inscription suivante : *L'éducation est l'affaire de tout le monde*. La secrétaire du service des ventes, madame Gerta Bruner, a rempli les trois formules et les a initialées de sa griffe sèche et décidée.

Le premier message est de Sydney Calhoun. Il m'a manqué de trois minutes, à midi trois. Sans doute voulait-il luncher avec moi pour parler affaires : il ne me demande pas de le rappeler.

Le deuxième est de ma femme Molly. Elle a téléphoné à midi vingt-quatre, au moment où je commandais le plat du jour au comptoir de Wool-

9

worth's, au Centre commercial d'Union Plaza. Molly veut probablement savoir si j'ai pris une décision en ce qui nous concerne. Elle aimerait que je la rappelle au cours de l'après-midi.

Le dernier message est de Harold Pendle. Harold enseigne l'anglais au high-school d'Union Place. Il rêve d'écrire une grammaire et me téléphone tous les trois ou quatre jours, pour voir si le projet est toujours faisable, comme il dit. Je ne manque jamais de l'assurer que oui. Selon madame Bruner, Harold a téléphoné à midi quarante-deux et veut que je le rappelle. J'essaierai d'y penser avant de quitter le bureau.

Ces temps-ci, je gagne ma vie comme représentant aux Éditions Winchester, une filiale de Fairfax Press, le grand éditeur de Londres et de New York. Vous en avez sans doute entendu parler, même si vous ignorez l'existence d'une filiale canadienne. Nous vendons surtout des manuels, mais nous avons également un excellent choix d'atlas, de pupitres, de globes terrestres, de mappemondes, de diapositives, de diascopes, de questionnaires, de règles à calculer Relex et de cours de langues étrangères sur bandes magnétiques.

Je travaille dans un bâtiment long et bas en blocs de béton, situé Britannia Road, Union Place, Ontario. La bâtisse est toute neuve et peinte d'un joli vert pomme. L'intérieur est propre et rangé comme une clinique. Comme dit le directeur technique, Fred Curry, dans sa circulaire mensuelle, nous devons tous coopérer pour faire de Winchester House un endroit agréable où effectuer notre travail. C'est plein de bon sens. Mon bureau à moi est un modèle d'ordre, le paradis des bonnes habitudes.

Pour l'instant, j'aime bien mon travail, et j'aime vivre à Union Place. Union Place est une grande banlieue qui s'étend à l'est de Toronto, du bord du lac jusqu'à l'autoroute Macdonald-Cartier au nord. Le modèle est conforme : comme toutes les grandes cités contemporaines, c'est une plaine agricole scellée sous le béton, semée de pavillons de brique tout pimpants, de petites fabriques et de bureaux, de stations-service et de centres commerciaux, le tout postérieur à 1950. Il y a quelques années, on a refait le zonage, et trois ou quatre douzaines de grandes tours d'habitation montent à l'assaut du ciel. On en construit d'autres et je passe souvent mon heure de lunch à regarder les ouvriers ramper à quatre pattes sur les poutres de celle que l'on érige à l'angle des avenues Mirablee et Napier. Moi-même, je vis au dix-huitième étage d'une de ces boîtes verticales, Union Terrace, à six rues de Winchester House.

J'ai beaucoup de chance de vivre si près de mon travail, ce qui est très rare aujourd'hui. On pourrait en déduire que j'ai une vie très ordonnée, mais rien n'est plus loin de la vérité. En réalité, je vis actuellement dans un grand état de confusion, et les coups de téléphone de ma femme en témoignent. J'en ai reçu toute une bordée récemment, tant chez moi qu'ici au bureau (où je soupçonne madame Bruner d'épier mes conversations). Molly est véritablement hors d'elle-même et il serait difficile de l'en blâmer. Elle a horreur des situations troubles et c'est un miracle qu'elle ait enduré la nôtre aussi longtemps.

Nous sommes en décembre, à quelques jours de Noël. Assis, je me regarde tambouriner des doigts sur la table de chrome et de contre-plaqué. Normalement, je devrais être dans quelque école à vanter notre nouveau projecteur Télévisor-40. Si vous achetez un de ces remarquables appareils, nous vous donnerons en prime notre atlas de l'Afrique orientale, édition

11

revue et corrigée. Depuis septembre, j'ai vendu quatre Télévisor-40.

Mes collègues visitent des écoles cet après-midi. Même Sydney fait sa tournée. Ma fenêtre donne sur le parking à côté du building et je l'ai vu monter dans sa voiture il y a dix minutes. Pour ma part, je reste ici, un peu perdu, indécis à dire le vrai, à penser à Molly et à mon fils Andrew, pendant que de l'autre côté du mur, madame Bruner remue son service à thé. Dans un instant, elle va entrer m'en offrir.

Quand je reste au bureau, comme aujourd'hui, madame Bruner m'apporte une tasse de thé et des biscuits à trois heures moins dix. Elle dépose cette collation sur mon bureau, le sourcil légèrement froncé, toute au fait que je ne sois pas au boulot comme mes collègues. Madame Bruner déteste les fainéants. Je la scrute du coin de l'œil. Elle est bien, aujourd'hui : blonde, élancée, les seins lourds dans son chemisier empesé, avec une jupe grise bien tendue sur son beau derrière dodu, madame Bruner ressemble à la maîtresse de James Mason dans un film que j'ai vu sur la chute de Berlin. Dans le temps, elle a dû escalader les Alpes en gros brodequins et en culotte de cuir, en chantant quelque air du Vaterland. Dans les actualités filmées du temps d'Hitler, il y avait toujours des images de petits Hans et de petites Gertas scandant des chansons de marche dans les montagnes d'Autriche. Peut-être madame Bruner en était-elle. Comme elle se penche sur mon bureau, je vois une veine battre dans son long cou tendu. Servir le thé et les petits-beurre aux vendeurs, c'est le pire moment de sa journée. Elle n'est pas venue au Canada pour jouer les domestiques. Cela bouscule son échelle des valeurs. Madame Bruner suit des cours du soir à l'université York : quand elle aura accumulé assez de crédits pour obtenir son baccalauréat, elle se débarrassera de cette corvée par une simple note à Sydney Calhoun. Et nous, les représentants, nous remplirons nos tasses tout seuls.

Les biscuits changent chaque semaine, selon le régime de madame Bruner. Nous lui donnons chacun cinquante cents, et elle les achète à la boulangerie Bake-Rite, au Centre commercial. Je l'ai observée à l'heure du lunch. Elle choisit le plus souvent des biscuits de régime au son, quoique cette semaine elle ait acheté des «tartelettes aux cerises», des espèces de petites choses tarabiscotées, en pâte de chocolat qui fait des miettes, et garnies de confiture de cerises. C'est probablement à l'occasion de Noël. Eh bien! trois hourras pour Noël.

Madame Bruner a balayé mon bureau d'un œil gris et glacé, comme le pinceau d'un projecteur. Il est inutile de faire semblant de travailler quand elle vient dans mon bureau. Il ne sert à rien de remuer des paperasses, de faire l'affairé, si habile que je sois à ce genre de simagrées. Je ne peux pas cacher grand-chose à madame Bruner. Elle sait d'un coup d'œil quand je paresse. Rien à faire. Néanmoins, je ne crains pas tellement qu'elle bavarde. Elle se contentera de me punir par son silence hostile et gardera tout pour elle.

Je regrette que madame Bruner ne m'aime pas. Cela m'intrigue car, tout compte fait, je serais plutôt du genre sympathique. La plupart des gens que je rencontre éprouvent de la sympathie pour moi et, sans le dire ouvertement, me laissent comprendre que je suis correct. Je suis calme, poli, et je sais écouter. J'ai pour principe de ne jamais offenser les gens ni manifester mon désaccord. D'ailleurs, comme je n'ai généralement d'opinion sur rien, j'évite facilement les disputes, sauf avec ma femme. La plupart du temps, je suis seul. Je n'ai guère d'amis et je n'en cherche pas. Je suis ce genre d'homme dont les logeuses se souviennent comme «du gentil monsieur du fond». J'ai d'ailleurs habité beaucoup de «chambres du fond»...

Outre madame Bruner, je ne connais que deux personnes qui me détestent : un de mes collègues de Winchester House, et la mère de ma femme.

Le père de ma femme, en revanche, a de l'affection pour moi et n'aimerait rien tant que de passer plus de temps en ma compagnie. Il trouve que je suis un drôle d'oiseau et voudrait bien me réformer. Il s'appelle Bert Sinclair et il est agent de relations publiques à la Boulder Corporation. Il passe son temps à me tenir de petits sermons et à m'inciter à «me trouver». Il est convaincu que je suis perdu. Ces conversations ont généralement lieu chez moi, le samedi matin. Nous nous installons dans le living, devant un café. Bert s'assoit sur le rebord du fauteuil d'osier, met sa grosse main tachée de roux sur mon genou et me dit des choses comme ceci : «Écoute, Wes. Tout jeune homme qui vaut son pain doit fouiller les recoins sombres de sa vie. Il doit explorer un certain nombre d'avenues avant de se fixer. Certains des plus grands hommes de notre civilisation sont passés par là. C'est naturel, normal. Mais vient un temps où il faut savoir se tenir debout et se dire : voici ma voie. Ça prend du courage, mais il faut le faire si on veut arriver à quelque chose.» Tout cela, bien sûr, vient en droite ligne d'un de ses vieux discours à la Société des Shriners. Pendant des années, Bert a été «Grand Sultan» ou quelque chose de ce genre. Mais ça ne me barbe pas trop. Bert est un type bien qui s'intéresse à ce que je fais de ma vie. De temps à autre, il m'envoie des coupures du *Reader's Digest*. J'en ai lu une hier soir qui s'intitule : «Ne perdons pas l'espoir.» C'est l'histoire d'un certain Clyde R. Wheeler, de Tulsa, en Oklahoma. Il est directeur des ventes d'une société pétrolière là-bas. Il joue au golf, plus près de quatre-vingt dix que

14

de cent, et exerce la fonction d'ancien au temple presbytérien de River Heights. Et après, vous demandez-vous ? Eh bien ! Clyde R. Wheeler, voyez-vous, n'a ni bras ni jambes et doit se débrouiller avec des membres artificiels. Il a eu un accident de la route il y a vingt ans, alors qu'il n'était que voyageur de commerce, comme moi. Il était en morceaux, et brûlé ; il a fallu des années pour lui faire toutes ses greffes de peau et lui ajuster ses prothèses. Mais dans son épreuve il a gardé la foi et même, selon sa femme Daisy, le sourire. Qu'un homme sans bras, sans jambes et brûlé comme un tison puisse garder le sourire, cela me dépasse. Le cas est intéressant, et je souhaite bien de la chance à Clyde R. Wheeler, même si le récit ne m'a pas exalté comme Bert l'aurait aimé. En fait, il m'a laissé sur ma faim, ce que je vais me garder de lui dire. La prochaine fois que nous nous parlerons au téléphone ou que nous prendrons le café ensemble, je le remercierai de l'article et je lui dirai qu'il m'a fait penser à mon avenir. Bert est un « homme de week-end » et cela lui fera plaisir. Les gens comme lui sont toujours heureux d'entendre ce genre de propos. Qu'est-ce qu'un homme de week-end, vous demandez-vous ? Un homme de week-end est un homme qui préfère le passé ou l'avenir au présent. Qui s'intéresse davantage à ce qui lui est arrivé il y a vingt ans ou à ce qui lui arrivera la semaine prochaine qu'à ce qui lui arrive aujourd'hui. Pour dire le vrai, le présent ne nous apporte pas grand-chose. Il faut l'admettre. Sauf peut-être aux pilotes d'essai ou aux stars de cinéma. Mais pour nous, la vie sera aussi terne demain qu'aujourd'hui. Les choses pourraient être pires. C'est certainement mieux que de combattre des tigres préhistoriques devant sa caverne. Mais nous, les hommes de week-end, nous sommes incapables d'en rester là. À la première occasion, nous cherchons une diversion. Par diversion, j'entends tout ce qui nous arrache au

15

présent ordinaire. Quelquefois, nous nous réfugions dans notre propre passé. Cela empire avec l'âge. Ainsi, je n'ai que trente ans, mais il m'arrive de secouer la tête une douzaine de fois dans la journée pour me retenir de m'enfoncer dans mon passé. Il n'y aurait guère de mal à se réfugier dans le passé si on ne s'enfonçait pas en même temps dans la nostalgie. Et la nostalgie, plus souvent qu'autrement, nous laisse dans un état encore plus misérable.

On peut aussi se réfugier dans l'avenir, c'est-à-dire river le regard sur quelque chose qui doit nous arriver, par exemple, vendredi soir ou le 23 juillet prochain. Tout cela serait très bien, sauf que les choses n'arrivent jamais comme on les avait imaginées : en fait, on risque fort d'être désappointé. Et cela peut vous jeter dans le désespoir le plus profond. Un homme de week-end n'apprend jamais à supporter l'ironie du sort. Ou il regarde derrière lui et souffre amèrement de ce qu'il croit avoir perdu, ou il a les yeux sur l'horizon et est toujours déçu. Que faire ? Chacun doit trouver sa réponse. Pour ma part je me laisse dériver, en espérant que chaque jour apportera ses diversions apaisantes, quoique la plupart du temps, je m'agrippe en grinçant des dents.

Chapitre deux

Je travaille aux Éditions Winchester depuis la rentrée des classes, plus précisément le mardi suivant la fête du Travail. Sydney dit que j'apprends vite; ce qui signifie, j'imagine, qu'il aimerait me voir un peu plus combatif. Il ne me le dira pas ouvertement, toutefois, parce qu'il a appris dans un séminaire, le mois dernier, que l'âge du baratin est fini. C'est une chose que j'entends dire moi aussi depuis des années, mais je n'en crois rien. Je pense au contraire que l'âge d'or de la publicité tapageuse ne fait que commencer.

Mon travail n'est pas difficile. Il est assez varié pour que la journée passe vite. On me fournit une voiture, une petite Dodge Dart carrée, de couleur marron. Cette voiture me donne de très grandes joies. Je n'avais jamais conduit, encore moins possédé de voiture et, même louée, ma Dart, avec une place à mon nom dans le parking, a l'air d'être à moi. J'aime bien ses lignes sobres, le moteur six cylindres, et je ne lésine pas sur l'entretien; j'exige du mécanicien qu'il n'utilise que du carburant et des lubrifiants recommandés par le fabricant. Malgré tout, j'avoue que l'attrait de la nouveauté commence à se dissiper ; d'ailleurs, quand j'y pense trop, cela me donne le cafard.

Je le répète, mon travail n'est pas tellement difficile. Il consiste à visiter des écoles (j'en ai quatre-vingt-deux sur ma liste) et les instituteurs, principalement les chefs de service. Ma tâche est de les persuader d'acheter ou de recommander nos livres et notre matériel. Mais je ne baratine pas beaucoup : je me contente généralement de causer quelques instants avec eux, dans leur bureau ou dans la salle des profs — du bavardage agréable. J'essaie de compatir à leurs difficultés. Avant de partir, je promets de leur envoyer un échantillon de ce qui les intéresse, si ça n'est pas trop cher. Même dans ce cas, il m'arrive d'en envoyer si mon interlocuteur semble très intéressé. Je ne parle guère des livres ou du matériel. Je trouve les manuels ennuyeux : même les anthologies de poésie ou de nouvelles me semblent difficiles et je n'ai jamais pu convaincre personne du contraire. D'ailleurs, s'il m'arrivait de trouver un livre intéressant, je ne le dirais pas. J'ai remarqué que les enseignants n'aiment pas écouter des voyageurs de commerce leur parler de *leur* discipline.

Un soir, quelques semaines après mon arrivée, j'ai commencé à lire avec beaucoup d'intérêt un manuel de biologie assez avancé, intitulé *Le Cycle de la vie*. Il s'agit d'un grand livre attrayant, imprimé sur papier glacé, et qui contient des centaines de planches représentant des plantes et des animaux. J'étais de passage dans une petite ville ontarienne et ce soir-là, dans ma chambre de motel, je lus plusieurs chapitres du *Cycle de la vie*. Le lendemain matin, je me présentai au high-school du lieu pour rencontrer le responsable du cours de biologie. Je le trouvai dans sa classe : c'était un jeune homme blond vêtu d'une blouse blanche et empesée qui bruissait à chaque mouvement. Il me rappelait Richard Chamberlain, le jeune acteur qui jouait le docteur Kildare à la télévision. Par chance, il avait une heure libre et m'invita à prendre le café. Je n'aurais pu l'imaginer plus cordial. Assis dans la classe déserte à regarder la poussière danser dans les rayons du soleil d'automne que laissaient pénétrer les hautes fenêtres, nous sirotions notre Nescafé dans des verres de carton en parlant de tout et de rien, y compris de la saison de hockey qui commençait et des chances des Maple Leafs de Toronto. Mais quand j'abordai la question du *Cycle de la vie*, il ne tint plus en place et se mit à frotter ses lunettes d'écaille avec un chiffon. J'aurais dû en rester là, mais je continuai à argumenter ; lui se renversa dans son fauteuil et posa ses pieds sur son bureau. Nous fûmes tous les deux fort soulagés d'entendre la cloche.

Plus tard, assis dans ma Dart dans le terrain de stationnement, j'analysai la conversation du mieux que je pus pour en venir à la conclusion que j'avais gâché une belle rencontre en m'étendant sur le livre. Je retins la leçon. Il vaut mieux pour tout le monde se faire précéder d'un exemplaire du manuel et laisser le client le lire d'abord. Une ou deux fois, Sydney m'a conseillé, dans des mémos écrits de sa main, de ne pas me montrer trop généreux, mais le ton était cordial.

Harry Ingram, notre président, est à New York aujourd'hui. Harry a quelques années seulement de plus que moi. C'est un homme aimable, vif, qui crépite d'influx nerveux. Le matin, de ma fenêtre, je le regarde descendre de sa Buick et traverser le parking. Il a le pas élastique d'un poids mi-moyen, et la désinvolture avec laquelle il balance sa mallette brune me plaît bien.

Harry était directeur des ventes d'une vieille maison d'édition quand on l'appela de New York un samedi matin. Le lendemain il sautait dans l'avion pour avoir, selon son expression, «une conversation au

sommet avec les grosses légumes de Fairfax». Une
semaine plus tard, dramatiquement, il quittait son
emploi et créait les Éditions Winchester. Il m'a raconté
tout cela lors de ma seule et unique visite à son
bureau : Sydney m'avait envoyé le voir censément
pour une entrevue, mais Harry, bizarrement, ne me
posa que quelques questions et m'entretint plutôt des
grands moments de son existence à lui. C'était
intéressant et, comme je l'ai déjà dit, je sais écouter.

Le personnel des Éditions Winchester n'est pas
très nombreux ; il est formé en grande partie de jeunes
filles toujours assises devant des machines comptables, au Service des commandes et de la comptabilité,
à l'autre bout de la bâtisse. On y trouve aussi un
service de réception et d'expéditions. Je traverse souvent cette zone en me rendant à ma voiture. Les hommes qui travaillent là semblent s'amuser plus que
nous. Ils sont toujours en train de rigoler ou de faire
mine de s'attraper le sexe à pleines mains en circulant
entre les hautes piles de livres et d'atlas.

À notre bout du building se trouvent les ventes, la
publicité et la rédaction. Je ne connais pas très bien les
gens de la publicité et de la rédaction, bien qu'il m'arrive
parfois de passer un moment avec le directeur litté-
raire, Cecil White, quand je le rencontre dans le hall
ou aux toilettes. Cecil est un grand homme anguleux,
dans la quarantaine avancée. Il a le visage jaunâtre et
des yeux d'épagneul. Il semble souffrir d'emphysème
au dernier degré, mais n'en fume pas moins plusieurs
douzaines de cigarettes américaines par jour. Je
l'entends d'ailleurs en ce moment même à l'autre
bout du hall, qui tousse et se racle la gorge : il
recueillera avec soin les lourds glaviots de mucus gris-
jaune dans un mouchoir Facelle qu'il jettera dans son
panier à côté des paquets de Camel chiffonnés.
Ancien professeur d'anglais, Cecil est vieux garçon,

20

alcoolique et homosexuel. Il a plusieurs jeunes filles nubiles sous ses ordres : genre « cum laude », cheveux longs et sourcils épilés, très appliquées en tout. Cecil a aussi un jeune assistant du nom de Tim. Tim est joli garçon, il a de beaux yeux et de longs cheveux jaunes qui ont perpétuellement l'air frais lavés. Il est toujours vêtu à la dernière mode et porte, ces temps-ci, des costumes de cuir et des escarpins à boucle. Beaucoup de nos gens se moquent de lui, mais c'est un jeune homme plein d'assurance qui ne semble pas s'en formaliser.

Le service de publicité est dirigé par une vieille fille d'âge incertain nommée Dorothy Lovitt. Dorothy est encore élégante bien qu'elle ait épaissi de la taille et des hanches. Malheureusement, elle a un long visage plutôt laid avec un nez proéminent et une grande bouche. Elle combat aussi un début de moustache, une ombre de petits poils noirs qui menacent d'envahir sa lèvre supérieure. Tôt le matin, on peut voir les menues écorchures qu'a laissées le rasoir. Le mauvais caractère de Dorothy est célèbre et elle a de la difficulté à garder son personnel. Madame Bruner m'a dit un jour que Dorothy voit un psychiatre tous les vendredis, mais je ne crois pas tout ce que madame Bruner me raconte.

Nous ne sommes que cinq au service des ventes, bien qu'une rumeur persistante veuille qu'une autre femme vienne bientôt travailler avec nous. Outre Sydney et moi, il y a deux autres vendeurs, Roger MacCarthy et Ron Tuttle, deux garçons très bien, chacun à sa façon. Puis, évidemment, Gerta Bruner, qui s'occupe du courrier et du téléphone.

Depuis plusieurs minutes déjà, j'observe par ma fenêtre le flot des voitures sur Britannia Road, au-delà du parking. Toute la journée, le vent a poussé de lourdes rafales de pluie venues du lac Ontario, avec des nuages noirs et bas. Les néons des magasins de Britannia Road sont allumés depuis près d'une heure.

Une Ford Galaxie bleu foncé, phares allumés et essuie-glace en mouvement, roule silencieusement dans le parking et va se ranger près de ma petite Dart. Roger MacCarthy en descend, verrouille ses portières en me tournant un dos massif. Puis il pivote et trottine sous la pluie d'un pas lourd, costaud comme un bloqueur de football, son grand manteau lui battant les cuisses.

Roger MacCarthy est du genre célibataire extroverti. Il a déjà joué au football dans les associations collégiales et une des équipes professionnelles, Montréal, je crois, l'avait trouvé assez bon pour l'inviter à l'entraînement. Sans donner suite cependant. Roger est solidement bâti, mais il s'est négligé ces dernières années, et il a bu énormément de bière. Il est ramolli, épaissi ; son visage poupin et ses cheveux en brosse lui donnent une allure de gros voyageur de commerce jovial quand il sourit. Quand quelque chose l'intrigue, il fronce les sourcils, ce qui lui donne un air particulièrement menaçant. Avant d'entrer aux Éditions Winchester, il enseignait les sports dans une école de banlieue.

Roger a un problème sexuel. Il ne sait pas s'y prendre pour coucher avec des filles et cela l'inquiète , à juste titre, car il a eu vingt-huit ans le mois dernier. Il est fou des femmes, mais ne sait pas comment le leur faire comprendre. J'ai remarqué que les jolies filles comme Shirley Pendergast de la comptabilité voient toujours Roger comme un bon gros grand frère. Elles l'aiment bien et le taquinent sans cesse, mais aucune ne peut s'imaginer que ce vieux Roger meurt d'envie de lui enlever sa culotte et de zyeuter sa petite chatte.

Shirley Pendergast vient tous les quatre vendredis

distribuer nos chèques de paie. Elle est mince et brune, à peu près dix-neuf ans, avec le plus exquis des culs, taillé comme une larme. Quelquefois, Roger est à mon bureau quand Shirley arrive, et elle se plaît à le regarder devenir écarlate. Elle lui passe son chèque sous le nez en riant d'un petit rire cristallin. «Ne dépense pas tout ça avec tes petites amies, Roger», dit-elle, avec du sirop d'érable dans la voix. Roger, tendu comme un ressort, met du temps à trouver la réplique, quelque chose comme : «Ah! oui. Et qui est ce type en décapotable rouge qui te prend tous les jours à la sortie?» Shirley, toute heureuse, fait un petit sourire diabolique : «Ça ne te regarde pas.» Puis elle sort en balançant son joli petit derrière, laissant une légère traînée de My Sin dans l'air empuanti du bureau. Nous, nous avons la gorge sèche.

Ce type à la voiture rouge dont ils parlent est un jeune costaud aux cheveux longs et gras et aux ongles sales. Il est pompiste à la station Shell, passé le centre commercial, et occupe probablement ses nuits à tripoter et à caresser ce cul superbe. Roger se moque de lui, mais j'ai l'impression qu'il le déteste et qu'il aimerait bien le tabasser un peu dans un coin sombre.

Quand il est de passage, Roger aime venir dans mon bureau parler de hockey, de football ou de filles. Surtout de filles. Il arrive vers neuf heures, avec son pantalon gris mal repassé et un veston de tweed garni de pièces de cuir aux coudes. Il marche de long en large, jette un coup d'œil par la fenêtre de temps à autre, et fait sonner de la monnaie dans sa poche ou tripote le presse-papier de porcelaine que j'ai sur mon bureau. Il me trouve évolué parce que je vis séparé de ma femme. À ses yeux, cela me donne un petit air canaille.

Chapitre trois

À quatre heures, Molly téléphone de nouveau. «Wes ? Où diable étais-tu ? Tu devais me rappeler ?»

«Désolé, Molly. J'ai eu quelque chose...»

La voix de Molly est cassante comme la pellicule de glace qui se forme sur les flaques d'eau en ces matins d'hiver. Je l'imagine, assise devant la petite table du téléphone, dans le hall sombre de la belle vieille maison de son père. C'est l'heure où elle rentre de voir Andrew à l'école du docteur Fortescue et elle se prépare sans doute à faire ses courses de Noël au centre-ville. Elle porte, j'en suis sûr, un élégant tailleur de tweed et ses longs cheveux bruns sont sans doute relevés soigneusement sous un petit chapeau. Elle enfile probablement ses gants de cuir en ce moment précis, avec l'air de Joanne Woodward en train de se débarrasser de quelque minable pour se précipiter à la rencontre de Paul Newman sur les marches du Museum d'histoire naturelle.

«Wes ? Qu'est-ce que tu fiches, ces temps-ci ? J'ai essayé de te joindre chez toi. Ça ne répond jamais.»

« Je suis souvent hors de la ville, Molly. Je suis voyageur maintenant, tu le sais. »

« Mm-mm. Écoute. J'aimerais que tu m'emmènes dîner vendredi soir. »

J'entends rire Roger MacCarthy à la porte de mon bureau. Il raconte à madame Bruner un incident survenu aujourd'hui dans une école. Roger est de ces personnes à qui il arrive toujours quelque petit incident amusant. Même s'il était croque-mort et que la ville soit frappée par un cataclysme, Roger trouverait quelque anecdote amusante à raconter après son travail. Molly me parle froidement de sa belle voix de gorge.

« Wes ? Tu m'écoutes ? Tu veux dîner avec moi chez Martino vendredi soir ? »

« Oui. Oui, bien sûr, Molly. À quelle heure ? »

« C'est sans importance. À huit heures ? »

« Va pour huit heures. »

Silence splendide pendant que Molly enfile ses gants, en lisse le cuir fin sur ses longs doigts, la tête penchée de côté, serrant le combiné au creux de son épaule. Elle doit être superbe.

« Wes ? Tu seras là, non ? Pas de folies, cette fois ? »

« Je serai là Molly. »

« J'ai à te parler sérieusement. Je veux mettre les choses au point. Ça ne peut pas durer comme ça. »

Une pause, qui s'étire plus longtemps que nous ne l'aurions aimé. Dans le silence, ses phrases rendent un son de plus en plus théâtral, suspendues en l'air comme des répliques d'un vieux film de Bette Davis.

« Alors d'accord. Chez Martino à huit heures vendredi. »

«D'accord Molly. À vendredi. »

Elle raccroche subitement et mon cœur se serre. Merde et remerde. Nous pourrions au moins être courtois l'un envers l'autre. Je recommence à tambouriner sur mon bureau. J'ai la gorge parcheminée. Je vais marcher sans bruit jusqu'à la fontaine dans le couloir.

Je glisse littéralement devant le pupitre de madame Bruner, un sourire plaqué sur les dents. Tout autour de moi, les machines à écrire crépitent. Rosemary est penchée sur la fontaine et ses longs cheveux de jais lui tombent sur le visage. Rosemary est une des filles de Cecil White, une grande femme sérieuse aux yeux mélancoliques, avec un joli corps souple dont elle ne prend pas soin. Elle a le teint farineux et je ne serais pas surpris qu'elle souffrît de constipation. Elle a besoin de soleil et de légumes verts.

«Bonjour, Rosemary. »

Elle relève son visage délicat et replace ses cheveux d'un coup de tête. Une veinule bleue palpite au bord de sa tempe.

«Salut », dit-elle en souriant, puis elle retourne en hâte à son bureau au bout du couloir.

J'ai cru un temps que Rosemary et moi nous nous ferions le plaisir d'une idylle. Quelquefois, ces basbleus tranquilles vous surprennent en sautant dans votre lit sans prévenir. Les premières semaines, je bavardais avec elle presque tous les jours, pendant la pause café, appuyé sur le chambranle de la porte de son petit bureau. Un mercredi, je l'emmenai déjeuner chez Woolworth's, au Centre commercial. Nous avons parlé avec passion de poésie et de John Keats. Rosemary s'adonne à la poésie et pratique Mister Keats. Elle m'apprit que sa composition de fin d'année au collège Victoria portait sur Keats et je manifestai le désir de la lire. Nous avions quitté le restaurant dans un état de grande excitation. Je m'apprêtais à l'inviter chez moi quand il y eut subitement un froid entre nous. La température baissa de façon alarmante et le grand fleuve de solennité sur lequel naviguaient nos âmes se transforma en glacier. Rosemary n'était plus à moi. Je ne lui ai jamais demandé ce qui s'était passé : je présume qu'elle avait appris que je suis marié. Quoi qu'il en soit, nos discussions littéraires s'arrêtèrent là et quand je la rencontre dans le couloir ou à la fontaine, elle détale comme un lièvre apeuré. En réalité, je ne regrette rien, car je n'étais pas tellement intéressé. Ce n'était qu'un petit divertissement qui aurait pu, croyais-je, être agréable.

Rosemary a maintenant un petit ami qui l'attend, plusieurs fois par semaine, à la porte principale. C'est un grand jeune homme pâle aux cheveux blonds qui flottent sur ses épaules et qui porte des verres cerclés d'acier. Je dirais que c'est un étudiant qui prépare une carrière dans l'enseignement. Je les regarde souvent traverser le parking la main dans la main jusqu'à sa très raisonnable Volvo, Rosemary en jupe à plis et souliers plats, l'étudiant en jean beige, avec une vareuse militaire et de gros brodequins. Ils forment un couple assorti.

Rosemary est heureuse et rêve de la vie qu'ils auront ensemble. Elle rêve des pluvieuses soirées d'automne qu'ils passeront assis devant le feu à regarder les flammes danser sur les murs, en écoutant le vent siffler dans la cime des arbres. Il lui lira des poèmes...

« Pour l'amour de Dieu, tais-toi et laisse-moi t'aimer », lira-t-il, debout devant le feu, grand et maigre. Après quoi, ils feront l'amour sur le tapis, et ce sera un hymne à la beauté. Ah ! Rosemary, tu liras de la

28

poésie toute la nuit, pour sûr, mais seule et en silence. Ton étudiant corrigera des devoirs dans la pièce voisine, droit dans son fauteuil. Vous coucherez dans le même lit et vous accomplirez les gestes de l'amour avec immensément de sérieux et de bonnes intentions. Mais tout ce temps-là, monsieur Keats murmurera dans votre cœur et vous accompagnera au jardin avec son triste visage gris et son rossignol. Et un jour; vous ne rêverez plus que du moment où vos deux pâles enfants auront grandi. Alors, vous enseignerez la poésie l'hiver et vous passerez l'été en Italie et en Grèce, à la recherche de je ne sais quoi dans les ruines d'héroïques civilisations.

En me rendant à mon bureau, j'aperçois Ron Tuttle qui remonte le couloir en secouant son chapeau trempé, mallette ballante au bout du bras. Il s'arrête devant chaque porte pour saluer les occupants en souriant, comme un homme politique en période électorale. Je me dépêche pour l'éviter. Il ne s'arrêtera pas chez moi, car je garde la porte fermée ; de plus, Ron ne m'aime pas.

Ron Tuttle est au milieu de la trentaine. C'est un petit homme bien mis dont les cheveux blonds se raréfient. Il est toujours tiré à quatre épingles. C'est aussi le travailleur le plus acharné que je connaisse. Quand il n'est pas au téléphone avec des enseignants ou en visite chez les secrétaires des conseils scolaires, il rédige des rapports de ses tournées. Quelquefois, ces rapports sont confidentiels et il les envoie directement à Harry Ingram dans des enveloppes cachetées. Il y a quelques semaines, je suis entré dans son bureau au moment où il rédigeait un de ces rapports très spéciaux et il le cacha sous son buvard pendant que nous parlions. Ce genre d'attitude énerve Sydney, mais il n'y peut rien. Ron est le préféré de Harry Ingram, qui l'a arraché à une autre maison et se plaît à le considérer comme son jeune et brillant protégé.

Sydney respecte le talent et le zèle de Ron, mais il ne l'aime guère. Il croit que Ron veut lui prendre sa place, ce en quoi il a raison. Ron pense que Sydney est un con et un incapable, ce qui n'est pas non plus entièrement faux.

Outre les fonctions importantes qu'il a aux Éditions Winchester (il est notre meilleur vendeur et on lui a confié le territoire le plus difficile) Ron suit des cours d'informatique trois soirs par semaine. Il a plusieurs longueurs d'avance sur nous, comme il me l'a expliqué dans le parking, un jour de grand vent, peu après mon arrivée.

« Wes, écoute bien, m'avait-il dit en frappant le capot de ma Dart de sa main gantée. Que faisons-nous demain matin si nous découvrons que Fairfax Press a été vendu à un des géants des communications, comme RCA ou IBM ? C'est le genre de choses qui arrive tous les jours. Ces gens-là s'intéressent à l'édition. Qu'arrive-t-il des Éditions Winchester ? »

Il s'était arrêté et avait relevé le col de son manteau, en attendant que je dise quelque chose. Je n'avais pas d'idée sur la question.

« Eh ! bien, je présume que nous aurons de nouveaux patrons, non ? »

« Juste », dis-je en regardant, derrière lui, une grande fille du service de la publicité, une des dernières recrues de Dorothy Lovitt. Il ventait très fort et, comme elle montait dans sa Triumph, une bourrasque souleva sa jupe gonflée et me laissa entrevoir une longue cuisse et un porte-jarretelles.

« Et peut-être ces nouveaux patrons n'aimeront-ils pas nos façons de faire, continua Ron. En ce cas, qu'arrive-t-il de nous ? »

« Je ne sais pas, Ron », répliquai-je, en observant la fille glisser ses longues jambes sous le volant de sa petite voiture.

« Nous serions tous le bec dans l'eau », dit Ron, de plus en plus agité à l'idée de voir tout le monde à la rue. « Mais écoute, Wes, dit-il, ils y penseraient à deux fois en apprenant que nous nous sommes donné la peine de nous familiariser avec les dernières méthodes d'administration et de comptabilité. Bon sang! Aujourd'hui, tout le monde devrait être au moins initié à l'univers des ordinateurs. »

J'aquiesçai d'un signe de tête, en souriant, pendant que je regardais la Triumph démarrer en pétaradant, puis quitter le parking en laissant une épaisse traînée de fumée bleue. Je me souviens de m'être dit que si seulement je connaissais quelque chose à la mécanique, j'aurais pu approcher la fille et lui offrir de faire la vidange de son moteur. Nous regardâmes tous deux la petite voiture se perdre dans le flot de la circulation sur Britannia Road, puis Ron se retourna vers moi :

« Tu devrais jeter un coup d'œil là-dedans, Wes, fit-il. C'est absolument passionnant. »

Bien sûr, j'en convins avec lui.

Chapitre quatre

La grande fille à la Triumph nous a quittés. Elle avait de gros traits, mais de longues jambes provocantes. Je pense à ses jambes en ce moment. Et à Rosemary. Les jambes de Rosemary ne sont pas mal non plus. Si seulement elle ne les cachait pas sous des bas nylon foncés et de lourdes jupes. Je rêve de Rosemary et de la grande fille. Je les ai toutes les deux nues dans mon lit. Je suis nu moi aussi. Le lit est immense et rond, comme un pouf géant. Et sur ce pouf, nous allons faire une partouze, la grande fille, Rosemary et moi. Je suis allongé sur le dos et j'attends que le plaisir commence. La grande fille me souffle doucement sur les pieds et Rosemary tortille sa langue dans mon oreille. Elle a mauvaise haleine, mais cela importe peu. Je bande sous mon bureau.

On dit que des exercices vigoureux chassent ce genre d'idées. Je devrais peut-être faire de la course à pied à la tombée de la nuit dans Britannia Road. Car le fait est que côté baisage, actuellement, c'est la famine. À notre époque de libération de la femme et de contraception à volonté, il peut sembler ridicule d'être

33

privé d'activité sexuelle, mais c'est mon cas. Et cette famine dure depuis plus de quatre mois. Mes glandes fonctionnent à peine ces temps-ci. Dans la salle de bains, ce matin, j'ai examiné cette pauvre petite chose fripée qu'est devenu mon sexe. Soit dit en passant, c'est avec ma douce et tendre Molly que j'ai fait l'amour pour la dernière fois.

C'était vers le milieu du mois d'août, un vendredi, une journée gluante. J'étais chez moi, assis devant la télé et je regardais un vieil épisode de *Gunsmoke*. Chester en était encore, avec sa mauvaise patte et son accent bizarre; Matt Dillon, arborant son impassible air chevalin, calmait un saloon au bord de la bagarre. Je n'ai pas de climatiseur et il faisait une chaleur torride dans mon studio, qui donne à l'ouest et que le soleil de l'après-midi transforme en serre chaude. De temps à autre, je me levais et j'allais au balcon qui surplombe le centre commercial et plusieurs autres tours d'habitation grisâtres. C'est là que j'avais installé une lunette allemande, soigneusement montée sur un trépied, pour plus de stabilité.

J'avais acheté cette lunette il y a quelques années, alors que j'avais brièvement tâté de cette vénérable discipline scientifique qu'est l'astronomie, juste avant de faire la rencontre de Molly. L'idée de me savoir debout dans le froid de la nuit pour observer le firmament l'excitait considérablement. Cela l'ancrait dans son sentiment que j'étais promis à une grande destinée. J'utilise maintenant ce bel instrument principalement pour épier les filles l'été sur le toit de la tour d'à côté. Elle est moins haute qu'Union Terrace et le toit est aménagé en terrasse. Le samedi matin, les filles s'y allongent avec un flacon de Quik Tan et *La Vallée des poupées* en livre de poche. J'aimerais bien mettre la main sur elles au moment où elles lisent les passages les plus croustillants!

J'aime aussi regarder le centre commercial, en bas, surtout les jeudis et vendredis soir quand les jeunes familles de banlieue viennent emplir leurs longues voitures à ce fabuleux marché. Je me plais à observer ces innocentes coutumes. Comme un naturaliste du dimanche avec les oiseaux, j'apprends à reconnaître les familles et je puis maintenant prédire leur parcours exact, du supermarché A & P aux beignets Mister Do-Nut, à l'autre bout du centre.

Quelquefois, quand j'en ai marre de regarder les clients, je fais pivoter ma lunette de quelques degrés au nord-ouest et j'observe les voitures en file sur l'autoroute. C'est précisément ce que je faisais, ce vendredi soir. La ville se vidait. Un fleuve de voitures coulait vers les lacs et les chalets du nord, en un long chapelet de métal brillant. Le ciel orange bleuissait et dans ce crépuscule, les conducteurs avaient déjà allumé leurs feux de position. Au-dessus du smog du centre-ville, l'hélicoptère d'une station de radio clapotait dans l'air gluant comme un étrange oiseau sombre.

Je regardais passer l'hélicoptère quand le téléphone sonna. C'était mon beau-père, Bert Sinclair, enjoué comme d'habitude.

«Wes? Comment diable vas-tu?» demanda-t-il.

«C'est vous, Bert? Je vais bien, merci.»

«Et ça marche à ton goût?»

«Pas trop mal.»

Bert se râcla la gorge.

«Écoute, Wes... tu devrais venir à la maison. Ça va en être une collante! Tu vas étouffer dans ton sacré logement!»

Il avait raison. L'endroit était... défraîchi. L'évier était plein de vaisselle de plastique sale et une couche de poussière recouvrait tout. J'entendais la télévision de Bert à l'arrière-plan : de petites explosions de rire en boîte. Il ne regardait pas *Gunsmoke*, car chez moi Matt était en train de descendre deux cow-boys dans la rue principale de Dodge City. Je le regardai marcher jusqu'à leurs cadavres. Oh pourquoi toute cette violence absurde dans ma ville ? Je réponds :

« C'est gentil, Bert, mais je me demande si je devrais... »

« Ça va, dit Bert, en riant. Molly et sa mère sont parties à la campagne. Je suis provisoirement célibataire ! Ha ! Ha ! »

« Ha ! Ha ! Ouais... » J'étais tenté. Cette vieille maison devait être fraîche sous l'ombre des chênes et des ormes.

« Allez, fiston. Viens. On prendra un bon drink bien frappé. »

« Bert, dis-je, avec une profonde envie de lui dire à quel point je le trouvais bon et humain, je ne peux pas résister à ça. Je serai là dans une heure à peu près. »

« Très bien, fiston. À tout à l'heure. »

« Tout à l'heure, Bert. »

Le vieux Bert m'aime bien. Cela ne fait pas de doute. Je l'ai déjà dit, sa femme Mildred ne partage pas son opinion, mais lui a toujours été correct et gentil. Même quand j'informai les Sinclair, assis sur un bras du canapé, la main moite de Molly dans les miennes, que leur fille était enceinte de moi, Bert se contenta de branler sa grosse tête et d'émettre une sorte de claquement de langue. Mildred se mit à rouler de gros yeux et porta ses longs doigts à ses tempes. Crispé, j'attendais une attaque.

« Comment avez-vous pu ? Comment avez-vous pu ? » marmonnait-elle. Et elle se laissa tomber dans son fauteuil. Bert s'affairait autour d'elle, la calant avec des coussins qu'il tapotait du plat de la main.

« Ça va, maman, dit-il doucement. Ce n'est rien. Rien du tout. »

« Oh ! Bertram, tais-toi et apporte-moi un verre d'eau », finit-elle par dire en nous fixant, les sourcils froncés.

Molly et sa mère étaient ensuite allées parler ensemble dans une chambre à l'étage supérieur pendant que Bert et moi restions assis dans la cuisine, où on n'entendait que le bourdonnement de la pendule électrique suspendue au mur. Nous bûmes chacun un grand verre de scotch, puis Bert se pencha vers moi et me serra le genou de ses gros doigts. Son visage empâté était blême et couvert de rougeurs.

« Tout va très bien se passer, fiston, fit-il d'une voix blanche. Tout va très bien se passer. »

Puis il avait pris nos verres, les avait rincés sous le robinet, et séchés soigneusement avec un torchon jaune.

Les Sinclair habitent dans Brattle Street, à Rosedale, une enclave cossue et ombragée, dans le cœur de Toronto. D'Union Terrace, il me faut environ une heure pour m'y rendre, par le métro et deux autobus. Ce soir d'août, Bert, un gros homme rougeaud, m'accueillit en short kaki et en souliers de toile. Avec son visage lunaire et sa bouche à la Joe E. Brown, Bert semble sorti tout droit d'une vieille comédie musicale des années quarante, un de ces comiques qui s'étalaient dans le décor pendant que leur compère filait avec l'héroïne. J'ai vu un de ces vieux films à la télé très tard récemment. Les vedettes étaient Don Ameche, Linda Darnell et Jack Oakie. Bert est un véritable sosie de Jack Oakie.

« Entre, fiston, sacré nom de nom », s'exclama-t-il

en me tirant à l'intérieur. Il avait un grand sourire un peu forcé.

La maison était fraîche et fort peu éclairée. Dieu sait pourquoi, Bert avait éteint partout sauf dans la cuisine, où les contrôles de la cuisinière répandaient une lueur bleutée. Bert nous prépara à boire dans cette lumière un peu astrale, versant sur les glaçons un vigoureux jet de Bacardi. Il me regarda de biais en branlant sa grosse tête avec une sorte de grognement guttural.

« Wes, grands dieux, quand vas-tu arrêter tes bêtises et trouver un job convenable ? »

« Sais pas. Un de ces quatre matins, je suppose. »

De toute évidence, Bert m'avait fait venir pour me parler encore une fois de mon avenir. Il broya un glaçon entre ses dents et se mit à en faire passer les morceaux d'une joue à l'autre. Il y eut un long silence pendant lequel j'entendais le bourdonnement du réfrigérateur et, par la fenêtre ouverte, l'écho d'un orchestre de danse qui jouait La Carioca, une vieille chanson. À ce moment précis, j'éprouvai la plus extraordinaire impression de déjà vu de toute ma vie. Quelque part dans la chaude obscurité de cette cuisine flottait un fragment à demi oublié de mon passé, à la fois tout près et insaisissable. Bert prit une autre gorgée de rhum et me regarda de nouveau.

« J'ai appris que tu as fini de jouer les gardiens de nuit ? » me dit-il.

La question me ramena au présent. Le fragment de ma vie s'évanouit dans la nuit, pour toujours. Je clignai des yeux.

« Oui. Je suis parti il y a deux semaines. Mais ça me plaisait. »

Depuis le printemps, j'avais travaillé dans un

entrepôt du port de Toronto, comme gardien de nuit. Ce n'était pas dur. J'avais le quart de minuit à huit heures. L'idée de rentrer me coucher le matin m'avait toujours fasciné. J'aimais aussi prendre mon «week-end» au milieu de la semaine, à l'occasion. J'avais congé le mardi et le mercredi.

Je passais la plus grande partie de mon temps à roupiller dans un petit bureau ou à écouter un vieux poste Marconi qui appartenait au type dont je prenais la relève. La réception était bonne et je recevais bien le jacassin des disc-jockeys d'endroits comme Hartford dans le Connecticut ou Raleigh, en Caroline du Nord. Je devais me lever trois fois dans la nuit pour parcourir la bâtisse. Je ne parvenais pas à me mettre dans la tête qu'il pût y avoir à Toronto des gens qui eussent envie de voler des sacs d'avoine ou d'orge. Mais j'étais obligé, toutes les nuits, de faire mes trois tournées. J'avais comme seule compagnie des pigeons qui nichaient sur les poutrelles d'acier du toit et me fientaient quelquefois dessus. De temps à autre, pour les tenir en respect, je claquais violemment les grandes portes d'acier et je les écoutais remplir l'air poussiéreux de battements d'ailes afffolés. Après un moment, ils se posaient et je dirigeais le rayon de ma torche Eveready à cinq piles sous les combles. Je voyais des centaines de pigeons gris et gras qui roucoulaient.

Mais au milieu de l'été, j'en eus assez de l'odeur pourrie du port, de la jactance des disc-jockeys et de la fiente de pigeon. Évidemment, je n'en avais rien dit à Bert. Je suis certain que mes raisons ne l'auraient pas intéressé. Il trouvait bizarre que j'aie choisi d'être gardien de nuit et était content de me voir changer de métier. Bert se gratta lentement la tête d'une main et me posa une question en regardant la pendule.

«Et maintenant, Wes, que vas-tu faire?»

«Pour dire vrai, Bert, répondis-je, je ne suis pas fixé. Je pourrais retourner chez monsieur Kito pendant quelques semaines. L'automne, il a toujours beaucoup de travail.»

Monsieur Kito est jardinier-paysagiste. Au cours des trois ou quatre dernières années, j'ai travaillé chez lui à plusieurs occasions. Bert poussa un grand soupir et s'appuya au comptoir de l'évier. Comme beaucoup d'hommes corpulents avec la poitrine en tonneau, Bert a des jambes ridicules. Comme des pattes de dindon et absolument dépourvues de poil. Pendant qu'il se retournait devant le comptoir, deux pensées me vinrent. D'abord que ce genre de conversation, une conversation qui se répète à chacune de nos rencontres, aurait été normale, utile même, si j'avais été frais émoulu de l'université, à la recherche de moi-même, comme dit Bert. Ensuite, que des gens comme Bert ne devraient pas porter de shorts.

«Monsieur Kito, finit-il par marmonner. Merde, Wes, ça n'est pas à ça que je pense!» De son verre, il me montra la bouteille: «Sers-toi.»

Je me versai un autre rhum. Bert roulait son verre entre ses mains en gloussant doucement.

«Quel drôle de caractère! Je n'ai jamais compris comment tu fonctionnes, mon garçon.»

Bert me dit toujours des choses de ce genre quand nous bavardons. Après bientôt cinq ans, je l'étonne encore. Autant que je sache, il a raison. Il n'a sans doute jamais compris comment je fonctionne. Il soupira encore et s'affala sur sa chaise.

«Je vais néammoins te dire quelque chose, fit-il, en cognant le fond de son verre sur la table. Je suis toujours convaincu que Molly et toi, ça peut s'arranger.» Il se râcla la gorge et se fit grave comme un huissier. «Ma fille est encore très amoureuse de toi. Et je vais te dire quelque chose que tu vas écouter, parce que je connais bien Molly. Je la connais mieux que personne, peut-être même mieux que toi. »

C'était faux et vrai à la fois, comme c'est souvent le cas pour ce genre de propos. Molly est beaucoup trop compliquée pour Bert, qui ne connaît pas vraiment sa fille en profondeur. Mais il est fort possible qu'il la connaisse mieux que moi, car j'avoue qu'il y a des moments où je ne la connais pas du tout. Elle est une parfaite étrangère avec un visage familier. Et quelquefois, je pense que je la connais trop bien. Bert se versa un autre verre.

« Je vous aime tous les deux, mes enfants, tu le sais. Je veux vous voir régler vos problèmes ensemble. Je ne veux rien de plus au monde. » Il vida son verre d'un trait et secoua de nouveau la tête. « Vous êtes comme deux gouttes d'eau, si on y pense bien. Tous les deux trop indépendants pour vous entendre. »

Il se tut. Un énorme rot lui montait dans la gorge. Il appuyait le menton sur la poitrine pour le réprimer.

« Écoute-moi bien. Je suis convaincu qu'il y a encore moyen d'arranger tout cela si seulement vous acceptez tous les deux de faire des concessions. Je sais que Molly est un peu exigeante et que nous l'avons peut-être trop gâtée, mais tu es loin d'être irréprochable, Wes... Et tu sais ce que je pense ? »

« Quoi, Bert ? »

« Je pense que vous êtes deux fines mouches. Ne t'imagine pas que j'essaie de t'amadouer, mon garçon. »

Bert n'allait pas tarder à emprunter la rudesse bienveillante qu'il adopte toujours pour me reprocher gentiment mon manque de sérieux.

« Tu vois, Wes, Molly t'aime peut-être encore. Du

moins je le crois. Mais je la connais également assez pour savoir qu'elle ne se contentera pas d'être la femme d'un jardinier ou d'un gardien de nuit. Elle est instruite, Wes, et d'ailleurs ce n'est pas son genre. Elle n'est pas faite pour cette vie-là. Elle a droit à un minimum de sécurité et de bien-être. Personne ne te demande de devenir président de la Banque royale, mais tu dois faire face à tes responsabilités. D'accord, tu paies ta part, Molly me l'a dit, mais il n'y a pas que l'argent. Je pense que tu as beaucoup d'avenir si tu te reprends en main et si tu fais un petit effort. Le temps passe, Wes. Et nous ne rajeunissons pas. Tu as trente ans et tu devrais décider où tu vas. Les derniers temps ont été durs pour Molly. Avec le gamin et tout… ce n'est pas facile d'être seule…»

Bert appelle toujours son petit-fils « le gamin ». Andrew est un enfant mongolien.

«… tu devrais le savoir. »

« Je le sais. »

« Alors, qu'est-ce que tu as l'intention de faire ? »

« Je ne sais pas. »

« Tu aimes ma fille ? »

« Oui. »

Il frappa du plat de la main sur la table, si fort que je sursautai.

« Voilà. Voilà le problème. C'est tellement bête que c'en est triste à pleurer. Deux jeunes gens brillants, beaux, qui admettent qu'ils s'aiment et qui ne sont pas capables de régler leurs problèmes… Vous devriez avoir honte de vous ; je l'ai dit à Molly, alors ne pense pas que je te persécute ! Ecoute… — il se pencha au-dessus de la table — veux-tu faire plaisir à ton beau-père ? »

« Bien sûr. »

«Accepterais-tu de rencontrer un type qui a besoin de quelqu'un de sérieux en ce moment?»

«Quelqu'un de sérieux pour faire quoi?»

Bert se renversa dans son fauteuil. «J'ai toujours pensé que tu ferais un excellent vendeur, Wes. Et comprends-moi bien: je ne parle pas de vendre des voitures d'occasion ou de passer de porte en porte. Je parle de travail professionnel du plus haut calibre. J'en étais certain quand tu travaillais avec nous à Boulder et je le pense toujours.»

«Merci beaucoup, répondis-je, mais je n'en suis pas si certain. Je n'ai rien vendu que des abonnements à *Liberty*, il y a vingt ans.»

«Écoute bien. Un type que je connais a acheté le chalet à côté du mien. Tu sais, celui des Parkinson. Il était à vendre depuis la mort du vieux, il y a un an. Syd Calhoun l'a acheté en mai et l'a fait rénover entièrement. Superbe.»

«Et puis?»

«Alors, Syd est directeur d'une maison d'édition. C'est une petite maison, relativement jeune, mais c'est un domaine extraordinaire. Un domaine où je me lancerais volontiers moi-même si j'avais trente ans de moins. Le monde de l'éducation est en pleine expansion actuellement, tu sais.» Il fit un grand geste des deux mains pour illustrer l'expansion...

«Syd cherche actuellement quelqu'un et j'ai pris la liberté de lui donner ton nom. Quand je lui ai dit que tu étais passé par le collège et que tu avais travaillé chez nous, il a eu l'air intéressé. Ça me paraît une occasion en or. Il y a énormément d'avenir dans le marché de l'enseignement.» Il s'arrêta et vida son verre. «Alors, qu'est-ce que tu en penses?»

«De quoi?»

« Du job chez Syd. Es-tu prêt à le rencontrer ? À parler affaires ? À voir si ça t'intéresse ? »

« Bien sûr, Bert. Ça me fera plaisir. »

Il se pencha vers moi pour me tapoter le bras. « Parfait, mon garçon. »

Le climat quelque peu allégé et mon avenir plus prometteur, Bert relaxa. Nous pouvions nous asseoir confortablement et profiter mutuellement de notre compagnie, comme deux businessmen qui viennent de régler une affaire. Bert prépara des sandwiches au poulet que nous mangeâmes avec une bière froide, assis dans des fauteuils pliants sur la terrasse de caillebotis, derrière la maison. La soirée était belle, sans lune, mais pleine de l'odeur des pelouses fraîchement arrosées et des plates-bandes humides. Une légère brise vint remuer l'air et sécher nos fronts mouillés. Les choses s'arrangeaient. Bert sortit un téléviseur sur roulettes et nous regardâmes un vieux film intitulé *Young Man With A Horn*. Kirk Douglas y joue le rôle d'un jeune homme qui veut devenir le meilleur trompettiste de jazz du monde. Il y arrive, mais au prix de son bonheur et de celui des gens qu'il aime. À la fin, toutefois, tout s'arrange, et il épouse Doris Day, qui était restée près de lui pendant les années de vaches maigres.

Pendant le film, Bert se sentait gonflé et de temps à autre son gros ventre émettait de sourds borborygmes. Chaque fois, il me regardait en coin, un peu confus.

« Ce sont les damnées côtelettes du souper. J'en mange chaque fois toute la nuit. »

Le film ne l'intéressait pas vraiment, et il ne tarda pas à s'assoupir. De temps à autre, il lâchait un pet odorant, ce qui l'éveillait le temps de murmurer des excuses. Je ne m'en offusquais pas. Les pets ne me dérangent pas. Moi-même, je pète beaucoup.

Je dormis dans la chambre de Bert, cette nuit-là, vêtu d'un de ses pyjamas que j'avais fermé d'une épingle de nourrice. Avant de me coucher, j'essayai, devant le miroir de la commode, le fez de Bert, qui est membre des Shriners. C'est un couvre-chef ornementé, violet, avec un gland argenté, un croissant doré et trois petites étoiles sur le devant. Il me couvrait les yeux et me donnait l'air retors d'un filou sorti des Mille et Une Nuits.

Au cours de la nuit, je m'éveillai avec le sentiment qu'il y avait quelqu'un dans la chambre. De fait, incroyablement, Molly était debout au pied du lit et plongeait son regard sur moi. En nous apercevant, nous eûmes tous les deux un sursaut.

«Nom de Dieu! Que fais-tu ici?» chuchota-t-elle, agressive.

«Ton père m'a invité, lui répondis-je à voix basse. Je te pensais à la campagne avec ta mère.»

Elle s'assit sur le bord du lit et alluma une cigarette. La lueur du briquet révéla un visage hâve et de beaux yeux sombres cernés par l'inquiétude. Elle traversait une mauvaise passe.

«J'avais envie de rouler. Je me suis retrouvée ici.» Elle haussa les épaules. Pauvre Molly! D'aussi loin que je me souvienne, elle a toujours souffert de ces épuisantes poussées d'insomnie. Le seul remède consiste à sauter dans sa MG et à filer à tombeau ouvert dans la nuit, les mains posées légèrement sur le volant trop rigide de sa petite voiture. La façon dont elle la conduit m'a toujours émerveillé autant que stupéfié, même quand les contraventions pour excès de vitesse me parvenaient de tous les villages de l'Ontario. Molly rentrait de ces périples nocturnes pour faire l'amour et s'endormir épuisée. Son étrange visite me rappelait des souvenirs.

« Tu es triste, Molly ? »

Elle ne répondit pas et regarda fixement le bout rougeoyant de sa cigarette. Depuis le fond du couloir, j'entendais les énormes ronflements de Bert. Je tendis la main et la posai sur le bras de Molly.

« Viens t'étendre près de moi, Molly... »

« Je vais me coucher, Wes, mais dans ma chambre. »

« Nous sommes mari et femme. »

« Quelle bonne raison... ! »

« Ne sois pas si amère. Les choses ne vont certainement pas si mal. »

« Merde. »

« Allez, viens t'allonger. »

Je la tirai vers moi. Elle gisait à mon côté, raide comme une planche.

« Molly, tu me manques. Tu me crois ? Je veux que tu reviennes vivre avec moi. »

Le silence s'épaississait entre nous. À la fenêtre, quelque part dans les arbres, un oiseau nocturne appelait son compagnon. Je plaçai ma main sur une des fabuleuses cuisses de Molly. Quelles jambes superbes, fermes et fortes de Dieu sait combien de matchs de hockey sur les pelouses de St-Helen ! Combien de sets de badminton ou de volley-ball a-t-il fallu pour ce charmant tour de mollet, pour ce galbe de la cuisse ? Oh ! éducateurs de St-Helen, comme je vous aime, comme j'apprécie votre programme de gymnastique ! Loués soient les jeux qui raffermissent et renforcent les corps richement vitaminés des grandes championnes de Rosedale. Je ne passe jamais devant l'élégant portail sans observer la nouvelle moisson de souliers

46

oxfords et de tuniques sombres en me souvenant de moments comme celui-ci et sans murmurer mes remerciements à la directrice et au conseil d'adminis-tration.

Je mis ma main sur le ventre de Molly et la regardai écraser sa cigarette dans un cendrier sur la table de nuit. Elle soupira profondément, exhala un long jet de fumée, puis replia l'avant-bras sur son front. Je lui pressai doucement la jambe.

« Tu voudrais baiser, c'est ça, Wes. Ça arrange-rait tout, crois-tu ? »

« Non, pas tout », dis-je.

Je sentis un tressaillement dans sa jambe. Elle avait l'air si accablée que je lui pris la main. Elle la retira vivement.

« Les choses ont drôlement besoin de chan-ger... »

« Oui. Ça va changer. »

Elle s'assit brusquement, les genoux ramenés au menton entre ses coudes. « Christ ! Quand vas-tu commencer à te conduire comme un homme, Wes ? Nous ne pouvons pas continuer comme ça ! » Elle secoua violemment la tête. « Bon Dieu ! J'ai vingt-cinq ans... le temps passe... Je veux mieux que ça... »

« Molly... »

« Non. Je suis sérieuse, Wes... je veux mieux que ça. Oh ! qu'est-ce que je vais faire... ? Dieu... ! » Elle se mit à se balancer d'avant en arrière, les genoux toujours serrés contre sa poitrine, en gémissant doucement. « Merde ! Je veux garder Andrew à la maison avec moi, mais ici ce n'est pas possible. Tu ne t'en rends pas compte ? Ici, il n'y a rien à faire. Maman ne veut pas le voir. Je le sais... elle en a honte... »

« Calme-toi... »

47

«Wes! C'est vrai. Elle en a honte... et papa est tout perdu. Et toi?» Elle se tourna vers moi, les yeux mouillés comme des étangs. «Toujours dans ton petit univers bizarre?»

Elle posa son front sur ses genoux et se mit à pleurer. Je m'assis et l'entourai de mes bras... un autre triste épisode de la vie de monsieur et de madame Wes Wakeham. Seule la grâce du poète est à la hauteur de ce genre de situation douloureuse. Par-dessus les terribles sanglots étouffés de Molly j'entendais les grotesques ronflements de son père au bout du couloir : un véritable dialogue de sifflements et de râclements. Et nous nous étreignions sur le lit de Bert, comme des naufragés sur un radeau.

«Écoute-moi, Molly, dis-je au bout d'un moment. Je dois rencontrer quelqu'un pour une situation dès cette semaine. C'est un ami de ton père. On verra bien...»

«Je sais que tu aimes Andrew, Wes, dit-elle en sanglotant. Tu vas le voir toutes les semaines. Les infirmières me l'ont dit.»

«Évidemment que je l'aime... grands dieux!»

Les sanglots s'éteignaient doucement. Je sentais ses doigts s'enfoncer dans mon bras. Elle se sécha le coin des yeux avec un Kleenex.

«C'est con, Wes. Je sais que nous pourrions être heureux si nous faisions un effort.»

Molly a hérité de l'extraordinaire capacité de récupération de son père. Elle reprenait solidement les choses en mains.

«C'est si facile de tout rater, tu ne trouves pas?»

«Oui. Ça se fait tout seul...»

«Je ne veux pas que ça m'arrive.»

« Je doute que cela t'arrive », dis-je, en l'embrassant sur la joue.

« Tu m'aimes ? »

« Oui. »

« Je pense que tu me dis la vérité, tu sais... à ta façon à toi. » Elle me toucha la tempe avec tendresse. « Et de quel sorte de travail s'agit-il ? »

« Vendeur dans une maison d'édition. »

« Dans l'édition ? » Le mot semblait lui plaire.

« Oui. »

Elle glissa distraitement sa main sous le pyjama de Bert et commença à me caresser la poitrine. Elle faisait déjà des projets... elle versait un whisky à son éditeur de mari qui lui expliquait, pipe au bec, vêtu de tweed rugueux, son prochain coup de poker.

« C'est qui, cet ami de papa ? »

« Un nommé Calhoun. »

« Oh ! mon Dieu ! » Elle se mit à rire moqueusement. « Syd Calhoun. Tu vas l'adorer, Wes. Il est parfait. Tu vas vraiment l'aimer. »

Je lui serrai la cuisse comme un gamin.

« Si seulement tu veux t'en donner la peine, mon amour, chuchota-t-elle. Juste une fois. Je sais que tu es capable de réussir si tu le veux vraiment. »

« Par Jupiter, Molly, je vais les mettre en morceaux. Les bouffer. Tu vas voir. »

« Jamais sérieux ! » dit-elle d'un ton conciliant, en me mordant l'épaule longuement.

Ô douce joie de l'inattendu ! Béatitude incomparable du hasard qui nous amène au bon endroit au bon moment. À d'autres les séductions planifiées. Mettez des heures, des jours, des semaines à tendre vos pièges. Allumez une chandelle, versez le vin, faites brûler de l'encens, réglez votre appareil de haute-fidélité. Mais laissez-moi ce cul qui tombe du ciel, car nul ne m'est plus délicieux.

La deuxième semaine de notre mariage, Molly avait acheté un livre sur les délices de la copulation. Toutes ses amies de St-Helen le lisaient à leurs maris ou à leurs fiancés. Molly en discutait au téléphone avec Ernestine Hough. Il était bourré de gravures porno-graphiques accompagnées des pensées grivoises d'un quelconque Priape oriental qui a vécu parmi nous il y a mille ans. *Prends avec douceur le membre raide de ton bien-aimé et enduis-le d'un baume odorant.*

Quand je rentrais de travailler, je trouvais Molly assise en tailleur dans le soleil, sur son lit, le livre ouvert entre ses mains, regardant des gravures de chèvres bondissant sur de vertes collines autour d'amants enlacés. Sur la table de chevet, une bouteille de vin et des fruits dans un plat. En ce temps-là, nous décrochions le téléphone très tôt et nous verrouillions la porte au coucher du soleil. Feuilletant toutes ces antiques recettes de plaisir, nous copulions comme les bêtes des champs. *Et maintenant monte ta bien-aimée avec une sollicitude appliquée, et ce faisant caresse son joyau le plus précieux.* L'ouvrage, un best-seller, avait été traduit en trente langues. Il traîne aujourd'hui dans la poussière d'une penderie, avec les souliers de tennis de Molly. Il y a bien des variations sur ce thème, mais après moult expériences, ce que Molly préfère, c'est de s'asseoir sur mon sexe. Ça me va bien. N'importe quoi dans la mesure où je ne me retrouve pas la queue tordue ou endommagée à jamais...

Ô Molly mon adorable, ma sauvage, ma racée... À cheval sur mes pauvres hanches comme une reine païenne sur son esclave, prononçant de terribles serments en tendant à ma bouche ses longs seins étroits.

Plus tard, je la regardai dormir dans l'aube. La chambre s'emplissait d'ombres et des oiseaux fous animaient le ciel blanc. À la fenêtre, des feuilles encore noires bruissaient contre la maison comme des soupirs secs. Bert s'était enseveli dans le silence après un dernier ronflement cataclysmique qui avait dû le retourner sur le ventre. La maison était remplie d'une paix sublime. J'aurais dû me sentir reconnaissant. Or, je ne parvenais qu'à regretter que tout cela ne me soit pas arrivé un lundi ou un mercredi.

Chapitre cinq

La neige tombe, lourde et mouillée, dans la lumière jaune du parking. Un flot saccadé de voitures emplit Britannia Road d'un chuintement sourd. Les Éditions Winchester sont presque désertes. Madame Bruner vient de poser sur moi son dur regard gris.

«Vous avez l'intention de travailler toute la nuit, monsieur Wakeham?» me demande-t-elle en boutonnant sa canadienne. Je suis resté au bureau toute la journée, et cela la tracasse. J'ai laissé tomber mon équipe, ce qui l'a irritée. Elle se plaindra probablement de moi à monsieur Bruner son époux ce soir en avalant son jambon et ses pommes de terres. Ils débattront de mon avenir en allemand pendant que leurs deux rejetons parleront d'école et de basket. De ma fenêtre, je la regarde traverser le stationnement jusqu'à sa Volkswagen: c'est une blonde qui n'est pas mal, qui a le mollet ferme et une poigne d'acier sur la vie. Elle est arrivée au Canada il y a deux ans avec son mari Helmut et deux enfants en bas âge. Aujourd'hui, lui gagne très bien sa vie à réparer des postes de télévision et elle vaudra une couple de milliers de dollars de plus par an quand elle aura terminé ses cours du soir à l'université York. Ils sont propriétaires d'une maison de trois chambres à coucher à Union Place et possèdent deux Volkswagen. Madame Bruner m'a dit récemment que Helmut songe à acheter une petite Mercédès usagée le printemps prochain. Ce sont des citoyens économes et optimistes de ce pays d'avenir. La seule inquiétude de madame Bruner, c'est que nous laissions trop de Noirs s'y installer. C'est même une de ses idées fixes.

Quelques machines à écrire crépitent encore à la rédaction. J'enfile mon manteau tout neuf, un Suburban All-Weather, et je ferme la lumière. La porte du bureau de Ron Tuttle est ouverte. Le jour, pour rédiger ses rapports confidentiels, Ron la garde fermée. Mais vers cinq heures, quand nous nous apprêtons à partir, il aime l'ouvrir, pour qu'on le voie à son bureau, les yeux fixés sur sa paperasse, les sourcils froncés. En passant devant sa porte, je le salue d'un geste et d'un sourire :

« Bonsoir, Ron. »

Il lève la tête et me montre ses dents, qui sont blanches, petites et parfaitement alignées.

« Comment ça va, Wes ? »

« Super. Ça ne pourrait pas aller mieux. »

Ron se renverse dans son fauteuil, les mains jointes derrière la nuque.

« Es-tu sorti aujourd'hui ? » me demande-t-il en souriant.

Il s'est déjà informé auprès de madame Bruner et connaît la réponse. Il se conduit de plus en plus comme s'il était directeur des ventes.

« Pas aujourd'hui, dis-je avec un sourire entendu. Une journée de paperasse. »

« Ah ! C'est pas ce qui manque, non ? »

« Trop, Ron. Beaucoup trop. »

« Ha ! Ha ! Tu peux le dire. »

Nous ricanons tous les deux comme des crétins. Ron me déteste intensément. Je sens des petites vagues de haine froide déferler vers moi au-dessus de son bureau.

« Eh bien ! bonsoir maintenant, Ron. »

« Bonsoir, Wes. Ça a l'air moche, dehors, me crie-t-il. J'espère que tu as des pneus à neige. »

« Sûr. Tu parles. » J'ai crié moi aussi, en traversant la bâtisse d'un pas vif. Lui aussi, ce soir, voudra peser mon avenir, attablé devant sa femme Marion, une maigrichonne au museau de souris. Elle ne répondra pas et tentera plutôt de lui parler de leurs deux fils qui, dira-t-elle, la rendent tranquillement folle.

Le vent, qui souffle du lac en rafales, s'est considérablement refroidi. Les gros flocons de neige mouillée se transforment en bouillie sale dans la rue luisante éclairée par les stations-service multicolores et les bureaux abandonnés au personnel d'entretien. Derrière cette façade agitée, les avenues tranquilles des quartiers résidentiels se couvrent de neige. Les lumières de Noël clignotent aux fenêtres.

Si la chose ne dépendait que de moi, je ne prendrais pas la voiture tous les jours. J'aimerais bien me rendre au bureau à pied de temps en temps mais j'ai besoin de la voiture pour mon travail. Je m'engage prudemment dans Britannia Road, et je tourne au sud. Je ne suis pas encore totalement à l'aise derrière le volant de la Dart, et c'est la première fois que je conduis dans la neige. Heureusement, je me dirige à l'opposé de tout le monde ; vers le nord, les voitures forment une file ininterrompue. À la radio, Tom Pouce a de la peine à contenir sa joie.

« Alors, cher automobiliste... on s'amuse ce soir ? demande-t-il de sa voix nasillarde. La situation est délirante à peu près partout. Il y a des accrochages et des embouteillages sur toutes les grandes artères de dégagement. On pourrait dire que notre bonne vieille ville souffre de durcissement des artères. Ha ! Ha ! Ha ! De toutes façons, comme le ciel doit nous en envoyer de quinze à vingt centimètres, tout le monde va être en retard pour souper. »

Au coin de Britannia Road et d'Union Avenue, je stoppe au feu rouge avant de tourner. À ma droite, le centre commercial scintille de lumières et de couleurs — une féerie enchanteresse comme on dit dans les dépliants de la Chambre de Commerce d'Union Place. Sur le toit de l'Arcade, un grand magasin, un Père Noël de néon apparaît dans sa fusée toutes les deux ou trois secondes, avec les mots : LE COMPTE À REBOURS DE NOËL TIRE À SA FIN — SEULEMENT TROIS JOURS AVANT L'HEURE H. J'ai passé plusieurs lunchs à regarder les ouvriers qui posaient cette affiche et, chaque fois que je passe devant, je pense avec tristesse qu'ils reviendront un matin, d'ici un mois, la démonter. Une chanson me parvient des magasins à travers les vitres de ma voiture. Un orchestre bruyant accompagne un chœur qui chante *Winter Wonderland.* Je puis saisir quelques mots : « Écoutez les clochettes des traîneaux en manège. Sur la route tombe la neige... »

À ma gauche, vers le nord, une grosse Chrysler sombre s'arrête. Elle vient de traverser l'intersection et s'est immobilisée à ma hauteur, prête à bondir. Le conducteur — type trapu avec une moustache militaire — entame sa quarantaine. Il est engoncé jusqu'aux oreilles dans son manteau dont il a relevé le col de mouton et porte un drôle de petit chapeau tyrolien, un peu ridicule sur cette grosse tête trop bonasse et qui jure àvec son air militaire. La moustache et moi, nous nous regardons fixement, puis comme cela se produit souvent, nous ne détournons le regard que pour nous fixer de nouveau au même moment. Nos têtes sont parfaitement synchronisées. Très embarrassant. On peut toujours faire mine de rien, jeter un œil sur l'essence, tripoter le bouton de la radio, mais on éprouve le besoin irrésistible de regarder encore. Nous n'y manquons pas. Lui commence à me zyeuter curieusement. Il me prend probablement pour un homosexuel. Il aimerait sans doute sortir de sa Chrysler, ouvrir ma portière et m'enfoncer son poing dans la gueule. Peut-être même me flanquer un coup de pied dans les couilles après que je serais tombé. Il m'est impossible de dire à Moustache que je ne cherche rien d'autre qu'un indice sur son visage, qui me permettrait de comprendre comment il réussit à tout faire sans perdre les pédales le lundi matin à sept heures dix. Je suis de plus en plus certain qu'il rêve de sortir de sa voiture et de me mettre sa grosse patte à la gorge. Puis le feu tourne au vert et j'appuie sur l'accélérateur, effectuant mon virage, comme on dit dans le livre d'instructions, avec prudence.

Il y a un grand arbre de plastique dans le hall d'Union Terrace, et de la musique de Noël dans les ascenseurs. Perry Como chante *O Little Town of Bethleem,* accompagné d'une chorale d'au moins cinq cents garçons et filles. La cabine bourrée de manteaux de fourrure et d'anoraks nous hisse chacun à notre étage pendant que tout le monde fixe solennellement les chiffres lumineux au-dessus de la porte. Deux ou trois passagers fredonnent avec Perry et ses gamins. Au dix-huitième étage, je sors de l'ascenseur, en serrant dans ma main trois enveloppes que j'ai prises dans ma boîte à lettres.

Entré chez moi, j'ouvre mon courrier, assis dans un fauteuil d'osier. La première enveloppe contient une circulaire : « Fabuleux Solde de Fin d'Année chez Sam. Vêtements de Qualité pour des Gens de Qualité. » « Le 24 décembre », m'annonce-t-on, « les prix de tous les costumes de première qualité seront réduits de façon *draconienne*, pour diminuer l'inventaire. Il faut apporter l'invitation pour profiter de cette *occasion unique.* »

La deuxième enveloppe contient un carton ivoire. J'y lis, en caractères verts et rouges : Cher locataire, nous vous offrons nos meilleurs souhaits de bonne et heureuse année, et la prospérité. Union Property, développement et management.

Et dans la troisième enveloppe, des vœux de Noël de Harold Pendle. Eh bon Dieu ! N'ai-je pas oublié de rappeler Harold aujourd'hui ? La carte était une photo en couleurs de la famille Pendle : Harold et son épouse, une grande femme banale au visage énorme, et deux filles d'environ dix ans, tout en jambes, aux cheveux longs. Ils sont assis sur un canapé dans ce qui doit être le living. Ils sourient tous, les mains soigneusement croisées sur les genoux. Au dos de la photo, on lit : Joyeux Noël à tous, de la part des Pendle. Il faut que j'appelle Harold demain.

Ma soirée commence habituellement devant la télévision, que je regarde en préparant et en avalant mon repas, bien qu'il m'arrive, pour varier, de fermer la télévision et de manger devant l'écran éteint. Cela m'arrive même si on passe un film que j'ai particulièrement envie de voir. Lundi soir, on montrait *Casablanca*, avec Humphrey Bogart et Ingrid Bergman, un bijou comme on n'en fait plus et que j'ai vu une douzaine de fois. Il y a dans ce film une scène célèbre : Bogart entre dans un bar en fumant une cigarette. Le pianiste joue un air intitulé *Comme le temps passe*. La musique rend Bogart mélancolique, et il dit au pianiste d'oublier son piano. C'est une sacrée bonne scène, que j'aurais bien aimé revoir, mais il y avait deux semaines que je regardais le cinéma télévisé, et je ne voulais pas prendre des habitudes.

Je regarde beaucoup la télévision, surtout les films, quoique mon émission préférée soit *Sauve qui peut*. Il s'agit d'un feuilleton hebdomadaire qui raconte l'histoire d'un jeune type élégant, que les médecins ont condamné. Il ne lui reste qu'une année à vivre. L'acteur qui tient le rôle s'appelle Ben Gazzara. Il voyage partout dans le monde et passe beaucoup de temps le regard perdu dans la nuit, au balcon d'hôtels de luxe, pendant que des femmes très belles tombent amoureuses de lui et pleurent parce qu'elles ne peuvent pas l'avoir. Chaque moment de la vie de Ben est rendu plus intense, plus excitant, par la conscience qu'il a de sa fin. Il n'a aucun avenir, seulement l'immense frisson du présent. En fait, il a de la chance comme personne et s'amuse comme jamais auparavant. S'il n'en tenait qu'à moi, l'émission s'intitulerait *La Belle Escapade*.

La télévision est un excellent passe-temps. Il y a des gens qui font la grimace et qui râlent quand ils entendent des propos comme celui-là. Ils préfèrent passer leur temps à lire, à apprendre le bridge ou à étudier l'anthropologie. Il fut un temps où je lisais et où j'étais abonné à quelques revues snobs. Je cherchais même la compagnie de gens intéressés à discuter de choses comme le rôle de l'individu dans une société technologique. Tenez : un jour, j'ai dépensé quelques centaines de dollars pour un télescope allemand afin d'étudier le ciel, et une autre fois, je me suis presque abonné à une école de romanciers par correspondance. Rien de tout cela ne vaut la télévision.

Ce soir, il y a un film de science-fiction intitulé *Them.* C'est un film qui date du début des années cinquante et qui m'a rendu nostalgique. Je me rappelle y avoir emmené une fille qui s'appelait Mary Lou Gassner, il y a bien des années. C'était à Middles-burgh, au cinéma Odéon. Le film l'avait effrayée, et elle se tenait serrée contre moi en me pressant la main. Après le film, nous nous étions embrassés à bouche que veux-tu pendant des heures, dans l'ombre, près de sa maison. Je m'en souviens fort bien : c'était l'hiver, la nuit était claire, il y avait de la lune et nous tapions du pied dans la neige pour nous réchauffer. Après les baisers, nous avions glissé nos mains sous les manteaux l'un de l'autre, nous avions parlé du film et de la fin du monde, ainsi que de la possibilité qu'il y ait de la vie quelque part dans les constellations hiber-nales qui brillaient sur nos têtes.

Them se passe dans le désert du Nouveau-Mexique, à proximité des lieux où l'on a fait les tests atomiques. Tous ces tests ont produit de très fortes radiations, avec des résultats étranges. Il semble que les fourmis de ce désert aient été particulièrement touchées : les radiations ont déclenché un processus génétique qui en fait des monstres de huit pieds de diamètre. Évidemment, l'humanité est menacée, et l'intrigue raconte les efforts d'un aimable vieil entomo-logiste, incarné par Edmund Gwenn, pour exterminer ces fourmis géantes. C'est un film très prenant, que j'ai regardé appuyé au comptoir de ma kitchenette, pendant que je réchauffais mon poisson *Shake'n Bake*, en tentant de me souvenir exactement de ce que faisait Mary Lou Gassner à tel ou tel moment du fichu film.

Chapitre six

Mon frère Frank m'a téléphoné ce soir. Il m'appelle chaque année à cette époque pour m'inviter à passer Noël avec lui, sa femme Kitty et leurs enfants. Ils aiment me voir surtout quand ils apprennent que Molly et moi ne nous voyons plus. Ils n'aiment pas Molly. Ils ne l'ont jamais dit aussi clairement, mais je sais qu'ils la trouvent hautaine et froide.

Avant notre mariage, Molly me conduisait à Middlesburgh le dimanche matin, dans sa petite décapotable de sport. Nous filions dans la plate campagne ontarienne, sur les routes d'asphalte bordées de maisons de brique rouge et de granges en bois gris aux toits d'aluminium brillant dans le soleil, avec des troupeaux de vaches Holstein serrées sous les arbres. En arrivant près des passages à niveau, ou à l'entrée des villages, Molly rétrogradait en douceur, poussant de sa main gantée le court levier de vitesse vers l'avant. La petite voiture vibrait, le moteur, sollicité, beuglait une octave plus haut, avec des gargouillis profonds et quelques pétarades qui faisaient fuir les moineaux nichés en bordure de la route.

Nous traversions les villages sur notre lancée, sans bruit, dans la chaleur que l'approche de midi déversait dans la rue et sur les églises toutes blanches, entourées des Plymouth des cultivateurs. Une fois, nous avions stoppé près d'une église pour regarder une corneille battre des ailes au sommet d'un arbre, et écouter chanter les fidèles :

> Jésus vient nous sauver
> Dans la tempête de nos vies agitées…

Nous arrivions chez Frank à temps pour le déjeuner, les cheveux défaits par le vent, frais et rayonnants, comme ces jeunes gens que montre la publicité automobile.

Frank et Kitty étaient heureux de nous voir, mais je savais qu'ils n'appréciaient guère Molly, sa MG rouge et ses manières. Molly se montrait agréable, mais distante. Frank et Kitty l'ennuyaient avec leur papotage campagnard et elle était toujours heureuse de me voir donner le signal du départ.

Après notre mariage, nous allâmes les voir quelquefois et Molly faisait des efforts pour mieux les comprendre. Mais ni l'une ni les autres n'avaient quoi que ce soit à se dire, et elle finit par renoncer. Ensuite, nous ne les vîmes plus que de temps en temps, quoique Middlesburgh ne soit qu'à une centaine de milles de Toronto.

Quand il me téléphone, Frank a son petit rituel. Frank a sept ans de plus que moi, et nous n'avons jamais été très intimes. Quant il m'appelle, il prend un ton protecteur et bourru, cette gravité de façade qu'ont tous les aînés qui parlent à des cadets qu'ils connaissent mal. J'ai presque toujours droit à des remontrances, de sorte qu'en fait Frank ne m'invite pas vraiment : avec beaucoup de componction, il m'ordonne en fait de me remuer les fesses et d'aller passer les vacances chez lui.

«Qu'est-ce que tu deviens, pour l'amour du Christ?» me demande-t-il avec colère. «Je n'ai pas eu de tes nouvelles depuis des semaines.»

Ils sont toujours des semaines sans avoir de mes nouvelles.

«J'ai été très affairé, Frank. Ma nouvelle situation et tout...»

«Ah oui. Et ça va comment?»

«Bien. Ça marche très bien.»

«Bon...écoute...tu viens nous voir, à Noël, d'accord?... Et pas d'histoires pour me faire chier...»

J'entends Kitty qui rit et dit à Frank de surveiller son langage. Frank a pris quelques verres ce soir.

«Eh bien! je ne sais pas encore, Frank, je vais voir.»

«Voir quoi, merde! Tu viens ici...Écoute, tu es toujours le bienvenu, ici, tu le sais?»

«Bien sûr que je le sais.»

«Okay... maintenant, écoute-moi bien... si tu ne vas pas chez Molly et ses parents, je veux te voir ici avec nous. Compris?»

«D'accord.»

Je me mets à rire. Si j'étais avec lui, dans son living, Frank me boxerait le biceps en me disant que je ne mange pas assez.

«On verra, Frank. Je te tiendrai au courant.»

«Bon. Prends bien soin de toi. Je te passe Kitty.»

Kitty a la voix jeune et tendre, pleine d'affection. «Allô, chou! Qu'est-ce qui t'arrive? Pas eu de tes nouvelles depuis une éternité.»

« J'ai été occupé, Kit. Ma nouvelle situation, et tout... »

« Hu-hum. J'espère que tu aimes ça ? »

« Oui, c'est bien. »

Kitty respire longuement avant de continuer. Kitty est toujours mal à l'aise quand j'évoque mon dernier emploi. Autrefois, elle me posait toutes sortes de questions aussi polies qu'insignifiantes : c'était sa façon de se montrer cordiale. Certains samedis soirs, saisi par quelque mystérieuse nostalgie, après des mois d'indifférence, j'attrapais l'autocar de neuf heures, je me calais dans un fauteuil du fond et je roulais, presque seul, vers Middlesburgh, en lisant un roman policier, un petit flacon de rye entre les cuisses. Ah ! que j'aimais ces voyages solitaires... En descendant à la gare, je téléphonais, et ils venaient me chercher. Dans la voiture, Kitty me posait toutes ces questions à propos de mon travail, et j'étais bien obligé de lui dire que j'en avais changé. Elle riait et me traitait de papillon, mais je sentais bien qu'elle était mal à l'aise. Maintenant, quand je parle d'un nouveau job, elle prend une grande respiration et esquive le sujet. J'aime autant.

« Vas-tu venir passer les Fêtes avec nous, Wes ? »

« Je ne sais pas encore, Kit. Pas de façon certaine. Tu peux me donner une couple de jours ? »

« Bien sûr, mon chou. Mais tu sais qu'on aimerait t'avoir avec nous. »

« Oui, je sais. »

« Ça fait très Noël ici. Il a neigé pas mal hier soir. Les enfants sont ravis. Tout est blanc, et net. »

« Je suis sûr que c'est très joli. »

J'éprouve un serrement de cœur en revoyant les rues blanches de mon enfance et la neige qui tombe, silencieuse, dans le cône doré du lampadaire, au coin de la rue.

« Nous décorons l'arbre, ce soir, Wes, et nous prenons un verre. Tu t'en es aperçu, non ? » Elle rit.

« Oui. Eh bien ! buvez-en un autre à ma santé ! »

« Attends…les enfants veulent dire bonjour à leur oncle. »

« Bien. »

« Et souviens-toi…tu es toujours le bienvenu. »

« Merci, Kitty. »

Cela aussi fait partie du rituel : les enfants souhaitent un joyeux Noël à leur oncle. En fait, cela ne me dérange pas. Ce sont de bons enfants. J'entends Kitty chuchoter ses recommandations, y compris celle de s'informer du cousin Andrew. C'est d'abord la petite voix d'enfant de chœur de Donny, douze ans, que me transmet le fil.

« Allô ? Oncle Wes ? »

« Bonjour, Donny, comment vas-tu ? »

« Bien, merci. Comment va Andrew ? »

« Il va très bien. Et il a hâte d'être à Noël, comme toi… Joues-tu au hockey, cette année ? »

« Oui. Tous les samedis matins à la patinoire. »

« C'est bien. Je te souhaite bonne chance. »

« Merci beaucoup. Joyeux Noël et j'espère te voir bientôt. »

« D'accord. Joyeux Noël, Donny. »

Puis c'est Sharon, neuf ans, blonde et vive comme sa mère.

« Tu viens à Noël, oncle Wes ? »

« Je ne sais pas encore, ma belle. Peut-être. »

« J'espère que oui, et qu'Andrew pourra venir lui aussi. »

« Ça, je ne pense pas que ce soit possible. Mais on verra. Okay ? »

« Okay. Bonjour. »

Et maintenant j'entends Kitty qui prend la petite Bonnie, trois ans, dans ses bras, et lui tend le récepteur en chuchotant : « Maintenant, chérie. Chante ta chanson comme une grande fille pour oncle Wes. Maman va tenir le téléphone. »

J'attends la petite voix, mais Bonnie est soudain frappée d'une timidité irrépressible qui la retient de s'exécuter. Autrefois, c'est Donny qui chantait « Le petit renne au nez rouge ». Puis il y a eu Sharon avec « La chanson de Noël de l'écureuil ». Bonnie finit par entonner, très émue, une version essoufflée de quelque chose sur le Père Noël qui atterrit en hélicoptère. L'effort est considérable, mais l'enfant en vient finalement à bout avec détermination.

« C'est très bien, Bonnie. Je l'ai beaucoup aimée. »

« Dimanche, c'est la fête du petit Jésus. »

« C'est ça. »

« Rebonjour », dit Kitty, en riant, heureuse que tout se soit bien passé.

« Tu vas faire un effort, n'est-ce pas Wes ? »

« Je vais essayer, Kit. »

J'entends Frank à l'arrière-plan, qui m'avertit que je ferais mieux d'être là si je ne veux pas avoir affaire à lui. Il a l'air vraiment rond. Kitty et moi, nous rions doucement.

« Au revoir, mon chou. Prends soin de toi. »

« Merci, Kitty… Au revoir. »

Assis dans mon fauteuil d'osier, j'écoute la télévision du voisin à travers le mur. C'est une émission spéciale pour Noël, Bob Hope au Viêt-nam. Et je songe à mon frère Frank et à l'abîme qui nous sépare. Un abîme au fond duquel repose quelque chose. Un abîme sur lequel nous avons tenté de jeter un pont lors de la mort de nos parents. Ils sont morts dans le brouillard d'une nuit d'octobre, en 1957, quand la Studebaker de mon père a raté un virage sur une route de campagne près de Middlesburgh et s'est écrasée sur un rocher. Ils furent tous deux tués sur le coup. Ils revenaient de leur tournée annuelle des fermes du voisinage, où ils allaient chercher des pommes d'hiver et du miel en rayons. Je crois que mon père a eu une attaque, quoique personne n'en ait parlé. Au moment même de leur mort, j'étais ivre, étendu par terre chez un ami, en train d'écouter des voix, des rires, et la musique de Miles Davis. La pièce était bondée, enfumée. Un ami était penché sur moi et me secouait en me disant qu'on avait un interurbain pour moi. Je me souviens à peine du voyage jusqu'à Middlesburgh, seulement du café bouillant qui m'avait brûlé les lèvres.

Au cimetière, une journée de froid et de vent, j'étais debout près de Frank. Quand on descendit le cercueil de ma mère dans la fosse près de celui de mon père, il me serra le bras si fort que je voulus crier de douleur. Les visages grisâtres des gens venus à l'enterrement m'apparaissaient noyés dans le flou, et les claquements terribles d'une bâche battant au vent près de la tombe couvraient les paroles du pasteur.

Le soir, la maison fut pleine de parents et d'amis. Mon père et Frank travaillaient tous deux à la meunerie et connaissaient tous les gens du village. Et presque tout le village vint offrir ses condoléances, comme on dit. Frank avait bu plusieurs verres de whisky et chaque fois qu'il passait à côté de moi dans la cohue, il m'entourait de ses bras et me serrait très fort. Les gens s'arrêtaient et nous jetaient des regards approbateurs.

J'avais pris quelques verres moi aussi et, après avoir erré de pièce en pièce, je sortis prendre l'air. Dehors, je trébuchai sur un tas de feuilles mouillées. Il avait plu au début de la soirée mais le temps fraîchissait. Un vent infernal secouait encore les branches des peupliers et en collait les feuilles rondes et jaunes sur les toits et les capots des voitures rangées des deux côtés de la rue. Debout devant la maison, par les fenêtres brillamment illuminées, je regardais Frank circulant parmi ses amis. Je me sentais bizarre, enveloppé dans l'absurde et le mystère de tout cela. Il n'y avait rien à faire que rester dans le vent et l'obscurité et secouer la tête, stupéfié. Ces feuilles, mon père les avait balayées quelques jours auparavant. Ma mère l'avait probablement regardé faire, de cette fenêtre-là précisément. Et ils gisaient moisissants tous les deux sous la terre froide et trempée. Invraisemblable ! Et notre maison, pleine d'étrangers buvant du café ! Est-ce que Frank sentait lui aussi le mystère et l'absurdité de tout cela ? Quelqu'un le sentait-il ? Ou étaient-ils tous trop pris par le train-train des événements ? Après un moment, je rentrai faire mes valises et me coucher. Je restai éveillé plusieurs heures, écoutant les voix au-dessous, absorbé par l'absurdité et le mystère de tout cela...

Chapitre sept

Il fait un froid glacial ce soir sur le balcon. Un vent à figer le sang dans les veines. Les lumières du centre commercial sont pour la plupart éteintes et les derniers commis sont partis après avoir enlevé, avec leurs balais aux longs manches de bois, la neige qui couvrait leurs voitures. Une mécanique bruyante qui rampe sur des chenilles remplit de neige de gros camions verts. Le vent fait claquer le drapeau sur le toit de A & P et cache dans des tourbillons de neige les hommes qui fument près des camions.

Il faut que je me décide à me rendre au centre bientôt, et pas seulement comme badaud. Ne reste-t-il pas trois jours seulement pour acheter les cadeaux de Noël? Peut-être un bracelet de pierre mexicain pour Molly, et un doux ourson de peluche pour mon fils qui repose cette nuit à l'école du docteur Fortescue, en fixant ce nouveau monde tout blanc de ses petits yeux bridés.

Chapitre huit

Je ne suis pas capricieux en matière de télévision, mais ce soir, quand même, c'est maigre. Au canal 4, on annonce *Miracle dans la 34e Rue*, avec Thelma Ritter et nul autre qu'Edmund Gwenn, le tueur de fourmis géantes. Dans ce film, Gwenn incarne le Père Noël d'un grand magasin new-yorkais. Mon *TV Guide* décrit *Miracle* comme « un récit chaleureux et éternel, idéal pour la saison des Fêtes ». Je pense que je puis m'en passer.

Je préfère m'étendre sur mon lit, à l'écoute du vent qui hurle dans les grands canyons gris formés par les tours d'habitation, à la recherche des larges avenues et des cours d'école.

Deuxième partie

Chapitre un

Je rêvais de mon père, lorsque quelque chose m'a tiré de mon sommeil et m'a laissé en panne, à cligner des yeux devant le mur. Il est trois heures. Le vent est tombé, mais a laissé un monde de glace. Les grands buildings sont tout noirs contre la neige. À quelques rues d'ici, dans Napier Avenue, j'aperçois les gyrophares des équipes de nuit qui enlèvent la neige. Et, très bas au-dessus du lac, les feux de position d'un jet qui descend vers l'aéroport international.

Je rêve rarement et quand cela se produit, ce sont des rêves de violence et de débauche. Mais ce soir, mon rêve était paisible et nostalgique, comme les images d'un vieux livre d'école. Je marchais main dans la main avec mon père dans une rue de Middlesburgh et je lui posais des questions sur la guerre. Il rentrait de la meunerie où il travaillait, marchant à grandes enjambées, la pointe du pied bien en dehors, la boîte à lunch d'aluminium marquée à un bout des lettres AW au pochoir, serrée au creux du bras gauche. Une fine poussière blanche emplissait les coutures et les plis de son blouson de toile bleue et les craquelures de ses bottes. Nous parlons des paras britanniques à la bataille d'Arnheim en septembre 1944 : je lui demande où il se trouvait pendant la bataille.

Mon père était un homme de week-end, mais seulement après qu'il eut découvert qu'il ne pouvait vivre autrement. La différence entre mon père et les autres hommes de week-end était que mon père avait choisi le passé très tôt. Beaucoup choisissent le passé, mais à un certain âge, quand ils ont perdu toute illusion sur l'avenir. Mon père n'avait jamais éprouvé beaucoup d'intérêt pour l'avenir et avait choisi le passé alors qu'il était encore un jeune homme.

Parmi mes plus beaux souvenirs d'enfance, il y a les lettres de mon père que nous apportait le facteur. Mon père s'était engagé quelques jours après que le Canada eut déclaré la guerre à l'Allemagne. Ma mère m'a raconté comment les choses s'étaient passées. Un matin de septembre, il partit comme d'habitude pour la meunerie, mais dès dix heures et demie, il était de retour. Ma mère, qui était sortie étendre du linge, le retrouva assis à table en train de se verser du café. Il lui dit qu'il s'était engagé et que si le médecin ne lui trouvait rien d'anormal, il partirait pour le camp de Borden dans quelques jours. Elle était abasourdie.

Beaucoup de gens se demandèrent pourquoi un homme marié et père de deux petits enfants était si pressé de s'engager. Certains vantaient son patriotisme — c'est une chose que j'ai entendue souvent quand j'étais petit. Les instituteurs me montraient du doigt à l'école en disant des choses du genre de : le père de Wes se bat pour la démocratie. Ou les anciens combattants de la Grande Guerre m'arrêtaient dans la rue et me caressaient la tête en me disant que mon père était très brave. Mais je ne crois pas que mon père se soit vraiment inquiété de son pays ou de la démocratie. Je pense qu'il était parti pour fuir l'ennui

76

qui guette les hommes de week-end, car il n'y a pas de diversion plus grande qu'une guerre en pays étranger.

Il nous décrivait sa vie de soldat dans des lettres merveilleuses, des lettres pleines du terrible sifflement des bombes dans la nuit, des rues noires de Londres et d'enfants aux yeux cernés, tassés dans des wagons en partance pour l'Écosse. Quelquefois, il y avait quelques vers où il décrivait les églises de pierre et les haies vertes de la campagne. Il y avait souvent des corneilles haut dans le ciel au-dessus des champs de blé et de grandes armadas de camions kaki sur les routes de campagne au crépuscule. Il avait l'air heureux de pouvoir observer tout cela. La veille du débarquement en Normandie, il nous écrivit une longue lettre émue, sur le pont d'un navire quelque part dans la Manche. Il était très excité. *Nous allons bientôt écrire une page d'histoire*, écrivait-il. *Je le sens au fond de moi-même.*

Ma mère nous lisait ces lettres et, quand elle avait terminé, elle me les laissait prendre et regarder les pattes de mouche brunâtres. Puis j'allais m'allonger sur mon lit pour contempler les modèles d'avion de mon frère, des Spitfire et des Messerschmitt de balsa suspendus au plafond par des fils invisibles, et qui remuaient dans le vent. Et je restais là à observer les lentes girations des avions, envahi par les images de mon guerrier de père et de ses batailles.

Quand il revint, Art Wakeham désappointa bien des gens. Il désappointa ma mère et les amis de la famille parce qu'il buvait énormément et ne semblait pas pressé de retourner à la meunerie. Il désappointa également Frank quand ils se rendirent compte tous les deux, après quelques semaines, qu'ils ne s'aimaient pas beaucoup. Et enfin, il me désappointa aussi, parce que j'étais un petit garçon et que les petits garçons ont beaucoup d'imagination. Il n'était pas responsable de mes rêves, mais je l'en blâmai néanmoins, parce que les petits garçons sont ainsi faits. Il n'y a pas de place dans leur vie pour l'ironie du sort, où il ne voient que de la perversité.

Le jour de son retour, une journée d'octobre lumineuse comme un prisme, nous étions allés le chercher à la gare d'autobus, nerveux tous les trois, raides comme des piquets dans nos habits neufs, les cheveux encore mouillés. Quand l'autobus arriva, mon père n'était pas dedans. Ma mère marcha lentement jusqu'au guichet où on lui dit qu'il n'y en aurait pas d'autre avant le lendemain. Puis nous rentrâmes à la maison dans l'affairement bruyant de cette fin d'après-midi et nous mangeâmes solennellement le poulet que ma mère avait prévu depuis des semaines pour l'occasion.

Il arriva le même soir, peu après le coucher du soleil. J'entendis le bruit d'un moteur à la porte et quand je regardai par la fenêtre, je vis une haute silhouette appuyée contre la voiture, en conversation avec le conducteur. Ils riaient tous les deux et j'aperçus le reflet ambré d'une bouteille à la lueur du tableau de bord. Puis la silhouette salua le conducteur d'un geste de la main, ramassa un grand sac et une valise, et se tourna vers la maison. Je restai là, écoutant les pas sous ma fenêtre, puis j'entendis ma mère pousser un cri étouffé. Elle avait failli s'évanouir de surprise.

Qui donc était cet Ulysse moderne, auteur de récits fabuleux, personnage romanesque, grand aventurier enfin rentré dans son foyer auprès des siens? Quand il entra dans ma chambre et ouvrit la lumière, j'aperçus un homme maigre et fatigué, en uniforme kaki tout froissé, qui avait mauvaise haleine et traînait un relent de pissotière. Avec sa mèche de cheveux noirs devant les yeux, son regard ingénu et son sourire d'adolescent timide, il semblait à peine plus âgé que

78

mon frère Frank. Il n'avait pas l'air d'un père de famille, encore moins du mien. Quand il se pencha pour m'embrasser, j'éprouvai une profonde déception.

Le capitaine Art Wakeham était donc de retour d'une guerre lointaine. Il rangea son uniforme dans une penderie à l'étage et revêtit un pantalon gris et un veston à carreaux. Puis il s'enlisa dans un profond malaise, comme un navire dans le calme plat. Au bout de quelques semaines, il ne parlait plus que lorsqu'on lui adressait la parole. Il resta plusieurs mois assis à la table de la cuisine, invariablement poli mais lugubre, regardant par la fenêtre la neige qui tombait jour après jour d'un ciel de fer blanc. Il resta là, comme hypnotisé, jusqu'à ce que le soleil laiteux de mars eût fait fondre la neige et que les merles fussent venus à la fenêtre l'avertir du retour du printemps. Devant cette angoisse figée, ma mère se tordait les bras de désespoir mais sans dire un mot. Mon frère Frank fuyait la maison ou s'enfermait seul dans sa chambre.

Moi, je lui posais des tas de questions sur la guerre et les événements mémorables qu'il avait vécus. Mon père ne parlait de la guerre qu'à moi. Il me raconta le jeudi où il avait aperçu son premier Allemand, et ce qu'il éprouvait à Londres, un certain mercredi, quand il se retrouva vivant après le passage des bombardiers. Il était toujours très précis quant au jour et à l'heure, et je présume qu'il avait un journal de tout cela, quoique personne ne l'ait jamais vu. Il me regardait par-dessus la table, puis ses yeux dérivaient vers la fenêtre et il disait : «Cela s'est produit le 22 septembre 1944, un lundi, à deux heures trente de l'après-midi.» Ou encore : «Voilà comment je me sentais vers cinq heures trente le matin du jeudi 19 août 1942.» Il me disait toujours également l'heure qu'il était ici à Middlesburgh, au même moment, ce qui me permettait d'imaginer ce que je faisais en même temps. Cela devint une sorte de jeu, le plus beau jeu de mon enfance.

Dans les derniers temps de son Grand Malaise, mon père prit l'habitude de faire de longues promenades et d'errer dans les rues enneigées de la ville, inattentif aux regards des ménagères embusquées derrière leurs rideaux ou aux livreurs qui l'observaient du coin de l'œil. La plupart des gens se disaient que la guerre l'avait traumatisé et évitaient de le regarder en face. À mesure que le printemps avançait, ses sorties se faisaient plus fréquentes : quelquefois même il sortait du village et vagabondait jusqu'au lac par les champs couverts de chaume brun et sec. Ou il cheminait sur les routes goudronnées comme un moine médiéval, regardant les mainates batifoler dans l'air vif du printemps ou s'arrêtant pour mesurer avec un bâton la profondeur d'un fossé ou d'un ruisseau. Une fois je le suivis dans un de ces pèlerinages mystérieux, à l'affût derrière les arbres, l'observant enjamber les clôtures ou s'immobiliser dans un pré, attendant Dieu sait qui, à l'écoute de Dieu sait quoi.

Un soir d'avril, il rentra l'air jubilant. Son changement d'attitude était si visible que ma mère et moi nous nous regardâmes. Frank était sorti. Mon père ne sembla pas s'apercevoir de notre étonnement. Il était profondément excité. Et il était parfaitement sobre.

«Dieu, quelle soirée!» fit-il, en s'assoyant et en nous regardant. Il était tout rouge et ses gros yeux luisaient comme des zircons. Il resta assis un bon moment à secouer la tête et à nous regarder d'un air intrigué. Tout son corps semblait secoué de quelque plaisir secret.

«Écoutez, finit-il par dire. Je sais que ça peut sembler bizarre, mais je veux que nous allions ensemble à Summit Hill. À pied.»

Ma mère, debout près du poêle, le fixait des yeux. Elle revenait peu à peu de son étonnement et retrouvait graduellement son aplomb.

« Je suis sérieux. » Il rit comme un enfant et mit ses mains à plat sur la table. « La soirée est belle. Ce n'est pas difficile. Nous serons de retour dans une couple d'heures. »

« Art, je suis en train de faire le souper », répondit ma mère, prosaïquement. « J'ai presque fini. »

Mon père fronça les sourcils et tambourina des doigts sur la table. « Et alors...ça ne va pas se perdre ? Venez tout de suite. »

Ma mère enleva le chaudron du poêle et se rendit à l'évier où elle jeta l'eau des pommes de terre. La vapeur embua la fenêtre devant l'évier. Elle secoua soigneusement son chaudron et en inspecta le contenu comme si elle se fût attendue à y trouver autre chose que des légumes brûlants.

« Alors, qu'est-ce que tu en dis ? » demanda mon père en l'observant.

« Mais à quoi penses-tu, Art ? dit-elle. Il fera bientôt noir. » Puis elle sourit et traversa la cuisine. « Remettons cela à dimanche. Non ? Nous irons dimanche s'il fait encore beau. »

« Je ne veux pas y aller dimanche, sacré bon Dieu, je veux y aller tout de suite, répliqua-t-il lentement. Je serai peut-être mort dimanche. Nous serons peut-être tous morts. »

Un éclair de colère brilla dans les yeux de ma mère.

« Cesse de dire des bêtises, pour l'amour de Dieu, répondit-elle. Mort ! Qu'est-ce que cette idée ? Qu'est-ce que tu cherches ? À terroriser cet enfant ? »

« Ça n'est pas une bêtise », cria-t-il. La querelle

avait éclaté. L'abcès qui avait enflé tout l'hiver venait de percer. Ma mère était restée sans défense devant son terrible silence et les après-midi passés à rêver devant la fenêtre, mais le bruit et la fureur ne lui faisaient pas peur.

« Tu ferais mieux de te conduire en adulte, Art Wakeham », dit-elle d'un ton glacé.

« J'en suis un, cria-t-il. T'inquiète pas. »

« T'inquiète pas ? Précisément, je m'inquiète. Il n'y a plus personne qui semble se soucier de rien, ici ! »

« Christ ! Qu'est-ce que tu me veux ? » Il tremblait comme une feuille.

« Qu'est-ce que je te veux ? » Ma mère déclamait comme une actrice. La question était outrageante. « Je veux que tu te conduises comme un mari et comme un père. Je veux que tu redescendes sur terre et que tu cesses de rêvasser toute la journée aux vieux pays. La guerre est finie et je te demande de t'en rendre compte. »

« Je m'en rends compte. Je m'en rends compte ! » Il se leva, tremblant de rage, presque en pleurs. Puis il se précipita vers la porte et disparut dans la tiède nuit d'avril.

Il rentra très tard et très ivre. Je l'entendis s'affairer en bas, puis l'odeur de sa cigarette me parvint. Il avait repris sa veille près de la fenêtre de la cuisine. Mais le lendemain matin, il se leva avant nous tous. Quand il rentra à midi, il avait un paquet recouvert de papier manille. Après le déjeuner, il l'ouvrit, revêtit la salopette de toile bleue toute raide qu'il contenait, puis partit pour la meunerie.

Jusqu'à sa mort onze ans et demi plus tard, mon père ne manqua pas une seule journée de travail. Et ma mère et lui ne se querellèrent plus jamais. Après que mon père eut recommencé à travailler, le Grand

Malaise disparut, sans rechutes. Et si vous croyez qu'il se laissa couler dans une sorte de mélancolie souffreteuse, vous vous trompez. Mon père n'était pas un geignard. C'était un homme tranquille que la plupart des gens prenaient pour un grand penseur, quoique je n'aie pas l'impression qu'il ait sérieusement pensé à autre chose qu'aux événements considérables qu'il avait vécus.

Il cessa ses longues promenades et acheta une petite Studebaker grise, une voiture aux lignes profilées, révolutionnaires. Du moins, en 1947, on le pensait. Tous les samedis matin, beau temps mauvais temps, il la lavait, dedans comme dehors, avec un soin minutieux. En fait, mon père était devenu un homme rangé et méticuleux. On ajustait les montres à la sienne et je crois qu'il y prenait un certain plaisir. Il buvait quelques bouteilles de bière à Noël et cessa de fumer en 1948. Pour des raison à lui, il refusait de fréquenter le Club de la Légion avec les autres anciens combattants. Il ne me parla plus jamais de la guerre, et nous ne jouâmes plus à notre grand jeu...

Quelquefois, cependant, je savais qu'il ressassait ces souvenirs, en une sorte de petit cinéma intime. Installé dans son fauteuil, il semblait lire le journal ou écouter la radio, mais ses yeux se voilaient et on pouvait le voir se mordiller l'intérieur de la joue comme un homme qui a perdu son chemin dans une ville inconnue et cherche à s'orienter. À ces moments-là, il ne nous voyait plus : il se divertissait devant l'écran du passé.

Chapitre deux

Ce matin, la neige scintille au soleil et fait mal aux yeux. Sous ma fenêtre, le sifflement de pneus d'une voiture enlisée déchire l'air : sans doute quelque malheureux employé qui commence son jeudi dans la neige jusqu'aux essieux, déjà en retard pour un meeting, avec des problèmes qui l'attendent.

Je déjeune de Rice Krispies, de toasts de blé entier, de café instantané. À la fortune du pot, littéralement : sur le comptoir, j'ai deux grands pots vides de beurre de cacahuètes Peter Pan, qui contiennent maintenant plusieurs petits papiers pliés. L'un est marqué «Petit déjeuner : menus» et l'autre «Chemins du bureau». Chaque matin de la semaine, je ferme les yeux et je tire un billet de chacun des deux pots. Le premier contient une douzaine de menus pour le petit déjeuner. Des choses simples : Spécial K, craquelins et chocolat, œufs durs, muffins et thé, Banana Instant Breakfast. Si je ne m'en remettais pas ainsi aux décisions objectives du hasard, je finirais, j'en suis sûr, par faire ce que mon père a fait tous les jours de sa vie : avaler une assiette de corn flakes et deux toasts de pain blanc. Et tôt ou tard, cela me donnerait le cafard.

Même chose pour aller au bureau. J'ai tracé dix-huit itinéraires différents. Certains sont extrêmement compliqués et m'obligent à emprunter des rues à sens unique et des culs-de-sac. Selon le billet que je tire du pot de beurre de cacahuètes, il me faut de cinq minutes à une demi-heure pour me rendre à mon travail. Le chemin le plus direct et le plus court va, évidemment, d'Union Avenue à Britannia Road vers le nord : quelques pâtés de maison, c'est le chemin par où je reviens tous les soirs. Mais il y a aussi le Labyrinthe, un circuit d'une demi-heure, qui permet d'éviter les grandes artères et de traverser toutes les rues tranquilles d'Union Place, en prenant garde aux petits enfants qui n'écoutent pas toujours les conseils de sécurité qu'on leur donne à l'école et qui surgissent entre les voitures stationnées. Je n'ai tiré le Labyrinthe qu'une fois depuis que je travaille aux Éditions Winchester.

Chapitre trois

En entrant aux Éditions, ce matin tout bleu et blanc, je sens de l'électricité dans l'air. Il y a un vent agité derrière le bruit des machines comptables et des machines à écrire. Il y a de la fumée dans l'air qui crépite. Les visages sont plus vivants derrière les machines, les yeux à la fois vigilants et inquiets. Je flaire une distraction de taille. Pas mal pour un jeudi — en fait, il s'agit d'une double distraction, ce qui est rare : comme si l'excitation de Noël, avec son clinquant et sa musique, ne suffisait pas. Je me sens moi aussi secrètement excité et je me dis que quelqu'un est mort. Quelqu'un d'important. Harry Ingram a fait une crise cardiaque à New York ou Sydney Calhoun s'est effondré sous son bureau. Peut-être Cecil White a-t-il sauté de la fenêtre des toilettes et est-il tombé sur la tête. Même l'inexpressif faciès teuton de madame Bruner trahit une petite flamme intérieure. Nous nous saluons d'un hochement de tête, sans sourire mais corrects. Je m'entends mieux avec elle quand je suis simple et direct. Aussi ce matin, Frau Bruner, serai-je très civil, mais distant et glacial. Par la porte ouverte du bureau de Sydney, j'aperçois la lourde silhouette de Roger MacCarthy en pantalon gris et en blazer marine. Il est appuyé sur la Carte des Opérations, les mains dans les poches et parle à Sydney en se balançant sur ses talons. Ron Tuttle est là lui-aussi : de temps à autre, j'entends son petit rire nerveux. Pas d'erreur, il se passe quelque chose.

Le courrier du matin est déjà sur ma table — le lot habituel de demandes d'échantillons et d'exemplaires gratuits. Les enseignants ont horreur d'acheter des livres. Je ne les blâme pas. Je trouve aussi une lettre furieuse de monsieur Wilbur Goodlow, directeur du Eagle High School. Fort de son bon droit, blessé dans ses sentiments, il exige de savoir pourquoi il n'a vu personne des Éditions Winchester depuis la visite de monsieur Hickman. Qui est celui-là ? Je crois qu'on m'a dit qu'il s'agissait du prédécesseur de mon prédécesseur. Sydney a gribouillé une note à travers l'en-tête de la lettre : « C'est ton secteur, Wes. Qu'en penses-tu ? Vois-le dès le début de l'année. Écris-lui tout de suite. Fais-moi une copie de la lettre, s'il te plaît. » Tout de suite ! Tout de suite, sauf que Roger MacCarthy est dans l'encadrement de ma porte et me regarde avec un sourire niais.

« 'Jour, Wes. Comment vas-tu ? »

Je lève les yeux, feignant d'être étonné, et je souris : « Bonjour, Roger. »

Mon énorme collègue me regarde d'un air scrutateur en se dandinant dans mon bureau, nerveux comme toujours, secouant la monnaie de ses poches ou feuilletant les spécimens dans les rayons, en attendant que je lui dise : Qu'est-ce qui se passe, Roger ?

« Qu'est-ce qui se passe, Roger ? » lui demandé-je, en levant la tête.

« Syd a reçu un coup de fil de New York ce matin », dit-il d'un ton énigmatique.

« Oh ! »

Roger époussette d'une chiquenaude la tranche d'un manuel de rédaction et tourne la tête vers moi.

« Nous avons été vendus, vieux. »

« Quoi ? »

« Vendus. V-E-N-D-U-S. Fairfax, les Éditions Winchester, tout le bataclan a été acheté par Uécé. » Roger semble terriblement agité par tout cela et ne peut rester immobile une seconde.

« Uécé ? »

« Oui. U.E.C. Universal Electronics Corporation. Harry rentre ce soir en avion et doit expliquer au personnel demain matin les détails de la transaction et ce que nous allons devenir. Selon Sydney, Harry semblait fort déprimé et il est difficile de dire ce qu'il va arriver de nous. »

Roger me raconte tout cela d'un trait, comme un enfant qui décrit un accident grave au coin de la rue. Il s'arrête et enfonce la main très loin dans sa poche, sans doute pour se gratter un testicule.

« Qu'en penses-tu, Wes ? »

« De quoi, Roger ? »

« De cette transaction. Tout, quoi... »

« Je ne sais pas. C'est un choc, non ? »

« Tu parles, dit-il, en secouant la tête. Je dois dire que je n'aimerais pas être dans les souliers de Sydney. »

« Pourquoi ? »

Roger va jusqu'à la porte et la ferme sans bruit.

Puis il revient à mon bureau sur lequel il écrase une lourde fesse.

«Écoute, chuchote-t-il. Il paraît que les types d'Uécé ne rigolent pas...»

«C'est-à-dire?»

«Ce qui les intéresse, c'est le rendement.»

«Ah! oui...»

«On pourrait trouver la soupe chaude ici.»

«Oui?»

«Oui. Écoute.» Roger se penche en avant. Je perçois dans son haleine quelques dernières effluves sirupeux de Scope. C'est aussi mon gargarisme. «J'ai entendu dire que les ventes avaient été mauvaises cet automne.»

«Je vois.»

«N'en souffle pas mot, mais Ron a lunché avec John Derbyshire de la comptabilité l'autre jour. Ils sont comme ça, tu sais?»

Roger croisa le majeur de ses deux mains par-dessus l'index pour montrer l'étroitesse des relations entre Ron Tuttle et John Derbyshire.

«John lui a dit que les ventes d'octobre et de novembre n'avaient pas été particulièrement exaltantes.»

Je concocte un faible sourire. «Ça n'annonce rien de bon pour nous, non?»

Roger ne semble pas amusé. Il me regarde en fronçant les sourcils, ce qui lui donne le front sombre et étroit d'un enfant retardé. Il s'empare de la boule de porcelaine qui me sert de presse-papier et la soupèse.

«Wes...il se peut que nous soyons en sursis, tu sais», dit-il en souriant lugubrement.

Je me garde bien de le dire, mais l'idée de vivre « en sursis », comme dit Roger, ne me fait ni chaud ni froid. Je ne peux qu'observer le fait que Roger semble envisager cette perspective avec joie, et si l'injection dans son système nerveux de cette minuscule goutte de peur l'aide à passer la journée, tant mieux.

« Je ne voudrais pas être dans les bottes de Syd, c'est tout », dit-il, en secouant la tête.

« Évidemment. »

Roger a les cheveux frais coupés, tout hérissés sur la nuque. Quand il se penche en avant, j'aperçois une zone blanche sur le dessus de sa tête. Un jour, il sera chauve. Il a un cou de lutteur qui commence à faire un bourrelet par-dessus son col de chemise. En rentrant à son bureau après le lunch, Roger défait le bouton de sa chemise et tire sa cravate, ce qui lui donne l'air d'un détective qui vient d'interroger un suspect pendant des heures. En ce moment, toutefois, le col de popeline est tendu au point de se déchirer. Roger caresse de son gros pouce ma boule de porcelaine d'une façon particulièrement suggestive.

« De toutes façons, conclut-il, en se relevant et en remettant le presse-papier sur mon bureau, nous saurons bientôt à quoi nous en tenir, je présume. »

« Très juste. »

Il marche vers la porte en me jetant, par-dessus son épaule : « Dis-donc, Wes, pourquoi ne pas venir luncher avec Ron et moi, à midi. Nous mangeons au *Capitaine.* »

« Bonne idée, Roger. Ça me fera plaisir. »

« Bon. À tout à l'heure alors. »

« À tout à l'heure. »

Après le départ de Roger, j'entame ma lettre à

Wilbur Goodlow d'Eagle. *Cher monsieur, en réponse à votre lettre du 17 décembre, je vous remercie d'avoir bien voulu nous alerter. Nous regrettons de n'avoir pu encore vous rencontrer. De nombreux changements de personnel nous ont forcés à réorganiser...* — je déchire la lettre en bougonnant. Je pense à Molly. Ce n'est pas le moment des grandes décisions, Molly. À ce moment de l'année, la chrétienté est sens dessus dessous. Tout sent le bonbon à la menthe et je suis incapable de penser juste. Mettons tous nos problèmes en veilleuse, je ne demande pas mieux. Mais attendons un lundi ordinaire, en janvier, quand le monde sera tout neuf et que nous verrons mieux ce que nous faisons.

Chapitre quatre.

« Allô, Harold ?... Mais non, vous ne me dérangez pas. Excusez-moi de ne pas avoir rappelé hier, mais j'avais un meeting du service des ventes... »

Un petit mensonge. Harold Pendle m'appelle de l'école secondaire d'Union Place, entre deux cours. J'entends un moutonnement de voix en bruit de fond et un haut-parleur qui informe tout le monde à une lieue à la ronde qu'il y aura réunion générale à l'amphithéâtre à trois heures...

« J'espère que je ne vous dérange pas, dit Harold de sa voix nasillarde. J'appelle de la salle des professeurs. »

« Pas du tout, Harold. En fait, j'étais sur le point... »

« ... le jeudi, j'ai une grosse journée. J'ai sept cours à la suite, sans un seul trou. »

« C'est beaucoup. »

« Beaucoup. »

Un ange passe et nous nous torturons tous deux

les méninges pour trouver quelque chose à dire. Harold y réussit le premier.

«Je reçois quelques amis, ce soir... à l'occasion des Fêtes. Surtout des enseignants, mais aussi une ou deux personnes du monde des affaires, comme vous... Je sais qu'il est bien tard pour vous inviter, mais je me demandais si vous accepteriez...» Je ne vais pas particulièrement m'amuser au petit raout d'Harold Pendle. Je n'aime pas Harold Pendle plus qu'il ne faut et je pense que mon absence de sentiments est partagée. Mais je vais accepter l'invitation quand même. Après tout, c'est la saison des parties. Je n'ai été invité nulle part depuis des mois, peut-être des années. En vérité, je ne me souviens pas de ma dernière soirée.

«Harold, c'est très gentil... En fait, je suis libre ce soir et je serai enchanté d'accepter votre invitation...»

De nouveau, un grésillement, puis le haut-parleur résonne : *Attention, attention, s'il vous plaît. À cause de l'absence de mademoiselle Bonheimer, les cours de français 9c, 9f, 10c et 11e ont été annulés. Les élèves de mademoiselle Bonheimer sont priés d'aller étudier à la cafétéria pendant ce temps. Je reprends : à cause de l'absence...*

Le silence est tombé de nouveau entre Harold et moi. Il doit sans doute écouter lui aussi le haut-parleur.

«Allô. Allô. Harold ?»

«Quoi ?»

«Allô ?»

«Oui.»

«Je serai là ce soir.»

«Parfait. Je m'excuse, j'écoutais une annonce. Il semble qu'un des professeurs soit malade. La grippe a frappé pas mal dur dernièrement.»

94

« Oui. C'est le temps. »

« Pardon ? »

« Je dis que c'est le temps de la grippe. »

« Ah ! oui, sans doute... Eh bien ! je suis heureux que vous soyez des nôtres. À partir de huit heures. Vous savez où j'habite ? »

« Non, je ne crois pas... »

« Je vois. Vous connaissez un peu Union Place ? »

« Très bien. Et j'ai une bonne carte. »

« Eh bien ! vous n'aurez pas de difficulté. J'habite au onze quarante-sept... vous avez un crayon ? »

« Oui. Allez-y. »

« Onze quarante-sept Union Park Crescent... la dernière maison de la rue... blanche, de style colonial. Vous ne pouvez pas la manquer. »

« Très bien. »

« Il y a un gros Père Noël sur le toit. »

« Oui ? »

« C'est pour les enfants, vous savez. »

« Bien sûr. »

« Et un Joyeux Noël clignotant. Impossible de ne pas le voir. »

« Compris. »

Un autre silence malaisé pendant lequel j'entends quelqu'un demander cinq cents pieds de papier ministre et la liste des absences de Billy Butler. Harold semble mal à l'aise.

« Je me demandais... est-ce que votre épouse vous accompagnera ? Elle sera la bienvenue, vous savez. »

« Non, je ne pense pas, Harold. Je viendrai seul. »

95

« Je vois. Comme vous voudrez. Je vous demandais cela parce qu'Edna aime bien savoir ce genre de choses à l'avance. C'est plus facile pour préparer son buffet. »

« Bien sûr. »

L'explosion d'une sonnerie m'écorche les oreilles. Harold doit y être appuyé.

« C'est la cloche. Je dois vous quitter. Je vous attends ce soir. N'importe quand après huit heures. Onze quarante-sept Union Park Crescent. La maison avec le Joyeux Noël sur le toit. »

« Parfait. Je vous remercie, Harold. »

« À tout à l'heure. »

Harold Pendle et moi étions dans la même classe au high-school de Middlesburgh, dans les années cinquante. Nous n'avions rien en commun et n'avons probablement pas échangé cinquante mots en cinq ans. Pour dire vrai, je l'avais toujours trouvé un peu lèche-cul, assis bien droit à l'avant de la classe, avec les filles. C'était le chouchou des pions: toujours les meilleures notes et scout modèle. Avant les examens, pendant que nous marinions dans l'angoisse de l'échec, il attendait calmement qu'on distribue les feuilles, les mains croisées. Il semblait adorer les examens.

Nos victoires sur Harold étaient toujours mesquines. Dans le vestiaire qui puait l'alcool à friction, il était la proie de brutes comme Weiner Collins. Collins était un crétin, un footballeur trapu et sans cervelle pour qui le comble de l'humour consistait à se promener tout nu dans le vestiaire en tortillant de façon efféminée un cul aussi velu qu'énorme. Nous croulions de rire. Mon frère Frank m'a dit que Weiner est maintenant conseiller municipal à Middlesburgh. Dans le temps, il n'aimait rien mieux que de tourmenter Harold Pendle au vestiaire de l'école. Son manège préféré consistait à attendre qu'Harold se soit assis devant son casier, tout timide dans son caleçon rayé, puis à venir s'installer devant lui, nu comme un ver. Il se lançait dans une conversation grossière avec un autre joueur à l'autre extrémité du vestiaire, mettait un pied sur le banc, et laissait se balancer son sexe, qu'il avait considérable, à quelques centimètres du nez d'Harold. Il m'arrivait quelquefois, pas souvent cependant, d'éprouver de la pitié pour Pendle.

Ensuite, Harold fréquenta l'Université Queen's où il obtint un diplôme d'anglais, summa cum laude, puis épousa, à ce qu'on m'a dit, la fille la plus brillante de sa promotion et fut engagé à l'école secondaire d'Union Place. Tout ce temps-là, je ne le revis qu'une fois ou deux à Middlesburgh. Une fois, en juillet, par une journée torride, je l'observai au super-marché remplir de caisses de provisions une familiale Ford : il était grand, avec des jambes maigres et portait un short blanc, un maillot et des baskets. Une jeune femme au visage chevalin, assise à l'avant de la voiture, l'air renfrogné, regardait la rue brûlante pendant qu'à l'arrière deux petites filles grimpaient sur les caisses. Harold était très affairé et ne leva pas les yeux quand je passai à côté de lui. Je ne le connaissais pas assez bien pour oser lui dire bonjour. Une autre fois, quelques années plus tard, un homme qui ressemblait beaucoup à Harold me salua du volant d'une familiale, un dimanche après-midi, en août. Mais il pleuvait, les glaces étaient embuées et je ne suis pas certain qu'il se soit agi de lui.

En dehors de ces deux occasions, je ne revis jamais Harold avant ma première visite à l'école secondaire d'Union Place, un mercredi matin en septembre. C'était une journée chaude et embrumée, une des dernières de l'été. Avant d'entrer dans

97

l'édifice, je m'arrêtai un moment près de la porte pour humer une dernière fois l'air du matin et observer un groupe de jeunes filles qui faisaient de la gymnastique sur la pelouse. C'étaient de belles jeunes femelles, dixième année, tout en jambes et en bras lisses et bruns qui jaillissaient en tous sens de leurs ensembles bleu ciel. Leur moniteur était une femme courtaude en collant blanc, avec les cheveux courts et des jambes musclées, vraisemblablement une lanceuse de poids. Elle s'époumonait à souffler dans un petit sifflet d'argent pendu à son cou et, à chaque coup de sifflet, ces amours de belles pouliches hâlées déployaient un nouveau jeu de muscles. J'avoue que j'aurais pu rester jusqu'à la fin des temps à rêver devant toute cette douce chair fraîche quand soudain une voix derrière moi me fit sursauter.

«Joli gibier, hé!» dit la voix, malicieusement. «Vous pourriez aller en prison pour des pensées comme celles-là, mon ami!»

Je me retournai, abasourdi. Mon interlocuteur était un petit homme aux épaules rondes, aux cheveux châtain clair, dans la quarantaine. Il était tout à côté de moi et fixait le terrain de gymnastique à travers des lunettes à montures mouchetées, en se tapant sur la jambe avec un porte-documents tout écorné.

«Je regarde ça cinq fois par semaine depuis quinze ans», dit-il, en branlant le chef lentement. «Croyez-moi, on ne s'y habitue jamais.» Il fit un petit bruit avec sa langue. «Et c'est le pire moment de l'année. Les petites chattes... elles reviennent de vacances toutes bronzées et lisses... avec ces foutues jupettes...» Il me fit un gros clin d'œil et m'enfonça son coude dans les côtes, comme si nous partions pour une partouze. «C'est au point, mon ami, qu'il y a des moments où je ne peux pas me lever de mon bureau... Je n'ose pas.»

« Non ? »

Il prit un air polisson et entendu : « Vous me comprenez ? »

« Je comprends quoi ? »

Il jeta un coup d'œil autour de lui et me montra sa braguette du doigt. « Il ne veut pas rester tranquille, certains jours. »

« Ah ! bon. » Je ris faiblement. C'était un obsédé, certainement.

« Et vous pouvez être sûr que certaines d'entre elles ne demanderaient pas mieux. »

Il se pencha vers moi et me serra le bras avec une force surprenante. « En fait, il y en a un tas qui font tout pour... » ajouta-t-il, presque menaçant.

Il recula d'un pas et me regarda droit dans les yeux pour la première fois. « Vous êtes vendeur, mon ami ? »

« Oui. »

« Alors, vous devez savoir ce que je veux dire, non ? » ricana-t-il, en me donnant encore une fois du coude dans les côtes. J'approuvai de la tête, en me demandant comment me débarrasser de cet excité. Il me tendit brusquement la main.

« Hank Bellamy. Je suis directeur du département de chimie ici. Auriez-vous quelque chose en chimie organique pour la cinquième année ? »

« Eh ben... »

Il jeta un coup d'œil à son poignet marqué de taches de rousseur. « Chrrrrist... J'ai déjà un putain de retard... Je vous reverrai, monsieur... »

« Wakeham... Wes Wakeham. »

« Alors au revoir, Wes. À la prochaine... »

Puis il disparut par la lourde porte, me laissant

seul pour trouver le salon des professeurs.

J'avais rendez-vous avec le responsable du département de biologie. Je l'attendais dans un grand fauteuil près d'une fenêtre quand un long type maigre apparut. Il était droit et raide comme un manche à balai, roux de poil, avec une pomme d'Adam proéminente et un long visage pincé qui m'était vaguement familier. Il me jeta un coup d'œil en se versant une tasse de café.

La salle bourdonnait agréablement de murmures tranquilles et de rires discrets. La plupart des professeurs relaxaient, fumant une pipe ou une cigarette, parlant de l'été, en attendant le début de leur prochain cours. Une atmosphère de club paisible. Le soleil du matin filtrait entre les lattes des stores et projetait des rais de poussière dorée sur la moquette et les fauteuils de cuir. Je commençais à m'engourdir : la chaleur muette du soleil sur ma tempe gauche chassait lentement le souvenir de l'hystérique que j'avais rencontré à la porte. Dans un effort héroïque pour rester éveillé, je me mis à feuilleter *Le Cycle de la vie*, qui pesait lourdement sur mes cuisses.

Les yeux à demi fermés, je vis le grand type maigre s'approcher de mon fauteuil, un sourire crispé aux lèvres. Le livre était ouvert sur une illustration en trois couleurs de la métamorphose de l'*Adalia bipunctata* ou coccinelle. Le grand type me parla d'une voix flûtée.

« Bonjour vous… Est-ce que je ne vous connais pas ? »

« Eh bien… »

« Ne vous appelleriez-vous pas Wes Wakeham ? »

« Oui, mais… » balbutiai-je, en me levant péniblement. « Et vous êtes… »

« Harold Pendle », dit-il en me tendant une main effilée et glacée.

« Mais bien sûr… Comment ça va, Harold ? »

« Très bien, merci », dit-il, en souriant toujours maigrement. « Je vois qu'on est dans le commerce maintenant… » Il se posa avec précaution sur un fauteuil, tenant sa tasse de café d'une main. « Quelle maison représentez-vous ? »

« Les Éditions Winchester. »

« Ah ! oui. Je crois que j'ai rencontré quelqu'un de chez vous il y a un moment… Calhoun, je crois… »

Il s'arrêta pour sucer une gorgée de café en me regardant par-dessus le bord de sa tasse. « La dernière fois que j'ai entendu parler de vous, vous travailliez pour une agence de publicité ou quelque chose de ce genre… »

« Oui. Ça fait un bon moment. »

Harold aspirait son café lentement, en prenant garde de ne pas se brûler les lèvres. « Je vois, finit-il par dire. J'ai été extrêmement peiné d'apprendre le malheur qui vous a frappé… »

« De quoi parlez-vous ? » demandai-je.

Harold déposa sa tasse sur le parquet et alluma une cigarette extra-longue. « Votre fils. J'ai entendu parler de son… état et je suis vraiment désolé. J'espère que je ne vous embarrasse pas. Je crois qu'il vaut mieux être très ouvert pour ce genre de choses. »

« Oui. Oui. Ça vaut mieux… »

Il prit plusieurs bouffées rapides de sa cigarette et attendit quelques secondes avant de parler de nouveau.

« Depuis combien de temps êtes-vous dans ce métier ? »

101

«Oh! une couple de semaines. En fait, je suis encore un apprenti.»

«Je vois, dit Harold. Eh! bien, ça me fera plaisir de jeter un coup d'œil sur ce que vous avez à vendre, bien que je doive vous prévenir que nous avons déjà commandé tout ce qu'il nous faut pour l'année. Mais il y aura l'année prochaine, non?»

«J'espère bien...»

«Quoi?»

«Oh! rien...»

«Il n'est jamais trop tôt pour se préparer.»

«Non», fis-je platement.

«M. MacCauley nous demande conseil avant de choisir les manuels et le matériel. Au moins, voilà un directeur qui écoute ses professeurs, Dieu merci. Et c'est normal. Après tout, c'est nous qui allons nous en servir.»

«Très juste.»

Il rapprocha son siège du mien et se pencha en avant comme une vieille fille, les mains allongées sur ses genoux osseux.

«Est-ce que vous seriez intéressés à publier une grammaire d'un genre tout à fait nouveau?» demanda-t-il, *sotto voce*.

«Oui, j'imagine...»

«Vous *imaginez*», dit-il, susceptible.

«Vous *voyez*... c'est difficile à dire avant d'en savoir davantage.»

«C'est juste», dit-il en se renversant dans le lourd fauteuil de cuir qui chuinta doucement sous son poids.

Il me regarda en fronçant un sourcil puis se pencha de nouveau vers moi. «C'est un projet que je

102

mûris depuis quelques années et je me sens maintenant prêt à le proposer à un éditeur.» Il prit une autre bouffée de sa longue cigarette. «*La grammaire moderne raisonnée!* Comment cela sonne-t-il?»

«Je trouve que ça sonne bien.»

«C'est une démarche complètement nouvelle pour enseigner la grammaire et je suis vraiment enthousiaste. J'en ai parlé à des collègues qui ont aussi semblé aimer l'approche... parce que les détails, vous comprenez, c'est encore un secret.» Il se tut et me jeta un regard sévère. «Croyez-vous réellement que votre maison pourrait s'y intéresser?»

«Oui... oui, certainement, Harold.»

«J'ai fait des recherches assez approfondies. J'ai plusieurs chemises de notes. Vingt pour être précis. Quoique je n'aie pas encore commencé à rédiger le texte définitif.»

J'entrevis une porte de sortie.

«Je comprends. Voici, Harold: pourquoi ne pas nous donner un chapitre et un plan d'ensemble de l'ouvrage. Envoyez-le moi, je le montrerai au comité de lecture.»

Il resta coi, tapotant ses lèvres du bout du doigt. «Excellente idée», fit-il, en regardant attentivement la cendre qui s'allongeait au bout de sa cigarette. «Très juste. C'est la chose à faire... un chapitre et le plan de l'ouvrage...»

Il secoua sa cigarette au-dessus du cendrier. «En passant, avez-vous des relations avec un éditeur américain?»

«Certainement. Nous sommes associés à Fairfax Press, de New York. Avec un bureau à Londres.»

«Excellent. J'ai l'impression, personnellement, que ce manuel pourrait avoir... je dis bien pourrait...

avoir un impact considérable sur le marché américain, au deuxième cycle du secondaire. »

« Merveilleux. »

Il se pencha pour reprendre son café. « Eh bien ! Wakeham, je suis heureux que nous ayons eu l'occasion de bavarder. Espérons que cette rencontre sera... fructueuse... pour nous deux. »

« Je l'espère. »

« Quand je suis entré, je vous ai aperçu par hasard à travers la pièce et je me suis dit : cela ressemble terriblement à un type qu'il y avait à l'école. »

« Je suis heureux moi aussi de cette conversation, Harold. »

« Et vous croyez que la meilleure façon, c'est d'envoyer un chapitre et un plan d'ensemble ? »

« Absolument... C'est de loin la façon la plus professionnelle. C'est ce que font nos auteurs les plus cotés. Vous voyez cela donne à l'éditeur la chance d'évaluer toutes les phases du projet... » Je commençais à me réveiller.

« C'est juste. Je vois. Très bien, alors, je vais vous envoyer tout cela sans tarder. »

Il se leva en déployant son long squelette comme s'il sortait d'une boîte à surprises. Nous nous serrâmes la main.

« Ça a été très agréable de vous revoir, Wakeham. Je suppose que vous n'allez pas souvent à Middlesburgh. »

« Non. Juste une fois ou deux par année, pour voir mon frère et sa famille. »

« Je vois. Et comment va votre femme ? »

« Très bien, merci. »

« À la bonne heure. Eh bien ! J'entrerai en contact

104

avec vous. En attendant, s'il y a quelqu'un ici à qui vous aimeriez que je vous présente...» Il balaya le salon d'un bras mou.

« Non, non... merci quand même, Harold», fis-je, en lui fourrant ma carte d'affaires dans la main, ce qui est l'admission de l'échec pour un vendeur. «Voici mon adresse.»

« Bien. Je vous remercie.»

Je le regardai traverser la pièce pour déposer sa tasse sur une petite table près de la cafetière, avec cette même façon de marcher à pas menus, les pieds en dedans, qu'il avait pour aller au tableau, à l'école de Middlesburgh, résoudre quelque difficile problème de géométrie. Il s'arrêta un instant pour parler à un autre professeur et se dirigea vers la porte. Au moment d'y passer, il dut s'effacer pour laisser entrer Bellamy, l'obsédé, qui se précipita dans la pièce, une liasse de papiers à la main. Bellamy s'arrêta devant la cafetière, se versa une tasse de café et balaya la salle du regard. Il m'aperçut presque immédiatement et sourit. D'où je me trouvais, personne d'autre que moi ne pouvait le voir ; il en profita pour former un petit cercle avec le pouce et l'index et se fourrer l'index de l'autre main dedans en esquissant un mouvement rapide de va-et-vient. Pour faire le compte, il ajouta un clin d'oeil exagéré. Un type bizarre!

Le chapitre et le plan du manuel de Harold Pendle atterrirent sur ma table deux semaines plus tard. J'y jetai un coup d'œil, mais je ne connais rien à la mécanique grammaticale. Tout cela m'ennuie profondément et je ne saurais par conséquent vous en dire long sur l'ouvrage de Harold. J'envoyai le tout à Sydney Calhoun avec un mémo. Je n'en ai plus entendu parler. Je sais que Sydney a sur son bureau plus de dossiers qu'il ne peut en voir et qu'il n'aura pas de sitôt le temps de regarder celui-là et de l'envoyer à

Cecil White. Quand Harold m'appelle, je prends grand soin de ne lui dire que la vérité en lui expliquant que tout est toujours à l'étude et qu'en ce qui nous concerne, le projet apparaît toujours faisable.

Chapitre cinq

Aujourd'hui, le Centre commercial est plein de femmes minces et élégamment vêtues. Plusieurs promènent des bambins d'une boutique à l'autre dans des poussettes aluminium et rouge, gracieuseté de la Plaza. Comme l'annonce le petit écriteau sur le côté des poussettes : « Un service d'Union Plaza à ses clients. » C'est l'heure du lunch et tout le monde se bouscule pour attraper une bouchée entre deux courses. Je ne m'étonne pas de trouver le personnel fatigué et irritable. Il y a quelques instants, j'ai entendu un garçon jurer entre ses dents en quittant la table d'à côté, où se trouvent plusieurs bonnes femmes en bérets écossais, d'épaisses matrones dans les cent cinquante livres, vêtues de pantalons et de pull-overs de laine. Elles arrivent de la salle de curling et prennent un verre avant le lunch. Loin de leurs maris et de leurs enfants, elles sont bruyantes et fofolles comme des écolières. Elles semblent s'amuser de quelque plaisanterie secrète avec beaucoup de variations et de codas. Elles se chuchotent des choses dont chacune les fait se plier en deux de rire. La meneuse est une grosse belle femme aux cheveux gris bleu. Ce pourrait être une femme de médecin, spécialiste des bazars de charité. Elle a l'air sportif, capable de propulser vigoureusement sa pierre ou de passer un froid samedi d'automne enveloppée dans un plaid à encourager son équipe de football. Elle tente de maintenir un peu d'ordre, mais le cœur n'y est pas. On dirait une institutrice le dernier jour de l'année : on s'amuse trop... Elle parcourt le menu d'un air hautain et réfléchi, ses lunettes de lecture perchées sur le bout de son nez. Puis l'une d'elles plaisante et elles se remettent à rire. La grosse dame enlève ses lunettes, les laisse tomber sur ses seins où elles pendent au bout d'une chaînette dorée et s'esclaffe avec les autres en secouant la tête. Écoutez, les filles, dit-elle. Elles s'amusent ferme, les ménagères d'Union Place.

Roger MacCarthy, Ron Tuttle et moi sommes attablés près d'un des hublots du *Capitaine*. Nous dégustons le « Grog des Sept Mers » en observant nos voisines. Le *Capitaine* est élégant et cher. Normalement, je devrais plutôt me trouver au comptoir de Woolworth's devant le « plat du jeudi ». C'était demain que je devais déroger à mes habitudes : j'avais prévu de manger deux zumburgers et un verre de lait au Zum-Zum de la promenade. J'irai peut-être quand même. Ron Tuttle sort rarement manger à l'extérieur. Il vient d'acheter une maison à Union Place et se sent serré. Il apporte des sandwiches au bureau dans de petits sachets de plastique appelés baggies. Mais Roger Bontemps nous a persuadés tous les deux d'être à la hauteur de l'occasion.

Le *Capitaine* a été aménagé pour rappeler les quartiers du commandant d'un grand voilier, avec des poutres de chêne et des hublots ovales en guise de fenêtres. Nous sommes assis dans ce qu'on appelle La Poupe, un petit rouf surélevé, près du bar et qui donne sur la salle à manger. Aux murs, des lanternes électrifiées diffusent un éclairage jaunâtre et fumeux et les lourdes tables de chêne sont couvertes de pichets et de bocks d'étain. Par-delà le bourdonnement des voix et les bruits de vaisselle nous parviennent de poignantes vieilles chansons de marin. Les garçons, en pantalon de matelot et en maillot rayé, se donnent des airs de pirates. Le maître d'hôtel est impayable : c'est un grand homme rougeaud et portant beau, en uniforme de capitaine, avec des galons dorés et un tricorne. La première fois que je suis venu ici, avec Molly, il y a plusieurs mois, il nous a accueillis à la porte avec un vigoureux : « Soyez les bienvenus à bord ! » J'ai remarqué qu'il se contente maintenant de saluer ses clients d'un signe de tête et de les conduire à leur table, droit et raide comme une sorte d'immense et bizarre oiseau.

Roger est plein d'allant aujourd'hui. Il a hâte d'être à demain après-midi pour le party de Noël du personnel des Éditions Winchester, dans le bureau principal. Roger espère qu'après quelques verres, les filles comme Shirley Pendergast vont se sentir toutes tièdes, indulgentes et auront de la houle dans la hanche. Roger imagine probablement en tripoter quelques-unes derrière les classeurs. Juste de penser à ces joyeuses agapes et aux filles le comble d'aise.

Ron Tuttle sourit d'un air faux et observe les autres clients. Il nous a parlé de sa cave, qu'il entend aménager pendant les vacances de Noël. Il a trouvé du contre-plaqué pas cher et nous vante le type qui le lui a vendu. Nous avalons notre clam-chowder en souriant tous les trois, avec l'air de trois jeunes financiers qui discutent des cotes du jour à la bourse. Et pour dire vrai, il est réconfortant de se trouver parmi tous ces gens élégants et prospères, devant un grog des Sept Mers, à déguster un clam-chowder à pleines cuillerées.

Ça n'est pas rien, qu'un bon job sûr, une nouvelle Pontiac au printemps, un bon voisin à saluer par-dessus la haie le samedi matin et une petite retraite au bout...

« Et alors, qu'est-ce que tu penses de la grosse vente, Wes ? » me demande Ron, en touillant laborieusement son clam-chowder.

« Diable ! Je ne sais pas trop quoi penser, Ron », dis-je sur un ton enthousiaste. « Je suis encore trop nouveau pour avoir une opinion. »

Roger ouvre le bec, enfourne un autre bout de pain et le broie rapidement entre ses molaires.

«Rendons-nous bien compte,» dit-il, en avalant avec effort, «qu'il va certainement y avoir des changements. On nous enverra probablement une équipe d'experts pour superviser notre activité. Il va falloir être d'attaque.»

« Très probablement », dis-je.

Roger se désintéresse de notre sort et nous laisse pantelants pendant qu'il se demande s'il doit manger le dernier petit pain. Tourmenté, il observe sombrement le panier d'osier. Ron résout le problème pour lui en saisissant prestement le pain en question et en le brisant au-dessus de son assiette, qui se couvre de miettes.

« Que penses-tu de Syd comme directeur des ventes, Wes ? » me demande Ron en tartinant son pain de beurre à petits coups de couteau précis.

« Oh ! Syd est très bien, je pense. Il connaît tout le monde dans ce métier et a beaucoup d'énergie. »

« Syd est un type merveilleux, mais il n'a pas d'idées », dit Roger. « Ce n'est pas un penseur inventif. »

Ron se met à rire d'un petit rire sans joie.

«C'est peut-être vrai, Roger, dis-je, mais il me semble qu'il est tout aussi important de connaître les gens qu'il faut. Je me trompe peut-être», ajoutai-je en haussant les épaules. «Après tout, je suis nouveau.»

«Bien sûr, c'est très important», concède Roger.

«Tu ne sembles pas croire que l'imagination ait beaucoup d'importance dans l'édition scolaire», me dit Ron en souriant.

«Ce n'est pas tout à fait ce que j'ai dit, Ron.»

Mais Ron est fâché et mâchonne son pain en souriant méchamment, le regard rivé sur la salière et la poivrière en forme de petits tonneaux.

«Excuse-moi, Wes, dit-il, mais quand tu auras été dans le métier un peu plus longtemps, tu te rendras compte qu'il ne suffit pas de connaître les gens qu'il faut!»

Il lève la tête et me sourit de toutes ses dents.

«Je n'en doute nullement, Ron.»

Roger ne remarque pas l'air contracté de Ron; il observe l'autre extrémité de la salle à manger où le maître d'hôtel est allé installer une grande blonde.

«Regarde ça, Wes, chuchote-t-il en jaugeant la blonde avec un œil de Romain. C'est super, non?»

«Tu parles. C'est quelque chose!»

Les joueuses de curling s'affairent à manger leurs salades de thon. Le garçon nous apporte «l'Assiette du Corsaire», un plat de fruits de mer qu'il dépose sur notre table avec une lueur de mutinerie maussade dans le regard. Je suis de bonne humeur et je commande une tournée de grogs des Sept Mers en plaisantant avec Roger. Ron affiche toujours un sourire pincé qui me montre ses petites dents bien alignées.

Après le lunch, Roger et moi traversons le parking du centre commercial. Ron Tuttle est allé acheter une chemise pour son beau-père, qui passe l'hiver chez lui. Nous traînons nos pieds. J'observe une petite dame du genre oiseau qui tente de glisser la Cadillac de son mari entre deux voitures, sans guère de succès. Sur le siège avant, à côté d'elle, un gamin qui a les mêmes traits anguleux tourne un volant de plastique avec le regard perdu des petits enfants qui font quelque chose de très sérieux. La dame a reculé de biais et, en tentant de redresser sa voiture, frôle l'aile du voisin. Le pare-choc rutilant de la Cadillac égratigne une fringante Karmann Ghia, laissant une fine cicatrice blanche sur l'aile du petit coupé bleu marine. La dame me regarde avec un sourire gêné que je lui rends sans cesser de marcher. J'aurais voulu que mon sourire dise : c'est pas mes oignons, chère collègue voyageuse. Je pense que j'ai réussi. Quand je regarde, elle a changé de place et engage sa Cadillac dans un autre espace, le cou étiré comme un serpent pour voir par-dessus le volant.

L'effet des grogs se dissipe et Roger et moi commençons à nous sentir lourds et déprimés. Le cafard nous tombe sur les épaules comme de la suie. Roger marche lourdement devant moi, le dos courbé sous son épais manteau peluché. Le ciel s'est couvert et un petit vent froid fait tourbillonner une neige folle autour de nos pieds. Les voitures roulent régulièrement sur Britannia Road en projetant des jets de boue sur les bancs de neige couverts d'une sinistre croûte noire, en bordure de la route.

Que se passe-t-il ? Nous sommes tous deux bien nourris, bien au chaud, dans un pays libre. Pourquoi ce cafard de lendemain de la veille hante-t-il le vent en plein après-midi ? Le week-end est à portée de la main et pourtant, je sombre dans le désespoir.

Au coin de Britannia Road et de Belvedere, juste

en face de l'E-con-o-mart, Roger et moi nous arrêtons
au feu rouge. Et planté là à l'intersection, à regarder
couler le flot des voitures, je prie le ciel de susciter
quelque diversion, un accident peut-être, une de ces
collisions sans importance où l'on voit les gens
descendre de leur voiture secoués, blancs comme des
draps.

Chapitre six

Il y a quelques instants madame Bruner a jeté un coup d'œil par l'entrebâillement de la porte et m'a demandé si je voulais encore du thé. J'ai secoué la tête et je lui ai dit non, l'air aussi sévère qu'un général prussien. Mon attitude bourrue produit des résultats. Elle garde ses distances. Peut-être est-ce ainsi qu'il faut mener sa vie. Être ferme et réservé à l'égard des gens et des choses, garder l'initiative du lundi au dimanche. S'avancer fièrement comme les Panthères noires, avec l'air de dire à tout le monde : je ne me laisserai pas marcher sur les pieds, alors faites attention où vous mettez les vôtres ! Mon téléphone sonne...

« Monsieur Wakeham... c'est Lois Teale, de l'école Fortescue... »

« Oui, madame Teale. Y a-t-il quelque chose qui ne va pas ? »

« Non. Non. Ça va. Andrew est très bien... nous nous demandions simplement... si vous avez l'intention de venir comme d'habitude samedi... »

« Pourquoi ?... Oui, j'irai. »

« Ah ! bon. Eh bien ! peut-être madame Wakeham n'a-t-elle pas eu l'occasion de vous parler...»

« Me parler de quoi, madame Teale ? »

« Pour demain après-midi. Elle vient chercher Andrew demain après-midi. »

« Chercher Andrew ? »

« Oui... elle veut l'avoir à la maison pendant les vacances...»

« Ah ! oui... évidemment. Je vous demande pardon. »

« Nous avons pensé que vous aimeriez le voir avant qu'il parte, monsieur Wakeham... à moins évidemment... vous le verrez peut-être de toute façon pendant les Fêtes...»

La pauvre femme est confuse. Elle doit souhaiter cent fois par jour que les gens comme Molly et moi apprenions à organiser nos vies un peu mieux.

« Madame Teale, c'est très gentil d'avoir appelé. »

« Je vous en prie, monsieur Wakeham. »

J'entends rire de petits enfants.

« Eh bien ! oui, j'aimerais voir Andrew avant que sa mère ne vienne le chercher demain après-midi. »

« C'est ce que je m'étais dit. »

« Je pourrais peut-être y aller demain matin. Ça irait ? »

« Ce n'est pas régulier. Généralement, nous ne recevons pas de visiteurs le matin. Les enfants ont leurs traitements et leurs sessions de groupe. Mais... les circonstances sont particulières et c'est Noël. Oui, je pense que ça irait demain matin vers onze heures. »

« C'est bien, madame Teale. »

« Je sais qu'Andrew a toujours hâte de vous voir. »

«J'aime beaucoup le voir, aussi.»

«Je sais... je sais... et nous vous attendrons demain vers onze heures.»

«Je vous remercie beaucoup d'avoir appelé, madame Teale.»

«De rien, monsieur Wakeham, et Joyeux Noël.»

«Joyeux Noël, madame Teale.»

Madame Teale aime bien me parler de ses plantes vertes. Elles sont toute sa vie, et elle a le pouce vert. Elle trouve que je suis un type bien parce que je m'arrête chaque fois pour faire un brin de causette avec elle au solarium quand je vais voir Andrew.

Nous nous installons toujours près d'une des grandes baies vitrées qui donnent sur le ravin et les parterres de Rosedale. Je pose un pied sur le radiateur et je me penche en avant, le coude appuyé sur mon genou. Madame Teale reste un pas derrière, ses bras massifs croisés sur la poitrine comme une fermière. Ainsi, nous pouvons tous deux admirer les boîtes de violettes africaines et de géraniums posées sur le large rebord des fenêtres. Quelquefois je risque des louanges prudentes ou je suggère un nouvel engrais azoté. Mon expérience de jardinier m'en a appris davantage que n'en sait le commun des mortels.

Madame Teale m'aime mieux que Molly, qui ne prend jamais le temps de lui parler. Je lui suis plus sympathique, mais elle me croit également plus vulnérable. Elle a tort, bien sûr, mais on ne la convaincra jamais du contraire. À Noël l'an dernier, je lui ai envoyé un poinsettia. Elle en parle encore.

Chapitre sept

C'est aujourd'hui le solstice d'hiver et je regarde par la
fenêtre du bureau de Sydney Calhoun l'obscurité
envahir le ciel nordique. Sydney m'a appelé il y a
quelques minutes et m'a demandé de passer chez lui
pour causer un peu. Nous sommes assis près de la
fenêtre, baignant dans la lumière crue du tube fluo-
rescent comme des étrangers dans un train le soir.
Nous parlons de nos voitures. Sydney a l'habitude
cocasse de s'asseoir à califourchon sur sa chaise, le
dossier entre les cuisses, qu'il a fortes comme des
troncs d'arbre. Son pantalon tiré laisse le mollet à l'air,
révélant une jarretière et une chaussette à losanges. Il
me parle de son Oldsmobile et de sa tenue de route en
hiver. Je distingue le reflet de son dos dans la fenêtre
sombre. Il prend du poids depuis quelque temps et
ses costumes sont en voie de devenir trop petits.
Celui qu'il porte est si tendu sur les omoplates qu'on
s'attend à voir céder la couture. Sydney est bâti
comme un de ces mi-moyens irlando-américains qu'on
montrait jadis le vendredi soir, à la télévision, à la
Cavalcade des Sports Gillette. Il a les épaules

tombantes et un agréable visage rond. Le torse est puissant, mais on le dirait façonné de quelque substance malléable, comme de la pâte à modeler. Tous les angles, toutes les arêtes sont arrondis, assouplis, comme s'il n'y avait pas de squelette sous la chair. Sydney commence aussi à faire du pneu, même s'il s'entraîne deux fois par semaine au Y.M.C.A.

«Depuis combien de temps es-tu ici avec nous, Wes? Quatre mois, c'est ça?»

«À peu près, Syd...»

«Et comment aimes-tu ton travail?

«J'aime beaucoup cela. Vraiment.»

Sydney pose ses avant-bras sur le dossier de la chaise et croise les doigts. Il ouvre la bouche, réprime un bâillement et je vois un peu d'or luire comme un soleil.

«Wes, il y a vingt-trois ans que je suis dans ce métier, et je l'adore toujours. Il le faut... Je ne sais pas comment un homme peut tenir le coup s'il n'aime pas son travail... tu sais... avant d'être dans l'édition scolaire, j'ai été représentant deux ans pour General Biscuit et tu peux me croire, il y a un monde entre parler à des épiciers qui n'ont pas fini leur septième année et fréquenter des gens qui ont passé quatre ans à l'université pour étudier la civilisation européenne...»

Il est possible, assis ici, de parler avec Sydney sans penser à grand-chose. Il suffit de hocher la tête, de cligner des yeux et d'avoir l'air intéressé. C'est le moins qu'on puisse faire. Et pourtant, à écouter Sydney, je deviens agité comme un alcoolique. J'éprouve le besoin de bondir sur mes pieds et de tourner en rond dans la pièce comme un chat énervé.

«...et tu auras des conflits avec certaines gens... tu ne peux pas t'attendre à ce que tout le monde t'aime... ce ne serait pas raisonnable...»

Sydney est un lecteur du *Reader's Digest* et un Lion. Les samedis matins d'hiver, vous le verrez conduire ses garçons au centre communautaire pour un match de hockey. Il ne manque jamais le banquet annuel Pères-et-Fils au Club des Lions. Il quête volontiers de porte en porte pour les bonnes oeuvres quand on demande des bénévoles. Il est même membre de la chorale paroissiale. Il prend la vie à la gorge et la secoue vigoureusement. De rester assis à écouter parler ce citoyen modèle nourri au rosbif me donne envie de sauter par la fenêtre et de courir jusqu'au bout de Britannia Road. J'ai un muscle dans la nuque qui tressaille irrépressiblement. Sydney parle de la vente des Éditions Winchester à la Universal Electronics Corporation.

«... et il est difficile de dire où cela peut nous mener... en dernière analyse, nous en viendrons probablement...»

J'ai perdu un instant la notion du temps. Il m'est impossible de dire si cela a duré cinq minutes... ou une demi-heure. J'ai laissé ma montre sur ma table à côté de mon presse-papier de porcelaine. Or je me retrouve appuyé sur le chambranle de la porte, les mains croisées devant moi. Notre conversation doit tirer à sa fin et j'étais probablement sur le point de sortir. Le pouce de ma main gauche cherche mon pouls sur le poignet droit. Nous parlons de la nécessité de faire plus de publicité autour de notre *Méthode d'arithmétique pour l'élémentaire*. Je promets de rédiger quelque chose. Mon rythme cardiaque me semble alarmant. Sidney me dit bonjour d'un geste de la main et me demande de le rappeler au bon souvenir de Bert, de Mildred et de Molly. Je retourne à mon bureau, certain d'avoir une attaque avant d'y parvenir. Ce genre de chose arrive. L'autre jour, chez le dentiste, j'ai lu, oreillettes et ventricules tout palpitants, que l'homme nord-américain souffre désormais d'attaques cardiaques dès la trentaine. Un article pour les épouses de jeunes administrateurs. Madame Bruner ajuste la housse grise de sa Smith-Corona. Ses yeux m'évitent.

Je ne suis pourtant pas assis depuis une minute qu'elle frappe à ma porte et entre, l'œil froid, impassible.

« Je veux savoir, monsieur Wakeham. Est-ce qu'il y a quelque chose qui ne va pas ? »

La voix est rêche comme de la limaille de fer. Quelque chose se révolte en elle. Elle est visiblement troublée et prête à la bagarre.

« Que voulez-vous dire, madame Bruner ? Je ne comprends pas. »

« Vous semblez m'en vouloir aujourd'hui, pour quelque raison... »

« Vous en vouloir ? Pas du tout ! »

« Monsieur Wakeham, si vous n'êtes pas content de mon travail, je propose... »

« Je ne suis pas mécontent de votre travail, madame Bruner... »

« ... que nous allions voir monsieur Calhoun et que... »

Les Allemands sont des gens francs et entiers. Je ne veux pas me quereller avec cette Allemande franche et entière.

« Je vous assure, madame Bruner, qu'en ce qui me concerne, votre travail est satisfaisant... excellent, en fait. Je suis simplement... un peu distrait aujourd'hui. Je m'en excuse. »

« C'est très bien, monsieur Wakeham... Je

voulais seulement être sûre qu'il n'y avait pas de malentendu.»

«Non. Non. Il n'y a pas de malentendu.»

«Parfait. Je vous remercie. Je vais vous dire bonsoir maintenant.»

«C'est cela. Bonsoir, madame Bruner. Bonsoir.»

Madame Bruner disparaît sur ses longues jambes lisses. Elle va retrouver Helmut, avec quelque chose à raconter.

Il y a quelques jours j'ai trouvé dans le courrier un dépliant en couleurs d'Air Canada. Je l'ai devant moi. On m'incite à m'envoler vers de vertes îles et à me laisser choir sur un bijou de plage au bord d'une mer tropicale. Pourquoi ne pas m'évader? me demande-t-on. Dans un coin du dépliant, il y a un bulletin perforé que l'on m'invite à renvoyer. On y lit : *Chers amis libérés, je veux m'évader. Veuillez me renseigner sur les meilleures cachettes des Antilles.* Des vacances aux Antilles? Je suis sûr que ce n'est pas une solution, mais je lis néanmoins, en levant les yeux de temps à autre pour regarder la nuit tomber sur le paysage d'hiver. Et j'écoute un vent qui m'échappe — longue et lente fuite de gaz sulfureux qui me soulève un peu le cœur.

Chapitre huit

Le jeudi soir, je regarde *Sauve qui peut* à l'une des stations de télévision de Buffalo. C'est un très vieux feuilleton et j'ai déjà vu l'épisode de ce soir, mais peu importe. Le vieux Ben remet ça. Cette fois il erre, en trench-coat bien serré à la taille, dans un Paris automnal, sirote un verre de vin à la terrasse d'un café désert, puis se rend sur les bords de la Seine regarder les feuilles tomber sans un bruissement dans l'eau noire et lisse. Il a l'air morose et mélancolique qui sied à un homme frappé d'une maladie mortelle et qui attend la jolie étudiante des Beaux-Arts qui doit tomber amoureuse de lui. Il a l'air morose et mélancolique, mais je crois qu'au fond de son cœur, il fredonne devant la vie.

Je regarde ce cher vieux Ben en avalant une lampée de scotch de la «bouteille de l'Holocauste». Je note, déconfit, qu'il n'en reste que quelques gorgées. J'aurai de la peine de la voir vide. C'est à cause de cette bouteille que Molly et moi ne vivons plus sous le même toit. Vraiment. La bouteille de l'Holocauste a été la cause de notre dernière scène de ménage.

La querelle naquit du fait qu'un après-midi de septembre, pendant que je faisais la tournée des écoles, Molly brisa le cachet de ce vieux flacon pour se verser, ainsi qu'à sa camarade de St-Helen's, Ernestine Hough, un généreux verre de scotch. Je ne suis pas mesquin et normalement, je ne me serais pas vexé de la voir boire mon whisky. Mais il avait fallu qu'elle choisisse, entre toutes, la bouteille de l'Holocauste, ce qui me mit dans une colère folle.

Cette bouteille de l'Holocauste est une élégante carafe de Chivas Regal que j'ai achetée à onze heures vingt très exactement, le matin du mercredi 24 octobre 1962. Pendant des années elle a croupi comme un bouddha de verre ambré dans les placards et les armoires de mes diverses demeures. Je ne suis pas particulièrement superstitieux, mais j'en étais venu à considérer cette bouteille de whisky comme une sorte de dieu lare, aussi intouchable que l'Arche d'alliance, et après cinq ans de mariage, Molly le savait. Quand je suis rentré chez moi cet après-midi-là et que j'ai vu Molly et la Hough boire ma bouteille de l'Holocauste, je les ai, je crains bien, agoni d'injures. Molly finit par me lancer un verre à la tête et par me dire de me fourrer ma sacrée bouteille où vous pensez. Mais elles auraient pu boire du gin ou du rye whisky : il y en avait en quantité. Et si elles tenaient absolument à boire du scotch, elles auraient pu traverser la rue et aller en acheter en face, au Centre commercial.

Comme je l'ai dit, j'ai acheté la bouteille de l'Holocauste le matin du mercredi 24 octobre 1962, à onze heures vingt. Je me souviens d'avoir jeté un coup d'œil sur la pendule du magasin quand le commis me remit mon sac de papier manille. Rien ne m'échappait ce matin-là. Je n'ai pas noté les événements de cette journée, mais je me souviens du moindre détail avec une précision extraordinaire. Le commis, par exemple, était un type maigre avec les oreilles en éventail et un trait de moustache. Il avait un grain de beauté près de la narine gauche et un paquet de cigarettes Export dans la poche de sa chemise. En fait, je me sentais si perceptif, si conscient, ce mercredi-là, si brûlant, malgré le froid et les nuages, du sentiment d'être en vie, si excité, que j'en éprouvais des étourdissements. Je me souviens d'avoir dû, à un moment donné, m'arrêter et m'appuyer sur une boîte à lettres. Quelqu'un y avait fourré un journal roulé qui dépassait encore de l'ouverture. Je me souviens de l'adresse de l'envoyeur, inscrite sur le manchon de papier brun qui l'entourait ; Monsieur Carl Hendrickson, 5498 Lolar Heights Drive, Calgary, Alberta. Pendant plusieurs mois, il m'arriva de me demander de temps à autre ce que faisait monsieur Hendrickson ce matin-là.

Je revins du magasin par la rue Huron, ma bouteille de Chivas Regal sous un bras, un exemplaire du *Toronto Daily Star* sous l'autre. Je vivais depuis plusieurs années dans le voisinage de la rue Huron, déménageant quand les murs lézardés ou les tapis effilochés commençaient à me donner le cafard. La plupart des vieilles maisons de briques sombres de cette rue avaient été transformées en meublés que l'on louait aux étudiants. À cette époque, j'habitais chez madame Brown, une vieille dame sourde et féroce qui se chamaillait avec tous ses locataires mais semblait m'aimer. Je me suis toujours bien entendu avec les dames âgées.

Quand j'arrivai chez madame Brown, ce matin-là, je m'arrêtai devant sa porte, dans le couloir, pour écouter les nouvelles de la télévision. Je n'aurais pas eu besoin d'arrêter, car l'appareil de madame Brown jouait toujours à tue-tête. Le soir, c'était un perpétuel prétexte à chicanes entre elle et ses pensionnaires. Pour peu qu'on soit au même étage, on ne pouvait

127

pas s'entendre penser quand notre logeuse regardait la télé. Et précisément, Walter Cronkite corroborait la rumeur. Sa voix résonnait dans la maison déserte, faisant vibrer les vieilles poutres sous le plâtre. Comme pour ajouter au climat lugubre, mon journal tomba ouvert sur la terrible manchette : *Vingt-cinq navires soviétiques font route vers Cuba : la minute de vérité approche.* J'écoutai un moment Cronkite, qui précisait la grave nouvelle : *Le cabinet s'est réuni d'urgence... le président et le secrétaire d'État... Robert Kennedy a peu d'espoir que...*

Toutes ces phrases me traversaient l'esprit, éparpillées comme des journaux chassés dans la rue par le vent. Voici peut-être le jour le plus important de l'histoire de la planète, me disais-je, en remuant les lèvres. Les navires soviétiques étaient toujours cap sur Cuba. Kennedy avait juré de les intercepter. Et le monde était hérissé de monstrueux pétards : il n'y avait qu'à presser un bouton. Après quelques millions d'années, nous avions atteint ce moment ultime et j'étais là, dans le couloir, chez madame Brown, à écouter la voix de Walter Cronkite. Par le judas ovale de la porte d'entrée, je vis un agent placer une contravention jaune sous l'essuie-glace d'une Plymouth grise, modèle cinquante et quelque. Immatriculation 732092. La porte du logement de madame Brown s'ouvrit soudain et elle resta là à me regarder fixement. Le bruit de la télé m'arrivait par la porte ouverte comme un bang supersonique. Par-dessus l'épaule de ma logeuse, j'apercevais des visages angoissés qui scintillaient en gris sur l'écran.

«Monsieur Wakeham, s'écria-t-elle. Que faites-vous à la maison ? Pourquoi n'êtes-vous pas à votre travail, ce matin ?»

Elle tenait un sac de déchets à la main et me fixait

curieusement, ses yeux bleus et humides tout brillants d'énervement.

«M'sens pas très bien, hurlai-je. Je vais me coucher.»

Elle était sourde et j'avais pris l'habitude de crier, ce qui inquiétait les passants, quand nous parlions dans la rue : ils pensaient toujours que j'étais en colère contre la vieille dame alors que j'essayais seulement de me faire comprendre.

«Aeuh! dit-elle d'une voix étranglée. Vous devez avoir quelque chose. Vous avez la mine un peu défaite. Les jeunes d'aujourd'hui ne savent pas prendre soin d'eux.»

D'un geste de crabe, elle pointa une main crispée vers son logement : «Toute une affaire, hé!»

«On dirait.»

«Pour l'instant, ça s'annonce mal», dit-elle, surexcitée.

«Vraiment?»

«Je pense que Kennedy ne cédera pas. Du moins, je l'espère.» Elle serra de vieilles mâchoires qui en avaient vu d'autres. «Ces Russes ont besoin d'une leçon», ajouta-t-elle.

Dans ma chambre, à l'étage, je m'assis, la bouteille de Chivas Regal à la main, écoutant la télé de madame Brown. Malgré la distance, je l'entendais clairement. Plus tôt, j'avais appelé Steve Kandel, rédacteur en chef de l'agence de publicité Eckhardt, Baylor and Cohn, où je travaillais, pour le prévenir que je couvais quelque chose et que j'avais décidé de rester à la maison. Steve est un type plutôt affable, mais il accueillit fort mal ma décision.

«Wes, tu ne peux pas me faire ça!» cria-t-il, presque hystérique.

« Écoute… la belle-mère de Roper… ou sa mère, je ne sais plus… peu importe, Christ ! elle est décédée hier soir et Roper est actuellemen dans l'avion de Winnipeg… »

Ben Roper était rédacteur, comme moi, et nous concoctions ensemble la publicité des mélanges à gâteaux *Magic Mary*.

« Je suis désolé, Steve, mais il n'y a pas moyen. J'ai de la fièvre… »

« Bien sûr. Bien sûr. C'est de la frime, mon salaud. Simulateur… Allez, viens tout de suite. Tu sais qu'il nous faut tout le matériel de *Magic Mary* vendredi. Pour l'amour de Dieu, pense à moi. »

« Je sais, Steve… Je vais essayer d'être là demain. Je t'assure… »

« Non, Wes, supplia-t-il. Tout de suite… Écoute… » J'avais l'impression d'entendre l'acteur Rod Steiger, à qui il ressemble un peu.

« Dix spots d'une minute. Pour toi, ça n'est rien, avec ton talent… Je vais demander à Harley de t'aider. Nous prendrons le lunch ensemble, tous les trois… J'achète… »

« Mais je te dis que je suis malade, Steve », lui dis-je, avec le plus de conviction possible. « Je fais de la fièvre… peut-être que demain, si je garde le lit… »

« Oh ! Jésus-Christ… », hurla-t-il en me claquant le téléphone dans l'oreille.

Par la fenêtre de ma chambre, j'aperçus un écureuil noir dégringoler des branches grises et dénudées de l'orme et disparaître dans son trou. Depuis des semaines, je le regardais faire ses provisions d'hiver, jetant un oeil vif et brillant ici et là, courant sur l'herbe jaunie tout autour de la maison puis dans le vieil arbre rugueux, la queue frémissant nerveusement au moindre bruit. La petite tête émergea de nouveau du trou et flaira l'air, à l'affût de quelque péril. Je l'observai cinq minutes, puis j'appelai Karen Schuyler au téléphone.

Karen travaillait elle aussi chez Eckhardt, Baylor and Cohn. Elle était secrétaire du directeur du service des achats. C'était une grande fille à la peau douce, avec de fort belles jambes et de remarquables cheveux blond métallique qu'elle portait courts, à la Jeanne d'Arc. Cette coiffure lui faisait une sorte de casque de platine et lui donnait une allure grave. Ses yeux étaient d'un bleu glacial et elle avait de grandes dents légèrement proéminentes, mais qui ne l'enlaidissaient nullement ; au contraire, ces dents faisaient paraître sa bouche plus grande et plus sensuelle et atténuaient légèrement la froideur boréale de cette beauté nordique.

Nous nous voyions beaucoup depuis plusieurs mois et avec ses airs sérieux, Karen m'avait amené à penser au mariage. Je dois dire que la perspective d'une vie avec elle était loin de me déplaire. Elle avait l'esprit vif, savait se rendre intéressante et faisait grand effet au bras d'un homme les soirs de sortie. Son seul défaut était l'absence totale d'humour qu'elle mettait à se colleter avec la vie. Karen était une de ces autodidactes qui ont quitté l'école trop tôt et se découvrent ensuite une insatiable curiosité pour tout ce qui luit sous le soleil ; ces gens-là souffrent d'un profond sentiment d'inachèvement et passent leur vie aux cours du soir ou s'abonnent à la collection des Prix Nobel. Karen était de ceux-là. En fait, en cet automne de soixante-deux, elle assistait aux conférences d'anthropologie de l'Université. Le lundi soir, j'allais l'attendre devant l'École de génie et je la ramenais chez madame Brown. Là, étendus sur mon lit, elle me parlait des rites sacrificiels des chasseurs de têtes de

Nouvelle-Guinée pendant que je caressais ses adorables attributs.

Après un moment, elle se levait et trottinait pieds nus jusqu'à la salle de bains, son sac beige accroché à l'épaule. Elle actionnait la chasse d'eau, ouvrait le robinet du lavabo, posait une admirable jambe d'ivoire sur le rebord de la baignoire et installait son diaphragme au moyen d'une effroyable fourchette de plastique, remettait le bouchon de son tube de crème spermicide, puis se lavait et s'essuyait les mains avec une méticulosité de chirurgien. Comment suis-je au courant de tout cela, vous demandez-vous ? Un soir, je me suis glissé jusqu'à la porte de la salle de bains et je l'ai épiée par le trou de la serrure.

Après ces rigoureuses précautions contraceptives, Karen apparaissait près de mon lit drapée dans une de mes serviettes de bain, belle comme une Viking captive. Karen était curieuse de tout, je l'ai dit, sauf de ce qu'on peut inventer dans un lit. Une fois, elle me fit la tête parce que j'avais suggéré d'utiliser un des fauteuils berçants de madame Brown pour varier un peu le menu. Dans les positions classiques, cependant, il n'y avait rien à lui reprocher.

Karen Schuyler réussit presque à me convaincre que la publicité était une façon acceptable de passer sa vie. Bien sûr, j'écrivais avec beaucoup de facilité ces petits messages qui vantent les qualités de toutes sortes de produits. Vous vous souvenez peut-être de certains refrains que Steve Kandel décida d'utiliser, malgré ses appréhensions, et qui étaient censés prouver que les mélanges à gâteaux *Magic Mary* étaient les meilleurs.

Marie Marie, Marie magique
Sucre et froment c'est merveilleux,
De bons œufs frais, c'est délicieux,
Marie Gâteau, Marie pratique.

Oui, j'ai écrit cela. Ce n'était pas difficile et j'étais très bien payé. Karen avait raison à bien des égards. La vie de publicitaire n'était pas fatigante et je me voyais une sorte de petit avenir, la tête pleine de ces musiquettes, Karen casquée de blond à mes côtés. Nous parlâmes même des deux petits enfants bien élevés que nous aurions et que nous enverrions à l'école privée. Quand nous avions fait l'amour, Karen, souvent, restait dans mes bras et songeait à l'avenir. Quelquefois, elle me révélait ses projets et me demandait si elle m'ennuyait à me raconter ses rêves. Pas du tout. Elle avait calculé qu'en travaillant tous les deux pendant trois ans, si nous étions le moindrement économes, nous pourrions probablement mettre de côté le premier versement sur un cottage Tudor couvert de lierre dans un des quartiers les plus feuillus de la ville. Tout cela sonnait bien. L'intense effort de perfectionnement de Karen commençait même à déteindre sur moi. Un jour, je partis m'acheter, au coût de plusieurs centaines de dollars, une lunette pour observer le firmament. Je m'abonnai à un club de livres scientifiques et j'achetai une énorme anthologie de poésie pour mettre sur ma table de nuit. Karen s'était un peu irritée de me voir arriver avec le télescope, qu'elle considérait comme une folie coûteuse, mais l'idée de me voir étudier l'astronomie lui sourit. C'était, lui semblait-il, une passion qui classait bien son publicitaire.

Et ainsi le temps qui m'est imparti sur cette planète se meublait-il d'innocentes petites diversions — faites-moi un petit avenir plein de musiquettes avec ma compagne casquée de platine à mon bras. Avec un cottage Tudor dans une rue bordée d'arbres et deux petits enfants bien élevés à l'école privée. Je n'étais pas entièrement convaincu de la nécessité de ce programme, mais voilà à peu près quel était mon état d'esprit à l'automne de 1962 quand, un mercredi tout gris, le

133

24 octobre, à dix heures dix, heure normale de l'est, je cessai d'observer l'écureuil noir et je pris le téléphone pour appeler Karen Schuyler.

Le numéro était occupé et il me fallut plusieurs minutes pour la joindre. Puis je finis par entendre sa voix précise au bout du fil.

«Wes, que fais-tu à la maison?» me demanda-t-elle, soupçonneuse. «Je viens de voir Steve Kandel. Ben Roper est absent lui aussi et Steve est furieux.» «Il s'inquiète de la campagne de publicité de *Mary Magic*», dis-je.

«Et toi, tu ne t'inquiètes pas?» demanda-t-elle, stupéfaite. «C'est un de tes dossiers, non?»

«Karen... As-tu lu le journal ou écouté la radio, ce matin?»

«Oh, l'affaire de Cuba?» dit-elle doucement. «Oui, c'est terrible. Tout le monde en parle ici.» Elle se tut un instant. «Mais qu'est-ce que tu as? Tu semblais bien hier soir. Es-tu malade?»

«Oui.»

«Oh, chéri, je suis désolée. Qu'est-ce que c'est?»

«Karen, je veux que tu quittes le bureau et que tu viennes me voir. Viens déjeuner avec moi. Je vais acheter une bouteille de vin.»

«Dis donc, toi! Es-tu vraiment malade?» Elle rit. «Qu'est-ce qui te prend, exactement?»

«S'il te plaît, Karen. Laisse tomber le travail pour cet après-midi et viens me trouver.»

«Je ne peux pas faire ça, Wes.»

«Dis-leur que tu as tes règles, ou quelque chose de ce genre...»

«Wes! Vraiment...», chuchota-t-elle, irritée.

«Écoute, Karen. Je n'aime pas du tout ce qui se passe à Cuba.»

«Oh! c'est ça?» Elle rit encore. «Je suis certaine qu'ils vont trouver quelque chose.»

«Comment peux-tu en être si sûre?»

«Écoute! Est-ce que tu ne t'énerves pas un peu?»

«M'énerver?» Je criais. «Oui, je m'énerve. Je n'aime pas du tout ce foutu paquet de missiles et de bombes que chacun rêve de s'envoyer dans le cul.»

«Écoute-moi bien!» Je suis convaincu qu'elle a frappé du pied sous son bureau. «Pas besoin d'être vulgaire. Et si tu n'es pas malade, je te conseille de t'amener tout de suite. Kandel est vraiment furieux.»

«Oh, Kandel mon cul...»

«Wes, ne parle pas comme ça. Il fait seulement son travail.»

«Bien sûr...»

«Je crois vraiment que tu devrais venir. Écoute, il faut que je te laisse. Le vieux Jason va arriver d'un instant à l'autre. Allons déjeuner ensemble. Je devais manger avec Janey, mais je vais me libérer. D'accord?»

«Karen, je n'irai pas au bureau», répondis-je, geignard comme un enfant malade. «Je veux que tu viennes ici, toi. Je vais acheter une bouteille de vin et faire une omelette...»

«Wes, dit-elle durement. Je n'irai pas chez toi, point final. Tu es ridicule...»

«Peut-être, et peut-être pas, merde!» répliquai-je, avec hauteur, puis je raccrochai. Je me levai, tout tremblant et je me rendis à la fenêtre. L'écureuil noir dégringolait de l'arbre encore une fois. La télé de madame Brown était toujours ouverte à tue-tête. Cette fois, c'était un feuilleton. Peut-être la situation n'est-elle pas si catastrophique, après tout, pensai-je. Une histoire de fille enceinte. Pas mariée. Quelle heureuse nouvelle! J'ai encore des fragments du dialogue dans la tête, comme des débris d'un navire en perdition.

Une voix de femme (froide comme du marbre): *Tu vas tuer ton père, Betty.*

La voix de Betty (en sanglot): *Oh! Mommy. Je t'en prie, ne dis pas cela, s'il te plaît.*

La voix de la mère (encore plus glacée): *Oui, le tuer. Je suis sûre que tu vas le tuer.*

Oh! Betty. Oh! Mommy. Je répétais les répliques en remuant les lèvres, comme pour prier. Merci mille fois pour vos petits mélos, auteurs et réalisateurs à la gomme. Continuez, je vous en prie, à fabriquer en série vos sordides petites histoires. Pourvu que la télévision ne parle pas de l'autre grand spectacle! Empêchez le lugubre visage américain de Walter d'apparaître à l'écran dans le salon de madame Brown.

Puis le téléphone sonna. C'était Karen, et elle était furieuse.

«Wes Wakeham, dit-elle, ne t'avise plus jamais de me raccrocher au nez.»

«Karen... Je...»

«Jamais. Plus jamais. Tu m'entends?»

«Karen, je t'en prie... viens ici...»

«Je n'irai pas chez toi, sacré bon Dieu», siffla-t-elle et, pour la deuxième fois ce jour-là, on me claqua le téléphone à l'oreille.

Chose curieuse, ce furent les derniers mots que nous échangeâmes jamais, Karen et moi. Le lendemain, au bureau, je trouvai ma belle Viking à peau douce murée dans une hargne polaire. J'avais l'habitude de ses silences. D'habitude, je l'y laissais mijoter trois ou quatre jours, puis je l'attendrissais avec une invitation à déjeuner. Cette fois-là, cependant, je n'en fis rien car il m'était apparu, en ce mercredi d'octobre, qu'un petit avenir aux côtés de Casque de Platine ne me souriait guère. Et je dus aussi m'avouer que même si j'étais intéressé je n'y avais jamais cru vraiment.

Une quinzaine de jours plus tard, j'entrai dans le bureau de Steve Kandel pour lui dire que les musiquettes, c'était fini. Au moment de sortir à tout jamais de chez Eckhardt, Baylor and Cohn, je passai tout près du bureau de Karen Schuyler : elle tapait à la machine et ne leva même pas la tête. Je ne l'ai jamais revue.

Après que Karen Schuyler m'eut claqué le téléphone à l'oreille, ce matin-là, je restai longuement assis à regarder l'orme par la fenêtre, attendant que l'écureuil noir réapparaisse. Cette veille tranquille me calma. C'est alors que je sortis et que j'achetai mon beau gros flacon de Chivas Regal. La bouteille de l'Holocauste.

De retour à ma chambre, je m'installai dans la berceuse au dossier de lattes et j'écoutai la télé de madame Brown. Les nouvelles de midi n'étaient pas encourageantes. On sentait dans la voix de Walter Cronkite un rien d'inquiétude que je n'avais pas remarqué jusque-là. C'était vaguement angoissant, comme de voir son père grimacer de douleur. Kennedy attendait de pied ferme des Russes qui n'étaient pas rassurants eux non plus. Ils voulaient que les Américains liquident leurs bases en Turquie. Vous n'êtes qu'un tas d'hypocrites, aurait dit Nikita Krouchtchev.

Peu avant une heure, mes mains devinrent toutes moites et je pris le téléphone pour appeler une longue et mince jeune femme du nom de Molly Sinclair. Je l'avais rencontrée quelques semaines plus tôt à l'occasion d'une soirée organisée par une fraternité universitaire. Ce genre de parties ne m'a jamais beaucoup intéressé, mais ce vendredi-là, Karen était allée à une réception donnée en l'honneur d'une amie qui se mariait et un ami de collège du nom de Joel Brewer m'avait appelé pour m'inviter. Molly était une grande fille rieuse, forte comme une lionne, avec une belle crinière brune, et qui sentait le savon parfumé au citron. Je lui parlai des heures, debout, à sourire jusqu'à en avoir des crampes dans les joues. Nous nous plûmes, je pense. Nous avions parlé de Robert Browning. L'après-midi, elle avait assisté à une conférence et était encore tout imbue des propos du conférencier. Nous finîmes par monter nous asseoir dans une chambre obscure avec une bouteille de gin, à écouter les cris et les stupides rengaines de football qu'on scandait et qui se répercutaient dans la vieille maison. Nous bavardâmes joyeusement, de Fra Lippo Lippi et de la vieille Duchesse. De temps à autre, je lui volais un baiser, comme un gamin, et je parvins même une fois ou deux à placer ma main, sous son pull de cachemire, sur un sein chaud et palpitant. Plus tard dans la soirée, elle me donna le numéro de téléphone de sa pension. Et voici qu'en ce mercredi d'octobre, je composai ce numéro, presque certain qu'à cette heure du jour elle ne serait pas chez elle. Or, c'est elle qui répondit.

« Allô », dit-elle de sa voix de gorge un peu rauque.

« Allô », dis-je, avec une gaucherie d'écolier. « Heu… Je me demande… est-ce que par hasard vous ne seriez pas Molly Sinclair ? »

« Oui, pourquoi ? »

« Ici Wes Wakeham, Molly. »

« Qui ? »

« Wes… »

«Ah! le monsieur qui aime Browning.»

«C'est cela.»

«Comment allez-vous?» Elle semblait amusée.

«Très bien, merci.» Un véritable écolier, les cheveux gluants de Brylcreem. «Écoutez, je me demandais... je sais que ce n'est pas poli d'appeler au dernier moment, mais seriez-vous libre cet après-midi?»

Elle éclata de rire. «Et pourquoi, monsieur Browning?» demanda-t-elle avec une pudeur feinte.

«Ha! Ha!... Eh bien! je me demandais si vous n'auriez pas envie de prendre un verre avec moi.»

Elle rit. Un rire de gorge opulent. «Il est un peu tôt pour ça, non?»

«Peut-être bien, fis-je, déçu, mais...»

«Vous ne travaillez pas?»

Je répondis vivement. «Oui, bien sûr, mais j'ai congé aujourd'hui. Ça me semblait une bonne idée de prendre quelques verres avec une très belle femme et...»

«Ho! Ho! C'est un peu fort, Browning...»

Je ricanai bêtement. «Oui, un peu fort...»

Encore un peu et je me mettais les pieds en dedans comme un cancre.

«Dites... est-ce que je puis passer vous voir?»

«J'aimerais bien, dit-elle. Ce serait canaille tout plein de boire à cette heure-ci... mais j'ai un cours de psychologie à deux heures trente et je ne peux vraiment pas le manquer.»

Je reniflai comme un idiot de village. «Et je ne pourrais pas vous convaincre de manquer le cours de psychologie? Pour une fois...»

«Vraiment pas.» Elle avait répondu comme une secrétaire, avec un petit ton d'évidence. «J'ai déjà manqué le dernier et vous savez... on finit par se laisser déborder...»

«Très juste... très juste.» J'étais à bout d'arguments.

«Mais je suis libre vendredi soir», ajouta-t-elle.

«Ah! oui... Alors très bien. Peut-être pourrions-nous nous voir vendredi?»

«Ça me ferait bien plaisir, Browning.»

«Fort bien, marmonnai-je. Je passerai vous prendre vers huit heures...»

«Parfait... que dois-je porter?»

«Porter?» Je restai coi. «Oh! ce que vous voudrez...»

«Vraiment? Et où irons-nous?»

«Je ne sais pas encore, dis-je, dépassé. Nous irons peut-être écouter une conférence sur Browning.»

Elle se mit à rire, amusée: «Vous êtes un type marrant, Browning», dit-elle.

«Pour ça, oui.» Puis je raccrochai avec beaucoup de soin.

Il n'y avait rien à faire qu'à se bercer dans le fauteuil au dossier de lattes et à attendre. À rester assis dans ma cellule comme un moine de jadis, attentif aux bruits de ma vie, mes cinq sens tendus comme des cordes de violon. Contrairement aux moines d'antan, cependant, je ne réciterais pas mon chapelet, je ne prierais pas Notre-Père-qui-êtes-aux-cieux. Il m'apparaissait évident depuis pas mal longtemps que Notre Père avait décroché pour aller vivre dans une autre galaxie. Aussi restai-je assis, conscient comme Adam au premier matin, l'oreille tendue vers les nouvelles, serrant fort la bouteille de l'Holocauste.

Madame Brown changeait encore une fois de canal. Un type faisait cuire une omelette. Il avait la voix terne des gens du Midwest. Comme un vendeur de voitures usagées à, disons Gary, en Indiana. Écoutez bien, mesdames… Il n'y a que deux façons de faire une omelette… la mauvaise… et la mienne (rire)… Alors regardez bien (gloussements)… il faut d'abord un œuf… non? (regloussements)… Un œuf comme ceux-ci (rires suivis de légers applaudissements).

En écoutant le type à l'omelette, je me dis que j'assiste aujourd'hui au plus extraordinaire divertissement. J'en ai des fourmillements. Et c'est cela aussi qui allume l'oeil fureteur de madame Brown et la propulse partout comme l'écureuil noir. Toute la vacuité et la tristesse de notre vie s'envole dans le grand vent noir qui balaie le ciel, qui nettoie l'air et le laisse âcre et piquant comme de l'ammoniaque. Tout a un sens et rien ne peut être ignoré. Nous frémissons de peur, madame Brown et moi.

Assis dans ma chambre, j'écoute l'homme à l'omelette et je pense à mon père. Plus de vingt années ont passé depuis qu'il a quitté sa minoterie en quête de cette sensation. Il a eu lui aussi ses nuits folles, ses filles et ses chansons à boire (Allez les gars! Tous ensemble! Che-valiers-de-lata-bleron-de… Al-lons voir-si-levin-estbon). Il a été de l'autre côté du sombre océan ensorcelé; il a eu ses dimanches matins dans des cimetières qui sentaient la terre et le lilas, ses maudits rochers au-dessus des champs de blé et les sonneries de clairon sur les champs de bataille.

Madame Brown avait encore une fois changé de canal. On interviewait un sénateur du Nevada ou du Montana, quelque part dans l'Ouest. J'étais étendu sur mon lit, raide comme un pieu et je regardais

141

fixement le plafond. Le sénateur admettait que la situation était grave mais espérait que la raison prévaudrait. J'avais envie d'ouvrir la bouteille de l'Holocauste et d'en prendre une lampée, mais je n'en fis rien. Je retirai plutôt mon pantalon et mon slip et je me masturbai. Madame Brown était revenue à son cours de cuisine. Je m'endormis pendant une publicité de Jello et ne m'éveillai que treize heures plus tard.

Ainsi se termina pour moi ce mercredi d'octobre 1962. Évidemment, le grand vent noir finit par mourir et madame Brown et moi pûmes couler de nouveau dans notre mélancolie. Par contre, j'ai toujours conservé la bouteille de l'Holocauste. Elle m'a accompagné dans mes errances, intacte comme au premier jour, magique, animant de sa présence les placards et les armoires de mes diverses demeures. C'est-à-dire jusqu'à ce jour de septembre dernier où Molly et Ernestine Hough l'ont ouverte pour prendre un verre.

Elle est presque vide maintenant. Je vais boire une autre gorgée à la santé du vieux Ben. Il vient tout juste de dire au revoir à l'étudiante et de sauter dans un taxi pour se rendre à l'aéroport. Il l'a laissée assise dans le café désert, une jolie petite chose ronde et mûre comme une pomme à l'automne.

Chapitre neuf

Je sais écouter, dodeliner de la tête en souriant quand les gens me parlent de leur boulot et de leurs affaires. George Gruber est un aimable et timide jeune homme de mon âge à peu près, avec des yeux bleu pâle et des cheveux blonds coupés en brosse. Il enseigne les mathématiques en neuvième et en dixième années à l'école secondaire d'Union Place. George et moi, nous discutons du prix des maisons de banlieue, debout dans un coin du salon de Harold Pendle. George a acheté sa maison il y a cinq ans, et il estime qu'elle vaut déjà six mille dollars de plus, aux prix actuels. Dans vingt ans, dit-il, sa valeur aura triplé. Cela me semble un investissement sage, et je le lui dis, ce qui le rend si heureux qu'il me met la main sur le bras et m'invite à passer le voir à l'école au cours de l'année qui va commencer. Tout en parlant, il ne cesse de jeter des coups d'œils inquiets à l'autre extrémité de la pièce, en direction de sa femme, une jolie petite rousse dodue. Elle rit et parle à une espèce de géant dont le crâne dégarni luit sous la lumière. Il dépasse tous les invités d'une tête et doit se pencher pour écouter la femme de

143

George. Ce qu'il fait en souriant, avec beaucoup de grâce, les mains derrière le dos comme un pasteur. George m'a dit qu'il s'appelle Ted Garowski et qu'il est directeur du programme de mathématiques à l'école d'Union Place.

Notre conversation se fait languissante et George se met à claquer des doigts le long de sa jambe en fredonnant un air de la comédie musicale *Cabaret*, qui tourne sur le phono. Dans le petit groupe qui nous jouxte, une fille aux cheveux noirs marque elle aussi, nerveusement, le rythme de cette musique facile. Elle hoche la tête d'un côté et de l'autre, comme pour signaler qu'elle aimerait danser. Elle sourit d'un air approbateur à un petit homme d'âge incertain qui lui décrit son élève le plus turbulent. Il lui parle en remontant constamment ses lunettes sur l'arête de son nez, d'un geste nerveux de l'index droit.

George Gruber et moi, nous balayons la pièce des yeux en souriant et en nous râclant la gorge. Nous aimerions tous les deux remplir de punch nos verres que nous sommes honteux d'avoir vidés si vite. Pour cacher notre embarras, nous nous perdons en métaphores : Georges dit avec un rictus gêné qu'il est temps de refaire le plein, et j'admets en brandissant mon verre que nous allons en effet devoir atterrir bientôt. À vrai dire, nous commençons à nous ennuyer l'un l'autre. George aimerait retrouver sa femme et j'aimerais changer de coin. Mais voici que notre hôte lui-même vient nous secourir. Harold, pimpant comme un collégien dans son veston de tartan Black Watch et son pantalon gris sans revers, traverse la pièce encombrée, s'arrêtant ici et là pour dire un mot gentil au passage, sans cesser de se caresser les joues, qu'il a pâles et creuses. Harold fait un signe à George, m'agrippe le coude comme un policier et me tire à l'écart.

« Wes, vous avez une minute ? »

« Bien sûr. »

« J'aimerais vous montrer quelque chose. »

« Bien. »

Sans me lâcher le coude, Harold me guide à travers la pièce et le couloir jusqu'à la cuisine. Nous contournons une table chargée de tasses et de soucoupes, de plateaux de sandwichs et de petits fours, puis Harold ouvre une porte et nous descendons en silence un escalier qui mène à un vaste sous-sol brillamment éclairé. C'est une pièce spacieuse et propre, sobrement peinte en gris marine et qui sent la lessive et les copeaux. L'établi de Harold est rangé contre un mur : c'est un grand madrier d'érable jaune poli, lourd et redoutable comme une porte de monastère. En passant, j'éprouve le besoin irrésistible de le frapper du plat de la main, comme pour en éprouver la solidité. À une extrémité est vissé un étau d'acier brillant serré sur un morceau de bois taillé en biseau — un appui de fenêtre, inachevé. Derrière, le mur est couvert d'outils et d'appareils électriques suspendus à des crochets. J'éprouve un pincement d'envie pour cet univers bien rangé. Certains soirs, j'ai rêvé d'un établi comme celui-là, où je transformerais en jolies choses des piles de bois odorant, multipliant les rayons de bibliothèque et les maisons d'oiseau, m'assurant le confort simple du bon artisan.

Le brouhaha étouffé du dessus nous parvient à travers le plafond et les solives. Il y a des gens qui dansent et nous entendons le frottement de leurs chaussures sur le parquet. Je me tourne vers Harold qui cherche une clé au bout d'une chaînette d'argent.

« Je ne vous savais pas bricoleur, Harold. »

« Oh ! J'aime bien m'occuper. Mais rien de compliqué, vous savez. »

« Ça ne m'apparaît pas facile. »

« Oh ! c'est un morceau d'une nouvelle fenêtre que je pose dans le garage. Ce n'est rien du tout, vraiment... »

Mais Harold joue les modestes. Ce que je vois révèle beaucoup d'application et Harold est probablement un bricoleur consciencieux. Il se penche pour déverrouiller une porte où j'entre à sa suite et je me retrouve dans un petite pièce sans fenêtre mais brillamment éclairée.

« Soyez le bienvenu dans le saint des saints ! » dit Harold, en refermant la porte derrière moi. « C'est ma retraite. Même Edna n'y entre pas. Sauf pour épousseter, bien sûr. »

Quelque part, un ventilateur se met à remuer l'air stagnant et tiède. Le réduit est mystérieux et même un peu sinistre. C'est dans des pièces comme celle-ci que des prisonniers sont interrogés des heures durant par des hommes armés de matraques. Elle n'est meublée que d'une table de contre-plaqué, d'un fauteuil pivotant et, le long d'un mur, d'une rangée de classeurs de métal comme on en voit dans les couloirs des écoles. Au mur, devant la table, il y a une grande marine : de lourds rouleaux verts se brisent sur une plage déserte, dans un déferlement d'embruns et d'écume, sous un ciel sombre et bas que traverse en planant un goéland solitaire. L'exécution est quelconque et, dans cette minuscule oubliette, le tableau est carrément ridicule. Harold me surprend à l'examiner.

« C'est Edna qui l'a peint, dit-il en le regardant lui aussi. Il y a trois ans de cela. Nous étions allés en Gaspésie, pendant les vacances. »

« Vraiment ? »

« Nous l'avons intitulé *Grandeur solitaire de la mer*, comme dans le poème de Tennyson... »

146

«Ah! oui?»

«Vous le connaissez certainement: Ô mer! Roule, roule, roule sur les galets gris et froids...»

«Ah! oui, je me souviens...»

Il y a un silence et le bourdonnement grêle du ventilateur remplit la pièce.

«Eh bien!» dit finalement Harold. Puis il se laisse tomber dans le fauteuil pivotant, comme atteint d'un coup de feu. Il se croise les mains sur l'estomac et étend ses longues jambes, avec l'air d'un homme qui s'efforce de paraître relaxé. Mais ainsi enfoncé dans son fauteuil, il semble seulement gêné et mal à l'aise. Je me prends à souhaiter qu'il se tienne bien droit comme à l'école de Middlesburgh jadis. Je comprends subitement qu'il va me parler de sa grammaire. Il veut probablement savoir ce qu'en pensent les gens des Éditions Winchester. Je me suis juré d'en parler à Sydney à la première occasion et je prépare mentalement une réponse vague.

Harold se penche en avant et pose les mains sur sa table. Le fauteuil craque sous lui.

«Le travail avance vraiment, Wakeham, et je dois vous remercier pour cela...»

«Mais non! Je ne vois vraiment pas...»

«Mais si. Votre idée de préparer un sommaire et quelques chapitres m'a forcé à me mettre vraiment au travail.»

Il me regarde en fronçant des sourcils couleur de sable.

«Savez-vous que j'ai rédigé le brouillon de deux autres chapitres depuis que je vous ai envoyé le matériel?»

«C'est merveilleux, Harold...»

147

« Voilà… laissez-moi vous montrer… »

Il se lève, en se dépliant interminablement. En deux enjambées, il atteint la rangée de casiers et se penche. Par la porte entrouverte j'aperçois, chose incroyable, plusieurs boîtes de conserves de fèves au lard Heinz. Il revient à son fauteuil et dépose sur sa table un grand cartable de papier noir grenu. Je me penche comme quelqu'un à qui on montre un album de photos, une main posée sur le dossier du fauteuil de Harold, l'autre appuyée sur la table. Le poids de mon corps me blanchit les jointures et je me prends à observer les plaques livides où affleure l'os. L'écriture de Harold est soignée et régulière. On dirait un livre de bord. *La grammaire classique a toujours régi très strictement l'usage du subjonctif. On peut dire, toutefois, que notre époque a vu l'indicatif remplacer de plus en plus…*

« C'est mon chapitre sur la modalité verbale, explique Harold en montrant une page du doigt. J'ai adopté une attitude très souple. Beaucoup d'enseignants n'apprécieront pas, particulièrement les plus âgés. »

« En effet, je présume… »

Harold prend une règle et la fait glisser sur sa main où la tranche métallique laisse un fil rose.

« Mais grands dieux, on ne peut pas enseigner la grammaire du siècle dernier aux enfants d'aujourd'hui ! Ils n'écoutent même pas. La langue qu'ils comprennent, c'est celle de la télévision. Il est inutile et perdu d'avance de ne pas tenir compte de l'influence des moyens modernes de communication. »

« Très juste. Je lisais récemment que… »

« Wakeham ? J'aimerais vous envoyer ces deux chapitres additionnels. Je vais les terminer pendant les Fêtes. Qu'en pensez-vous ? »

148

« Écoutez, Harold, cela me semble une excellente idée. Je présume que vous vous demandez pourquoi vous n'avez pas eu de nos nouvelles ? Vous savez, ces décisions prennent du temps et... »

Harold reprend sa règle et commence à se scier un doigt.

« Oh ! je me rends compte de tout cela. Je ne suis pas inquiet. Ce qui compte, c'est de progresser lentement mais sûrement. J'admets que vos gens prennent tout le temps qu'il leur faut... » Il lève les yeux vers la *Grandeur solitaire de la mer* et fronce légèrement les sourcils, sa règle en équilibre sur un doigt tendu où elle a oscillé un instant avant de s'immobiliser. Je tends et je plie les doigts alternativement pour y rétablir la circulation.

« Je me demande une chose, cependant... Croyez-vous que vos lecteurs vont se sentir bousculés si je leur fais parvenir ces deux chapitres supplémentaires ? »

« Pas du tout. En fait, je crois que c'est une excellente idée. Cela ne peut que leur donner une notion plus précise de la forme et de la structure de l'ouvrage. »

« Vous en êtes sûr ? »

« Absolument... absolument. »

La règle bascule d'un côté de son doigt et tombe sur la table avec bruit. Il regarde encore une fois la *Grandeur solitaire de la mer* et me pose une question qui ne manque jamais de m'amuser, quoique je prenne toujours garde de sourire.

« Qu'attendez-vous de la vie, Wakeham ? Quel est votre but ? »

« Je n'en suis pas certain, Harold, mais... »

« Vous savez... un homme peut vivoter au jour le

149

jour, faire son travail, élever sa famille, fréquenter ses amis, tout cela est très bien. On y trouve une certaine satisfaction. Mais j'ai découvert qu'un homme ne trouve pas vraiment de sens à la vie tant qu'il ne s'efforce pas de réaliser quelque chose.»

«Bien peu de gens s'en rendent compte.»

«Ah! ce que vous avez raison.»

Il se renverse en arrière dans son fauteuil, les coudes reposant sur les bras rembourrés, les mains jointes en une ogive parfaite.

«Aimeriez-vous voir cinq années de travail?»

«Eh bien!...»

«Un moment...»

Il se déplie de nouveau et retourne au casier, ouvre une porte, puis fait un pas de côté, comme s'il m'invitait à regarder par la fenêtre. Le bas du casier est plein d'épais cahiers noirs empilés. Mais ce qui attire mon attention, c'est la tablette supérieure où sont rangées des boîtes de jus d'ananas en conserve Dole.

«Ces notes représentent cinq années de week-ends et de vacances», me dit Harold les yeux baissés vers les cahiers. Je ne puis qu'ourler les lèvres et pousser un long sifflement d'admiration, ce qui remplit Harold de bonheur. Il sourit et referme le casier avec un claquement sec. Le bruit métallique rebondit sur les murs et me fait sursauter. Harold secoue la tête.

«J'espère seulement que vos gens se rendent compte que ce projet n'est pas une chose où je me suis lancé sans réfléchir.»

«J'en suis certain.»

«Et vous pensez vraiment que c'est une bonne idée de leur montrer ces deux chapitres?»

«Absolument.»

« Je vois... Eh bien ! je vais les leur expédier dans, disons, trois semaines. »

« Très bien. Nous les attendrons. »

Harold fait un pas vers la porte et s'arrête.

« Oh ! en passant, il y a une chose que je voulais vous signaler. Vous allez probablement rencontrer Duncan MacCauley en haut. C'est le directeur de notre service. J'aimerais bien que vous ne parliez pas de ma *Grammaire raisonnée*. Pas un mot. »

« D'accord, motus... »

« Parfait. »

Harold semble relaxer un peu. Debout près de la porte, il roule les épaules à l'intérieur de son veston sport bien coupé.

« Que pensez-vous de mon petit saint des saints ? » demande-t-il.

« Ça me semble très bien. Confortable et tranquille. Ce doit être un excellent endroit où travailler. »

« Excellent. »

Il frappe soudainement le mur du plat de la main. « Tout cela est insonorisé. C'est du panneau Franklin. C'est un ingénieur, un ami à moi, qui m'en a parlé. »

« Ah ! oui ? »

Harold et moi nous reculons d'un pas pour admirer les parois du saint des saints. Harold me vante les murs, soulignant les avantages des panneaux Franklin, et se penche pour suivre la bordure, d'un doigt où brille comme un œil glacé la pierre de sa bague maçonnique. Je m'accroupis à côté de lui ; nous nous balançons lentement sur nos talons tous les deux. Derrière la porte, en tournant légèrement la tête, je puis lire les titres d'une pile de livres : *La Sainte Bible, Shakespeare, Contes pour toute la famille*, le

Guide médical… Au moment où nous nous relevons pour partir, une idée me frappe : nous sommes dans l'abri anti-bombes de la famille Pendle. Curieux, je lui demande si mon intuition est juste. Il se frotte les joues, l'air grave.

« Oui. Je l'ai construit après la crise de Cuba, en soixante-trois. »

« Ah. Ne serait-ce pas en soixante-deux ? »

« Quoi ? »

« La crise de Cuba était en soixante-deux. »

« Vous en êtes certain ? »

« Absolument. » Il n'est pas convaincu mais ne poursuit pas.

« Peut-être avez-vous raison. Quoi qu'il en soit, je l'ai construit juste après. Nous venions d'emménager et nous pensions qu'en cas d'attaque nucléaire, il valait mieux prévoir quelque chose. Je ne suis pas d'accord avec tous ces gens qui se contentent de déplorer la situation et disent qu'il n'y a rien à faire. Je sais fort bien que nous ne survivrions pas à un coup direct, mais d'autre part, si nous nous trouvons en périphérie de la zone atteinte, je crois que nous pouvons vivre ici confortablement pendant au moins deux semaines. La plupart des gens n'aiment pas parler de ces choses-là. Cela les déprime. Ils refusent de voir la réalité en face. »

« Très juste. »

« Je parie que vous-même, vous ne pensez jamais à cela. »

« Plus maintenant, je le crains. »

« Vous voyez. »

Harold referme la porte de son abri, en vérifiant la poignée, comme un gardien de nuit. Je suis debout près de l'établi et j'écoute la musique de *Cabaret.*

Toute la maison semble en résonner.

«J'aimerais avoir votre avis sur ces deux nouveaux chapitres», dit Harold en se retournant vers moi.

«Je veux bien, Harold, si cela vous est utile.» Il reste immobile un instant en me dévisageant de ses yeux de glace. «Vous savez, Wakeham, c'est malheureux que nous ne nous soyons pas mieux connus à l'école. Je crois que nous avons beaucoup de points communs.»

«C'est malheureux, oui...»

«Je ne veux pas vous offusquer, mais je vous trouvais un peu... quelconque, à cette époque-là.»

«Je présume que je l'étais un peu... je l'admets. Et que je le suis encore.» J'affiche un sourire niais, mais Harold se contente de se caresser les joues et de froncer les sourcils.

«Vous n'étiez pas scout, n'est-ce pas?»

«Non.»

«C'est malheureux.»

De retour dans le living, j'écoute un groupe de gens parler de leurs week-ends. Mon vis-à-vis vient d'acheter une motoneige et l'a cachée dans le garage de son voisin. Samedi soir, quand tout le monde dormira, il va la transporter, avec l'aide de son voisin, dans son salon près du sapin de Noël. Nous admettons tous qu'il s'agit d'une idée extraordinaire et que nous aimerions être chez lui le matin de Noël pour voir les visages de sa femme et de ses enfants. Edna Pendle, longue et mince, glisse parmi nous dans sa robe verte, comme un roseau dans le vent. Elle passe des biscuits et du fromage.

En causant avec le type à la motoneige, j'observe une fille dans le groupe à côté. Il se trouve que c'est la brune fébrile qui hochait la tête au rythme de la musique. Elle n'a pas cessé de jeter des coups d'œil furtifs de mon côté et j'ai l'impression qu'elle aimerait que je lui sois présenté. Mais je me fais peut-être des idées.

Elle est dans la vingtaine avancée. Je pense qu'elle commence à se faire à l'idée de rester vieille fille : cela paraît sur son visage, un visage ordinaire mais intelligent. Elle commence aussi à épaissir — c'est l'âge — principalement sur les hanches, les fesses et les cuisses, comme une fiasque. Le haut du corps, cependant, n'a pas changé depuis le collège, très certainement : les seins sont inexistants, les bras maigrichons. Malgré tout, elle n'est pas désagréable à regarder : elle a même un peu de sex-appeal, celui d'un corps qui a appris à s'accepter et qui n'est guère sollicité. Elle me rappelle Rosemary, quoique en plus vieux et plus terre à terre. Je parierais toutefois qu'elle néglige un peu ses ongles et ses aisselles, comme Rosemary.

Elle vit probablement seule dans une des nouvelles tours de l'avenue Napier ou près du parc Meadowbank, change de petite voiture tous les deux ans, s'en sert tous les matins pour se rendre au high-school d'Union Park et le samedi pour aller au Centre commercial. Une fois par mois, elle prend la route de la petite ville où elle est née. Elle s'ennuie tout le week-end en compagnie de maman et de papa à la retraite et tente sans succès de passer à travers un roman en souriant à ses neveux pendant que sa belle-sœur la taquine aimablement de sa voix niaise à propos des garçons. Comme moi, elle fait probablement une consommation considérable de télévision et va au cinéma une fois par mois.

Elle n'a pas plus envie qu'il faut d'aller passer Noël dans son village avec papa, maman, les neveux et les nièces. Je dirais plutôt qu'elle va regarder la télévision tard, aller au cinéma une fois ou deux et emprunter un roman récent à la bibliothèque. Elle m'apparaît un peu confuse, cette nerveuse brunette, tiraillée entre l'anarchie et la liberté, le capitalisme et le socialisme, l'agnosticisme et l'athéisme, la tyrannie et la démocratie. Elle comprend trop bien trop d'opinions contradictoires et tente honnêtement de tout concilier. Elle est exactement le genre à craquer au milieu de la trentaine. Elle est tendue comme un lévrier, les mains crispées sur ses bras nus, une cigarette aux doigts, et elle écoute un beau nègre de la Barbade parler de la pauvreté dans son île avec une diction étudiée et un accent un peu hautain.

« Vous 'oyez... le pwoblème ézige un changeument deu tactique...»

Elle opine gravement de la tête, les yeux levés vers ce visage sombre et passionné, tentant de comprendre ce que c'est que d'être Antillais, pauvre, et noir.

J'ai réussi à me dégager du peloton de la motoneige et je flotte librement comme une amibe, attendant de m'agglutiner à d'autres cellules errantes. J'aperçois George Gruber près du piano : il serre énergiquement le bras grassouillet et tavelé de sa femme et semble maintenant tout à fait heureux de tenir le crachoir devant trois ou quatre types en faisant de grands mouvements du chef. Je m'apprête à aller à la toilette quand on m'agrippe le bras. Comme une pince sur ma chair.

« On observe la marchandise, mon ami ? »

C'est ce crétin de petit prof de chimie, Bellamy, qui ricane, tout étrillé et sanglé dans son veston à carreaux et son nœud papillon.

« Comment allez-vous ? » fait-il, la main tendue.

« Très bien, merci. »

« Vous vous appelez Walt, n'est-ce pas ? »

« Non. Wes... Wes Wakeham. »

« C'est vrai ! Comment allez-vous, Wes ? Vous vous souvenez de moi ? Hank Bellamy... »

« Certainement... plaisir de vous voir, Hank. »

Bellamy jette un regard autour de la pièce, se tortille le cou dans son col où sa main monte pour maintenir en place le nœud papillon. Il ressemble à un type qui fait la queue dans une salle de danse. Puis il se frotte énergiquement les mains en se tournant vers moi. Son haleine sent l'alcool.

« Alors, qu'est-ce qui se passe ? J'arrive. »

« Oh ! pas grand chose. Mais c'est une soirée agréable. »

« Ah ! ces parties de Noël... toujours emmerdants... Vous êtes un ami de Pendle ? »

« C'est-à-dire... nous sommes allés à l'école ensemble. »

« Ne me dites pas ! À l'université ? »

« Non... au secondaire. »

« Ah ! bon. Eh bien ! je vais vous dire quelque chose, mon ami », dit-il en chuchotant. « La vérité, c'est que Pendle changerait de trottoir quand il me rencontre si je ne dirigeais pas un service. Et cela vaut aussi pour la plupart de ces minables. Je ne suis pas particulièrement populaire à l'école d'Union Place, vous savez. Mais je suis directeur de programme et le meilleur spécialiste en chimie de tout l'Ontario et ils le savent... Vous connaissez *Chimie d'aujourd'hui* ? »

« Évidemment... c'est un classique. »

« Parfaitement. En usage depuis douze ans. *Chimie d'aujourd'hui* par Schaeffer, Todd, Axelworth et Bellamy. Mais c'est Bellamy qui a fait presque tout le travail. En fait, c'est Bellamy qui a écrit le foutu manuel et ils le savent. Tout le monde le sait. »

Bellamy enfonce les mains dans ses poches et survole de nouveau la salle du regard.

«Regardez Pendle, me souffle-t-il, qui lèche le vieux MacCauley. C'est un fossile, MacCauley, mais vous voyez, mon garçon, votre ami Pendle tend ses filets pour devenir premier assistant. Je parierais d'ailleurs tout ce que j'ai qu'il ne donne cette réception que pour cette raison. MacCauley va se choisir un assistant au cours de l'année. Votre copain a autant de chances que quiconque. »

Bellamy et moi sommes seuls ensemble, les mains dans les poches. J'observe Harold Pendle qui explique quelque chose à Duncan MacCauley avec de grands mouvements de ses doigts effilés. MacCauley est un vieil homme avec des verres à double foyer ; il est vêtu de gabardine grise. Bellamy surveille la fille aux cheveux noirs et le Barbadien. Au bout d'un moment, il me pousse du coude et chuchote du coin du bec comme un gangster dans un vieux film :

« Helen ferait mieux de se surveiller ou ce sacré Jeremy va lui jouer dans la culotte avant la fin de la soirée. »

Il relève son pantalon puis chuchote encore : « Vous en avez déjà vu un tout nu ? »

« Un quoi ? »

« Un nègre. Vous en avez déjà vu un sous la douche ? Nous en avions un dans le peloton, à l'armée... un type de Halifax. Un certain Jimmy Howe... un type très bien. La queue qu'il avait ! Le foutu machin lui pendait entre les genoux... Ils sont tous équipés comme ça, vous savez. Autant que trois blancs ! Une fille qui a goûté à ça ne veut plus entendre parler de nous. Ça me fait penser à une histoire crampante que j'ai entendue l'autre jour. En fait, c'est justement un vendeur qui me l'a racontée. Une fois, il y avait un nègre, précisément — il s'appelait Rufus — qui était outillé de la sorte, et qui ne parvenait pas à trouver un pantalon assez grand de la fourche pour l'accommoder. Alors, il se rend chez un petit tailleur juif…»

J'écoute Bellamy raconter son histoire salée et je prépare ma sortie. Il se fait tard et j'en ai assez de la réception de Noël de Harold Pendle. Mais tout à coup la fille aux cheveux noirs s'avance vers nous. Elle arrive juste pour la chute de l'histoire, que Bellamy nous donne en rigolant et en se tapant sur les cuisses comme un comique troupier. Bellamy avait raison: l'histoire est drôle et je ne puis m'empêcher de rire. La fille nous sourit de ses yeux bruns.

«Allo, Hank. Une autre de tes terribles histoires?»

«Ah! Helen, j'aimerais bien te la raconter, mais tu es trop jeune et trop chaste.»

«Je n'en doute pas.»

«Dis donc, tu connais ce jeune homme? Il est voyageur de commerce, alors il sait quelques histoires lui aussi…»

«Vraiment.»

Elle me gratifie d'un sourire ironique et froid. Je hausse les épaules innocemment.

«Je m'appelle Wes Wakeham.»

Elle me tend une main chaude et moite. «Helen Corbett.»

«De quoi Jewemy t'entwetenait-il?… De la négwitude…?»

«Vraiment, Hank, Jeremy est très bien. Vous ne

devriez pas vous moquer de lui comme cela.»

«Je puis vous offrir quelque chose à boire?» dis-je.

«S'il vous plaît. Je prendrais bien un autre verre.» Quand je reviens, Helen Corbett est seule, les mains toujours crispées sur ses bras, comme si elle était transie. Bellamy s'est rapproché d'un groupe d'hommes assez âgés où se trouve le mathématicien chauve. Je tends le verre. Elle sourit et son regard plane sur la salle.

«Merci beaucoup. Ça en prend pas mal pour en sentir l'effet. Je dirais que ce cher Harold n'a pas forcé sur l'alcool quand il a préparé son punch.»

«Très juste, dis-je en riant. Je cherchais quelqu'un à qui dire exactement cela. Je ne refuserais pas un bon scotch sec.»

«Bien parlé.»

Puis nous nous enfermons dans notre conversation en nous moquant gentiment de tout, des cochonneries de Hank Bellamy au pantalon de gabardine de Duncan MacCauley. Nous mettons en charpie la petite fête de Harold, chuchotant près du sapin illuminé comme deux adolescents qui s'ennuient au cinéma. Nos commentaires sont peu aimables, injustes même et pas très drôles, mais ils nous rapprochent et nous ne tardons pas à nous plaire et à nous réconforter mutuellement dans notre solitude.

C'est pendant la pause-cantique que je lui demande de venir prendre un verre avec moi. Au piano, Edna Pendle accompagne *Ça, bergers* en battant des omoplates sous sa robe verte. Tout le monde chante à pleine poitrine, même Hank Bellamy. Je remue les lèvres, mais sans pouvoir émettre un son. À mes côtés, Helen Corbett chante doucement de sa voix de contralto léger. Quand je me penche pour l'inviter, elle se contente de hocher la tête sans cesser de chanter. Je trouve ce oui désinvolte si excitant qu'il me faut, pendant le troisième couplet du cantique, debout les mains dans les poches au milieu de tous ces gens, comprimer discrètement mon sexe ravi.

Un peu plus tard, nous nous retrouvons dans la rue, Helen Corbett et moi, à écouter *Les anges dans nos campagnes* en regardant la neige tomber dans la lumière clignotante du «Joyeux Noël» que Harold Pendle adresse aux passants. Plusieurs des voisins de Harold ont décoré leur maison avec de petites lumières multicolores et on se prend facilement à penser que l'on ne se trouve nullement dans une rue de banlieue, mais que l'on s'est plutôt égaré dans quelque avenue d'un Disneyland boréal où le Père Noël habite avec ses lutins. Un gnome en bonnet pointu ne va-t-il pas hasarder un œil au coin d'une des maisons ?

Debout près de la Dart, nous secouons la neige qui tombe sur le col de nos manteaux, Helen Corbett et moi, en nous demandant ce qu'il convient de faire. Helen, vêtue comme la Lara du *Docteur Jivago*, semble plus jolie dehors. La fourrure de son capuchon lui fait un visage ovale et séduisant ; les hautes bottes et la capote militaire sont admirablement seyantes. Debout dans la rue enneigée, elle est belle et mystérieuse à la fois, comme une maîtresse d'officier russe... Mais il y a quelque chose de changé et nous nous sentons tous deux las l'un de l'autre. La petite flamme qui avait jailli entre nous dans le salon de Harold vacille et menace de s'éteindre brusquement. Nous ne tenons ensemble que par la volonté. Rapprochés un instant par notre esprit et notre gaîté, nous nous retrouvons naufragés sur ce rivage désert : deux étrangers déçus s'efforçant de rester polis. Pour tout dire, je crois que si l'un de nous s'avisait de dire qu'il

160

vaut peut-être mieux oublier ce dernier verre, se dire adieu et repartir chacun de son côté dans la nuit, l'autre ne s'en offusquerait pas. Le tour que prennent les choses me déprime et je n'aimerais rien de mieux que de monter dans ma confortable petite Dart et aller me réfugier dans mon fauteuil d'osier, à Union Terrace. Ce soir, au canal 6, on présente un film des années quarante. Cela s'appelle *Roadhouse*. Ida Lupino y chante une vieille ballade sentimentale intitulée *Again*. Elle chante au bar d'un hôtel de campagne et jette de longues œillades embrasées en direction de Richard Widmark qui lui sourit de l'autre bout de la pièce, l'air bellâtre sous son grand fédora. Avec un peu de chance, je pourrais en voir la deuxième moitié. Mais aucun de nous ne parvient à lâcher l'autre. Nous sommes collés comme mari et femme.

« À cette heure-ci, je suppose que le bar du *Capitaine* est encore ouvert… »

« Oui… Il y a aussi un tout nouveau Holiday Inn près de Richmount. Juste au bout de l'autoroute. »

« Je sais. On m'en a parlé… »

« Mais il se fait tard, non ? »

« Oui… »

Elle lève vers moi son visage ourlé de fourrure, très Anastasia dans la nuit d'hiver.

« Aimeriez-vous venir chez moi, Wes ? »

« Bien… oui, d'accord… »

« Allons. »

Un flocon de neige se dépose sur sa joue. Si j'étais un amant sentimental, je le montrerais en chassant le flocon d'une chiquenaude gantée, souriant, l'air de dire non-je-ne-vous-trouve-pas-effrontée-Helen-Cor-bett-et-j'aime-votre-beauté-simple-et-votre-bon-cœur.

Mais je ne sais que m'informer de la direction et me demander pourquoi le type qui habite en face de chez Harold Pendle a garni sa maison de lumières d'un bleu glacé. On dirait que l'abominable homme des neiges habite là...

« Ce serait plus simple que vous me suiviez, Wes. D'accord ? »

« Tout de suite ! »

Elle se rend à sa voiture, une petite Valiant trapue. La neige crisse sous ses grandes bottes noires. Par mon pare-brise, je l'observe déneiger sa voiture avec une raclette. Elle s'appuie sur le capot de sa voiture et se penche en avant pour rejoindre l'autre côté du pare-brise. Je regarde la saignée de ses genoux. Quelques minutes plus tard, nous sommes en route vers l'amourette, elle dans sa Valiant, moi dans ma Dart. Nous traversons les rues blanches et silencieuses d'Union Place, regardant la lueur bleutée des écrans de télé par les fenêtres panoramiques, attentifs aux plaques glissantes et aux signaux de stop octogonaux qui nous attendent au coin des rues.

Elle habite au quinzième étage d'un haut édifice blanc baptisé *Le Diplomate*, à l'extrémité nord de la rue Napier, près de l'autoroute Macdonald-Cartier. Debout devant la grande fenêtre du salon, je puis voir les feux de position des camions-remorques qui cinglent vers Ottawa et Montréal et, plus loin, en direction de Bay Ridges, le gyrophare bleu d'un chasse-neige qui avance lentement vers la ville.

Depuis une demi-heure, les choses se sont améliorées et je ne suis pas du tout malheureux de me trouver ici, dans l'appartement de Helen Corbett, surplombant Toronto, un grand verre de rye à l'eau dans la main, à regarder la neige tomber et les voitures glisser sur l'autoroute. En fait, pour les premières heures d'un vendredi matin, c'est une belle diversion. Mon hôtesse est passée à la salle de bains se rafraîchir, et je suis seul pour goûter ce moment douillet.

Il y a un énorme appareil haute-fidélité le long d'un mur. J'en soulève le couvercle — du bois finement veiné — et je contemple admirativement les rangées de boutons brillants. C'est le petit ami de la compagne d'Helen — ai-je cru comprendre — qui l'a monté. Il est ingénieur de son métier. J'avais tort de croire que Helen vivait seule. Elle partage l'appartement avec Audrey, programmatrice d'ordinateurs, fiancée à l'ingénieur. D'après Helen, elle est partie à Nassau avec deux copines : une dernière virée avant le mariage. Sur une commode, dans une des chambres à coucher, deux photos côte à côte, celles d'Audrey et de son ingénieur, prises à la collation des grades. Audrey a l'air d'une étudiante, les cheveux longs et noirs, et des lunettes à monture d'écaille. L'ingénieur, noiraud, a les cheveux en brosse et porte lui aussi des verres. Comme le frère et la sœur.

Helen a syntonisé une station MF et une voix de baryton tout en rondeur emplit la pièce. *Et maintenant la cité dort. Le bruit de la rue s'éteint. Nous restons seuls. Seuls à contempler la nuit.* Suit une grande flopée de violons et un chœur qui entame une vieille chose intitulée *You and the Night and the Music.* L'air semble tout à coup chargé de désir. La moindre molécule en frémit. Helen Corbett est dans l'encadrement de la porte, appuyée sur sa hanche, toute pimpante en jupe et en chandail. Le temps est venu de déposer mon verre et de la prendre dans mes bras. Mais je n'en fais rien, quoique ce que je fais vaille tout autant. Je me contente de lever mon verre à sa présence. Un tout petit geste de galanterie, spontané, naturel, que j'ai peut-être vu dans un film quelque part. Peu importe, la chose lui plaît beaucoup et elle baisse les yeux comme une couventine sur sa jupe grise à plis.

« J'espère que cela vous va ? Je me sens mieux comme ça. »

« Bien sûr. En fait, j'aime beaucoup cette tenue. » Elle traverse le living et s'assoit par terre devant l'appareil stéréo, les jambes croisées sous elle, sa jupe étalée tout autour. Cette position lui permet de compulser rapidement les disques, la tête légèrement inclinée, comme la jeune fille de cette publicité qui dit : « Ce soir, restez à la maison et... »

« Qu'est-ce que vous aimeriez entendre, Wes ? Quelle sorte de musique aimez-vous ? »

« Je n'ai pas de préférence. Ce qu'il vous plaira. »

« Que diriez-vous de West Side Story ? La bande du film... C'est un peu vieux, mais ça reste formidable. »

« Ça me va. »

L'ouverture frénétique jaillit des haut-parleurs et emplit la pièce. Assise sur le parquet, Hélène se laisse bercer par la musique en fredonnant la mélodie. Elle semble connaître l'ouverture par cœur et anticipe les passages lyriques et tendres. Assise ainsi à écouter la musique, ses jambes trop fortes ramassées sous sa jupe, elle respire le bonheur comme June Allyson dans certains vieux films. Je me sens bien moi aussi. Debout dans l'ombre près de la fenêtre, je joue les romantiques ombrageux. Après quelques instants, elle me regarde et fait tinter gaiement les glaçons dans son verre.

« Un autre drink ? »

« S'il vous plaît. Si vous en prenez un vous aussi. »

« Bien sûr. »

Elle commence à se sentir espiègle et la tête lui

tourne un peu. En sautant sur ses pieds, elle juge mal son élan, chancelle et arrête sa chute du plat de la main.

«Oh, oh, doucement ma vieille...», dit-elle, comme en se parlant toute seule. Nous rions tous les deux, embarrassés. Hélène s'est envoyé quelques verres dans la cuisine pendant que je regardais passer les camions. Elle quitte la pièce en pieds de bas, et sa démarche pataude fait trembler un petit tableau accroché au mur. J'aurais horreur de vivre au-dessous de ce pas pesant.

Nous dansons dans l'obscurité, enlacés comme des adolescents en mal d'amour, glissant sur la moquette au son des pittoresques mélodies new-yorkaises de monsieur Bernstein. Helen Corbett blottit sa tête au creux de mon épaule et ferme les yeux. Il y a quelques instants, nous nous sommes embrassés, lèvres entrouvertes et brûlantes.

«Je sais que tu es marié, Wes», chuchote-t-elle sous mon oreille. «Harold me l'a dit.»

«Cela change-t-il quelque chose?»

«Non. Ça n'a pas d'importance.»

Elle me serre très fort. La musique s'enfle en un passage très lyrique où un garçon et une fille se chantent leur amour. Helen semble essoufflée. Elle me lâche, recule d'un pas et me regarde, les yeux brillants, en enfonçant ses ongles dans la chair de mon bras.

«Oh, Wes, je veux être heureuse. Rends-moi heureuse!»

«Tu n'es pas heureuse actuellement?»

«Je ne sais pas... oui...»

Nous nous étreignons, nos genoux ploient et nous nous retrouvons par terre. Là, le nez enfoncé dans les cheveux d'Helen, j'aperçois un rouleau de poussière sous le canapé. Un courant d'air, surgi brutalement de la bouche d'air chaud, le chasse dans un coin obscur. Helen m'embrasse goulûment sur la bouche et pousse sa langue entre mes dents. Je glisse ma main sous son chandail pour trouver un sein flasque et plat, déception palpable à côté de l'admirable paire de Molly...

« Wes ? »

La voix semble lointaine.

« Oui ? »

Elle se fait tendre, me caresse la joue.

« Tu semblais si triste, si seul, tout à l'heure à la réception. »

« Tu trouves ? »

« Je sais que ton mariage ne va pas très bien. Mais je ne veux pas me mêler de... »

« Ça va. Tu es très gentille. »

« Chut... mon chéri. »

Elle m'embrasse sur le bout du nez et s'assoit. Les paupières à demi closes, je la regarde plier les bras derrière elle pour dégrafer son soutien-gorge. Puis elle tire son pull par-dessus sa tête et relève sa jupe pour dégrafer son porte-jarretelles. Ses cheveux noirs tombent sur son visage comme un voile. Dieu ! quel pauvre petit corps étique. Avec pourtant des cuisses invraisemblables : d'énormes cylindres blancs. Ce n'est pas très joli à regarder. Elle s'étend nue à côté de moi et me caresse le visage.

« Je me demande ce que diraient mes filles de dixième si elles me voyaient en ce moment. »

« Qu'aimerais-tu qu'elles pensent ? »

« Je ne sais pas... » Elle sourit. « ... Que je ne suis pas ce dont j'ai l'air... »

« Ce qu'elles pensent de toi t'importe vraiment ? »

« Non, pas vraiment… ou plutôt oui… Oh! je n'en sais rien. »

Nous nous accrochons l'un à l'autre, en nous embrassant. La moquette dégage une légère odeur de pieds. Helen Corbett me grignote le lobe des oreilles. J'enfouis mon visage dans sa gorge. Nous nous tortillons sur le tapis comme des poissons sur le pont d'un bateau. Rien à faire. Son corps laiteux et froid est un affront au désir. De désespoir, je mets mes mains entre ses cuisses humides.

« Oh, Wes ! Caresse-moi. Fais-moi des choses ! »

« Oui. »

Le tourne-disque cliquette comme un mauvais augure dans le silence.

L'ouverture recommence.

« Oh, Wes… Wes… Wes… Wes… »

Elle me tient la tête entre ses mains brûlantes. Il y a des larmes dans ses yeux.

« Ça ne sert à rien, bon Dieu… à rien… Oh, pourquoi tout le monde est-il si malheureux… pourquoi ? »

Un terrible sanglot s'étrangle dans sa gorge.

« Ça va aller maintenant. Calme-toi… Aimes-tu cela ?… Ici ? »

« Oh! tout le monde est tellement malheureux… »

Elle me prend le poignet et déplace ma main. « Tout le monde. »

« Pour l'amour de Dieu, calme-toi ! »

Elle lève la tête et me touche doucement le visage du bout des doigts.

167

« Je suis désolée, Wes. Vraiment désolée. »

« Ce n'est rien. »

Elle se soulève à demi, appuyée sur un coude et renvoie ses cheveux en arrière d'une main molle.

« Tu as une cigarette, s'il te plaît ? »

La fumée de sa cigarette s'enroule doucement vers le plafond. Nous parlons, nus dans les bras l'un de l'autre. De parler ainsi réconforte Helen. Elle a cessé de pleurer, elle est même très calme. Je regarde la fumée s'élever et je me gratte la fesse droite.

« ... je ne sais plus quoi penser. Audrey parle comme si elle et Bob se lançaient en affaires. Elle achète ceci, elle achète cela. Elle ne parle pas d'autre chose. Est-ce ça seulement, le mariage ? Je ne sais pas. Elle semble plutôt heureuse, mais avec Audrey, on ne sait jamais. Elle est toujours d'humeur égale... Mais je ne pense pas qu'elle soit heureuse. Pas vraiment. Je pense même qu'il ne lui importe pas tellement, ce mariage... »

Quelque part au-dessus de nous, le rugissement d'un DC-8 qui vient de décoller déchire le ciel.

« ... et tu peux me croire... si j'avais seize ans aujourd'hui, je ferais la même chose. Elles ont parfaitement raison, tu sais. Bon Dieu... je les vois, assises devant moi... et ces filles-là sont d'une beauté incroyable... pleines de vie, franches, directes. Sais-tu que beaucoup prennent déjà la pilule ? Leurs mères les approvisionnent. Et quand ce ne sont pas leurs mères, ce sont leurs petits amis... Elles semblent avoir toujours plein d'argent ! Je ne les blâme pas... Le lundi matin, tu sais, je les regarde entrer en classe et je sais celles qui ont passé le week-end à faire l'amour dans une Mustang ou à fumer de la marijuana. Elles me regardent, avec l'air de dire : et vous, miss Corbett, qu'avez-vous fait ? Vous vous êtes masturbée tout le week-end ? Ou vous vous êtes enfermée avec un bon livre ? Et elles ont quinze ans ! À quinze ans... et il n'y a de cela que douze ans, grands dieux... à quinze ans, on allait danser au gymnase de l'école le vendredi soir, et boire du coca-cola. «Et sois rentrée à onze heures!» Le comble de l'audace, c'était de téléphoner à des garçons quand on faisait des «parties» en pyjama. Aujourd'hui, ça se fait à onze ans... Mais je pense qu'elles ont raison, et d'une certaine façon, je les envie. Oh! je n'aime pas le monde stupide où elles grandissent, mais j'envie leur franchise, leur honnêteté. Et tu sais, Wes, ce qui m'enrage... bien que je n'en parle jamais, je suis trop trouillarde... au salon des professeurs, tous assis, à boire du café en nous racontant que ce sont des enfants gâtés, pourris. En fait, nous sommes jaloux, tout simplement. Jaloux, envieux, et nous les détestons parce qu'ils sont jeunes, pleins de vie, et qu'ils essaient d'être heureux. Et toi, Wes chéri, qui ne dis rien. Qu'est-ce qui te rend heureux ?»

«Je suis bien comme ça.»

«Vraiment? Malgré tout?»

«Oui.»

Nous nous embrassons de nouveau et nous nous caressons. Helen se fait subitement tendre de nouveau et me touche légèrement le sexe.

«Tu aimes cela?»

«Oui.»

«Beaucoup?»

«Plutôt, oui.»

«Je veux l'embrasser.»

«Eh bien, oui...»

«Tout de suite... je veux l'embrasser tout de suite.»

Chacun ses préférences, ai-je toujours pensé, et je ne puis que te dire mille mercis, chère Helen Corbett, pour cette bouche nerveuse et sauvage qui me parcourt. Quel délice ! Molly n'aime pas cela même quand ses admirables cuisses me broient les oreilles. Molly est égoïste. Moi aussi. En cela nous allons bien ensemble. Helen Corbett n'est plus qu'une masse de cheveux sombres étalés sur mon bas-ventre. Qui aurait dit ?

Helen Corbett veut être heureuse. Le pays tout entier veut être heureux. C'est un objectif national. Les Américains l'ont même écrit dans leur Constitution : la vie, la liberté et la poursuite du bonheur. C'est un droit reconnu à tout le monde, riches, pauvres, mendiants, voleurs, Noirs, Jaunes, chefs indiens... Donne-moi ma part de bonheur, fils de pute, ou je te casse la gueule. J'exige mes droits. La seule difficulté, c'est que cela rend tout le monde malheureux. Pour l'instant, je ne demande qu'une chose : que le petit muscle honnête qui bat dans ma poitrine continue son travail aussi longtemps que cette chère Helen Corbett me noiera de plaisirs trop riches pour le souvenir, trop profonds pour le dire.

Troisième partie

Chapitre un

Ce matin, en me rendant à Winchester House, je prends la résolution de laisser tomber la méthode du pot de beurre d'arachides pour les décisions matutinales. À partir de la semaine prochaine, je commencerai la journée en choisissant mon petit déjeuner et le chemin de mon bureau de façon absolument arbitraire. Cette décision prise, je me sens déjà mieux. De temps à autre, j'éprouve le besoin de briser la routine. Je ne suis pas du genre à m'enliser dans les manies. Je sais qu'il y a des gens que cela rassure de marquer le passage quotidien du temps de petits rituels : s'asseoir toujours du côté droit de l'autobus, ou acheter le journal au même kiosque tous les matins. Mais je ne les comprends pas. C'est peut-être très bien, mais pour moi, ça ne marche pas. Après quelques semaines, je me mets à trouver le côté droit de l'autobus et le vendeur de journaux déprimants comme un lundi matin, ce qui empoisonne ma journée et me pousse à rechercher quelque distraction coûteuse, comme de changer de situation ou de déménager. Ce matin, le sort a voulu que je tire le

Labyrinthe du pot de beurre d'arachides, et je suis en retard d'une demi-heure. Et cela renforce ma conviction qu'il est temps de changer d'habitudes matinales.

Au coin des rues Mulcaster et Belvedere, je stoppe sous le regard sévère d'une grand-mère déguisée qui fait traverser les écoliers au coin des rues en brandissant une raquette de ping-pong orange portant le mot STOP. Elle me fixe férocement derrière ses lunettes cerclées de fer. Elle arbore des cache-oreille lavande et une casquette de facteur perchée de travers sur un chignon gris. Visiblement, elle est d'un genre à ne pas s'en laisser imposer. Une troupe de bambins et de bambines traverse solennellement la rue à sa suite. Leur surveillante, une jolie jeune femme vêtue d'une canadienne vert foncé et chaussée de bottes fourrées, les précède à reculons, vérifiant d'un oeil exercé la perfection de l'alignement. Ils se rendent sans doute à la bibliothèque municipale de l'avenue Geneviève, pour l'heure de lecture.

La Dart a des ratés, ce matin, et je crains pour sa santé : je pense même la confier aux mécaniciens d'un des nombreux garages de Britannia Road et leur demander d'en prendre le pouls et de lubrifier tout ce qui bouge avec de l'huile de première qualité. Quand le dernier des enfants atteint le trottoir, grand-mère me fait signe de rouler. J'embraie doucement, mais la Dart tressaute et s'étouffe. La vieille me fixe d'un air soupçonneux. C'est que les citoyens respectables d'Union Place sont depuis longtemps rendus derrière leurs comptoirs et leurs bureaux, alors que moi j'erre encore dans de petites rues, les yeux pochés et l'air coupable. Elle m'a sans doute déjà classé comme pervers. Quand la Dart finalement redémarre, je remarque avec satisfaction qu'elle note le numéro de ma plaque d'immatriculation. Au cas où. Elle a raison.

174

Nous devons tous faire notre part pour assurer la sécurité de nos enfants dans les rues.

Le ciel est nébuleux et l'air humide. Tout à l'heure, l'animateur du matin m'a appris à la radio qu'une nouvelle dépression en provenance de l'État de New York traverse le lac. Pour l'instant, un soleil pâlot filtre à travers les nuages. En roulant vers le nord sur Britannia Road, j'aperçois un instant l'hélicoptère de la radio qui clapote vers l'ouest dans le ciel laiteux et disparaît derrière la Tour Woolcott.

Il est près de dix heures moins vingt quand j'ouvre la porte de côté aux Éditions Winchester. Je flaire quelque chose d'anormal. Le service de l'expédition est désert : des caisses de livres gisent entrouvertes sur les tables et les comptoirs, et on a jeté en hâte les blouses blanches sur les chaises. L'endroit semble avoir été abandonné précipitamment, comme dans ces films de guerre où les Marines, qui ont enfoncé la porte d'un bunker, trouvent les Allemands partis, mais des plats encore chauds sur la table. Pendant un bref moment, je suis pris de panique : j'ai fait le tour du cadran et nous ne sommes pas vendredi mais samedi matin, et Molly sera furieuse parce que je ne me suis pas montré au dîner. Mais c'est ridicule. J'ai bien entendu vendredi à la radio. De plus, la porte était ouverte et les lumières sont allumées. Et le parc de stationnement était plein de voitures.

Comme j'avance dans la bâtisse, l'énigme se résout. La voix de Harry Ingram se répercute dans les couloirs depuis le grand bureau principal. Il s'adresse au personnel. La téléphoniste, Miss Philips, tourne un instant vers moi un visage mutin à la Audrey Hepburn, puis enfonce encore davantage son casque sur ses cheveux noirs comme pour dire : c'est sérieux, alors pas de bruit. Je m'approche d'un petit groupe de grippe-couilles de l'expédition et j'entends Harry

Ingram expliquer que Fairfax Press a été vendu à la Universal Electronics Corporation. Harry est très élégant aujourd'hui. Il porte un costume croisé tout neuf et s'est fait couper les cheveux. Rien d'étonnant à ce que les femmes du bureau le regardent attendries, suspendues à ses lèvres. Les grippe-couilles sont attentifs eux aussi, debout et solennels comme des recrues. Harry tapote délicatemment le mouchoir de couleur qui dépasse de la poche de son veston et enchaîne :

« ... et je tiens à affirmer à tous et à chacun d'entre vous que notre entrée dans la grande famille Universal Electronics ne provoquera pas, je dis bien ne provoquera pas, de changement d'envergure dans nos politiques, ni dans le personnel. Autrement dit, cette transaction n'affectera nos vies en rien dans l'avenir immédiat, si ce n'est que vous pouvez tous vous considérer désormais comme des membres en règle d'une des sociétés les plus dynamiques du monde libre. Et, croyez-moi, c'est une chose à laquelle j'aimerais que nous réfléchissions, tous tant que nous sommes. Comme la plupart d'entre vous le savent déjà, je rentre de New York. J'ai assisté là-bas à des réunions passionnantes. Et une des choses qui m'ont frappé dans toutes ces réunions, une des choses qui m'ont le plus impressionné, c'est la fierté et l'enthousiasme général des gens d'Universal. Ce sont des individus très-très-très dynamiques. Ils sont pleins de projets et se passionnent pour l'avenir de la maison. Ils savent qu'ils font partie d'une organisation puissante. Ils en sont fiers et ont hâte que vous le sachiez ... Je sais que vous éprouverez le même enthousiasme, tous et chacun d'entre vous ... J'ai moi-même toujours cru à l'avenir des Éditions Winchester. Maintenant que nous sommes un élément d'Universal, avec tout ce que cela représente, je suis encore plus optimiste pour l'avenir. Et je vous le dis franchement, j'aimerais que vous éprouviez le même sentiment, tous et chacun d'entre vous, quelle que soit votre tâche ici aux Éditions Winchester.»

Harry baisse la tête et tousse dans son poing fermé.

«Et maintenant je pense — vous me reprendrez si je me trompe — mais je pense que nous fermons aujourd'hui à trois heures, et qu'il y aura une petite réception, ici même. Ou est-ce que je me trompe de semaine?»

On crie «non, non», et une brève rafale d'applaudissements crépite chez les sténos et les grippe-couilles. De l'autre côté de la pièce, les vendeurs et les gens de la rédaction et de la publicité sourient avec mansuétude devant cette joie spontanée.

Harry Ingram joint les mains comme un prédicateur.

«... il reste une chose que j'aimerais souligner, et je vous demande toute votre coopération... Certains d'entre vous vont boire quelques verres, cet après-midi, et c'est très bien. Je vais probablement en faire autant.»

Ici, quelques rires fusent, mais s'éteignent dans l'embarras général.

«... mais j'aimerais que vous soyez très prudents au volant de votre voiture, tous tant que vous êtes. La police nous a informés — on a informé tous les employeurs — qu'elle procédera à de fréquentes vérifications et que les conducteurs éméchés passeront Noël en prison cette année. C'est le mot d'ordre et je vous le transmets... que chacun d'entre nous fasse de son mieux pour éviter qu'une tragédie ne vienne assombrir les fêtes d'un des employés des Éditions Winchester... Aussi, cet après-midi, profitez de tout, amusez-vous bien, mais soyez prudents... Je ne sais pas comment vous pensez vous arranger, mes chers amis, mais moi j'ai demandé à ma femme de venir me chercher... quoiqu'en y pensant bien, je me demande si c'est une bonne idée...!»

Un grand éclat de rire monte, suivi d'applaudissements légers et polis. Harry quitte le centre de la pièce et se fraie un chemin dans la foule comme une vedette, l'épaule en avant, tout en sourires et en poignées de main — un patron populaire, un meneur, qu'on ne s'y trompe pas.

À la toilette, Cecil White est penché au-dessus du lavabo. Il forme une coupe avec ses longues mains fines et porte à son visage de l'eau qui dégouline entre ses doigts et ruisselle dans les gros poils noirs de ses poignets. Il cherche l'essuie-mains à tâtons et s'y enfonce le visage comme un homme qui s'éveille péniblement. Comme moi, Cecil a la gueule de bois, mais nous sommes tous les deux trop polis pour en parler.

Il nous arrive, Cecil et moi, de nous amuser à assaisonner nos discrètes relations d'un soupçon d'ironie. Laissés seuls dix minutes, nous n'aurions sans doute rien à nous dire, mais dans une rencontre fortuite et brève, comme celle-ci, jaillit une familiarité distante qui nous ferait prendre par un étranger pour de vieux amis. Dans notre politesse hésitante, nous allons bien ensemble. Il essuie soigneusement ses doigts tachés et me regarde de ses grands yeux tristes comme s'il ne me voyait pas.

«Comment aimez-vous être membre de la famille Universal?»

«Il est trop tôt pour le dire, Cecil, mais on dirait une noble lignée.»

Cecil se permet un petit sourire et plonge les doigts dans la poche de sa chemise à la recherche d'une cigarette. L'épaisse fumée nauséabonde de son tabac brun empeste l'air. C'est une odeur qui suit Cecil partout dans l'édifice comme un musc lourd dont les tentacules grises s'attachent aux murs et aux plafonds longtemps après son passage. Quand il fume ses âpres petites Lucky Strike ou Camel, Cecil aspire profondément, la cigarette pendue au bec, et laisse la fumée caresser ses joues creuses. Elle grimpe comme un néfaste brouillard bleu, le forçant à fermer un œil, ce qui lui donne un air sinistre et méphistophélique. L'œil resté ouvert vous fixe à travers la fumée en clignant d'un air sagace qui semble dire étonnez-moi. Un air qui appelle les déclarations outrancières. Cecil se pend au bouton de la porte d'une main crispée comme une serre et tousse sans retenue.

« Ce projet de grammaire que vous nous avez apporté... »

« Oui ? »

« J'envoie une note à Harry à ce sujet. Vous en aurez une copie. »

« Ah. »

« Qui est ce Pendle ? »

« Il enseigne au high-school d'Union Place. »

« Un des hommes de Dunc MacCauley ? »

« Oui. »

« Bien... ça me semble prometteur. »

« Sans blague ! »

J'ai prononcé ces deux mots innocemment, pour exprimer un étonnement sincère, mais le ton n'y était sans doute pas, car Cecil semble croire que je continue à ironiser sur notre longueur d'onde privée. Il pousse la porte et sourit imperceptiblement, avec l'air d'un timide qui en a déjà trop dit.

« Oui… sans blague », dit-il sèchement.

La porte se referme avec un chuintement de soufflet. Je l'ai peut-être offensé en ne manifestant pas plus d'intérêt. C'est un type sensible. À vrai dire, ce qu'il dit me surprend. J'avais présumé que le manuscrit de Harold n'avait aucune valeur. Pourquoi, cela me laisse songeur. Mais le grand mystère, c'est que je continue à présumer quoi que ce soit…

En passant devant le bureau de Sydney Calhoun, je m'entends appeler par la porte restée entrouverte.

« Hé ! Wes, viens ici, mon gars… »

Sydney est perché sur un coin de son bureau et fixe ses gros souliers jaunes. Il lève les jambes et aligne les deux chaussures comme un homme qui vérifie son cirage. Le geste n'est pas sans évoquer le dandy. Quand j'entre dans le bureau, Roger MacCarthy me jette un regard joyeux. Il est accoté sur l'appui de la fenêtre et tortille le cordon du store vénitien. Ron Tuttle, qui feuillette notre nouveau catalogue de manuels, me salue d'un hochement de tête.

Ces petites réunions officieuses dans le bureau de Sydney sont inévitables. Les vendeurs sont des gens bavards qui aiment bien se réunir pour se raconter des histoires. Et c'est parfois bon pour les affaires. Beaucoup d'idées fort valables sont nées entre deux plaisanteries lors de réunions comme celle-ci. Du moins, c'est ce que j'ai lu dans le numéro d'octobre du *Voyageur de commerce*, une publication destinée aux gens de notre métier, que Sydney annote et fait circuler parmi nous tous les mois. Autant que je sache, c'est peut-être vrai, quoique les réunions auxquelles j'ai assisté n'ont jamais rien produit de valable. Par contre, ce n'est certes pas une façon désagréable de tuer le temps que de paresser et de plaisanter pendant que les autres bûchent sur leurs

machines à écrire ou se perdent dans leurs dictionnai-
res. Est-ce parce que nous sommes vendredi, mais la
réunion est très gaie. Roger fait soudain claquer le
cordon du store d'un grand coup de poing.

« Mais regardez-moi donc ce vieux Wes ! On s'est
encore couché aux petites heures ? »

Roger dit cela d'un ton bienveillant, accompagné
d'un gros clin d'œil. Ron Tuttle ricane et remet le livre
sur son rayon. Il se cure une dent de la pointe de la
langue, l'air content de ce qui arrive. Il aimerait bien
orienter la conversation vers Universal Electronics
Corporation et l'avenir des Éditions Winchester. Mais
Sydney s'agrippe solidement au rebord de son
bureau et se renverse en arrière, tout raide, en tendant
les deux jambes droit devant lui. Il reste plusieurs
secondes dans cette position, le visage violacé et
frémissant sous l'effort. Quand il se laisse retomber,
ses lourds souliers frappent le sol avec un claquement
de fusil.

« Eh bien ! Avez-vous vu ça ? », s'exclame Roger.

« Pas mal, n'est-ce pas, pour un homme de mon
âge ? » demande Sydney, qui halète entre ses dents. Il
nous invite tour à tour à l'imiter, nous met même au
défi, mais personne ne mord.

Roger voudrait parler du petit raout de cet après-
midi. Il déborde littéralement de joie ce matin,
sémillant dans son costume flambant neuf, anticipant
la fête. J'aimerais l'aider, soulager un peu la tension,
mais il me faut écouter, debout, les yeux fixés sur la
Carte des Districts. La Carte des Districts est une
grande carte géographique du Canada, piquée d'épingles à tête colorée. Ces épingles représentent les
vendeurs et leurs territoires respectifs. Moi, j'ai les
épingles vertes.

« Nous étions en train de parler de notre stock

d'appareils, quand tu es arrivé. Ça n'est vraiment pas riche. Et nous pensons qu'avec Universal derrière nous, désormais, nous aurons vraiment quelque chose à offrir. »

« Je suis parfaitement d'accord, Ron. »

Ron me jette un petit sourire entendu et remonte son pantalon froissé.

« Ça ne t'inquiète pas de voir les gros méchants Américains s'emparer de l'économie du Canada ? »

« J'ai d'autres soucis ce matin, Ron. »

Ron fait allusion à une conversation que nous avons eue dans son bureau il y a quelques semaines. Je ne me souviens guère de ce dont il était question, mais je crois avoir dit quelque chose à propos des Américains. Et je me rappelle vaguement que mes propos avaient surpris Ron. Je n'ai pourtant pas l'habitude, à vrai dire, d'avoir des opinions tranchées sur ce genre de sujet.

« Tu sais que tu n'a pas l'air bien du tout ce matin », me dit Sydney en se renversant dans son fauteuil. « Vous autres, jeunes gens, vous devriez prendre un peu plus soin de vous. Crois-moi, le temps finira bien par te rattraper ! »

Roger, lui, rattrape le cordon qu'il faisait voltiger.

« Notre vieux Wes profite de la vie. Pas vrai, Wes ? »

« Soit dit en passant », dit Sydney, les mains croisées sur la nuque comme un directeur de gazette de village, « vous feriez bien tous les deux d'en prendre de la graine. Notre nouveau vendeur et jeune ami nous a dégotté un manuscrit très prometteur. Une grammaire. Selon notre éditeur, ça semble très bon. »

« Formidable, Wes ! Mes félicitations », dit Roger, en remettant le cordon en orbite.

«Beau travail», dit Ron, souriant, mais qui continue d'inspecter un rayon de la bibliothèque.

Sydney parle au plafond.

« C'est le moment où jamais de nous rappeler que nous ne sommes pas que des vendeurs, mais également des représentants d'une maison d'*édition*. Prenez exemple sur Wes. Nous devrions toujours être à l'affût de manuscrits originaux et d'idées nouvelles. Dans les écoles que vous visitez, gardez les sujets les plus brillants à l'oeil et n'oubliez pas de leur rappeler que nous avons maintenant nos entrées chez Universal. D'ailleurs, je pense que je vais mettre tout cela sur une note de service, au début de l'année. Juste un rappel, avec une liste des disciplines où un peu de matériel neuf ne serait pas de trop. »

Nous nous accordons à trouver que c'est une bonne idée.

« Eh bien ! puisque... »

Sydney se laisse retomber vers son bureau. Les gros souliers retentissent de nouveau et les mains tombent à plat sur le buvard vert.

« ... il faut quand même se grouiller, sinon nous ne ferons rien de la journée. »

La session d'information est terminée. Au moment de partir, je laisse les autres prendre les devants. J'ai une faveur à demander à Sydney.

« Syd, je me demande... j'aimerais aller voir Andrew quelques minutes ce matin. Ça ne devrait pas être long. »

Sydney me regarde en secouant la tête. Son visage poupin se fait presque sévère.

« Mais vas-y, Wes ! Prends tout le temps que tu voudras. Pour l'amour du ciel, tu n'as pas à me

183

demander la permission pour quelque chose comme ça!»

Madame Bruner porte une robe verte tout neuve ce matin. En se penchant pour chercher quelque chose dans son classeur, elle révèle un bon bout de cuisse. Elle lève la tête comme je passe et me décoche un sourire plein de promesses. C'est le sourire de quelqu'un qui sait que le week-end approche...

«Bonjour, monsieur Wakeham.»

«Bonjour.»

Elle se relève, puis s'appuie sur son classeur de la pointe du coude, la hanche généreusement projetée vers moi, provocante comme une péripatéticienne de Hambourg. Elle est de bonne humeur ce matin et se permet même de se moquer de moi.

«Vous n'avez pas l'air très bien, monsieur Wakeham. Ça ne va pas?»

«Mais si, ça va. Je suis un peu fatigué, voilà tout.»

«Ah... Ah...», dit-elle en brandissant un doigt faussement menaçant. Je suis un enfant dissipé et elle prend la liberté de me gronder. C'est son genre d'humour.

«Ces nuits blanches vont vous faire vieillir vite, monsieur Wakeham.»

«Vous avez sans doute raison, madame Bruner.»

«Je puis vous offrir quelque chose? Une aspirine?»

«Non. Merci. Ça va aller.»

«J'ai un message pour vous.»

Elle se rend à son bureau et j'entends le bruissement de ses bas nylon frottant l'un contre l'autre à chaque mouvement de ses longues et belles jambes.

«Ah... un certain Sinclair. Il a téléphoné il y a quelques minutes et m'a dit qu'il rappellerait.»

«Je vous remercie beaucoup.»

«Je vous apporte du café.»

Quel merveilleux temps de l'année. Comme on dit dans les contes, même les cœurs les plus durs s'attendrissent.

Il n'y a pas beaucoup de courrier aujourd'hui. Une commande : deux globes terrestres de douze pouces de diamètre, et un exemplaire de *Découvrons les chiffres*. Plus une carte de Noël de madame Teale, de l'école Fortescue. Elle va certainement se demander pourquoi je ne lui apporte pas de poinsettia cette année. Je ne puis pourtant pas lui dire que la seule idée de lui donner un poinsettia tous les ans me paralyse d'horreur. Quand Bert Sinclair me rappelle, c'est pour m'inviter à dîner le soir de Noël.

«Bonjour, Wes, et joyeux Noël.»

«Merci, Bert. Joyeux Noël, toi aussi.»

«Et encore beaucoup d'autres, fiston... Comment ça va?»

«Très bien. Et pendant que j'y pense, merci pour l'article sur le millionnaire du pétrole.»

«Le quoi?»

«L'article du *Reader's Digest* sur Clyde R. Wheeler, le pétrolier de l'Oklahoma.»

«Ah oui. Le Digest. Ça t'a plu?»

«Oui.»

«Parfait... toute une histoire, non? Un sacré type, avec du cran. Je te l'ai envoyé, Wes, parce que je sais que tu te laisses déprimer un peu parfois. C'est le genre d'histoire qui vous remonte un homme… Je sais que la vie est difficile pour toi, ces temps-ci… Vivre tout seul dans ce petit appartement… Faire ta popote… Et te lancer dans un nouveau métier à ton âge.»

À mon âge! Bien sûr, à trente ans, Bert avait déjà douze ans de service à la Boulder Corporation. Il y est entré en sortant de l'école et n'en a pas bougé depuis.

«Dis donc, Wes, puisqu'on y est… je t'ai téléphoné parce que… Molly m'a dit que vous dîniez ensemble ce soir. C'est vrai?»

«Oui monsieur.»

«Parfait… maintenant écoute-moi bien… Hier soir, j'ai eu une longue conversation à cœur ouvert avec ma chère fille et maintenant, à toi de jouer.» Il s'esclaffe. «Tu peux écouter un petit sermon?»

«Certainement.»

Nous rions tous les deux.

«Voici. C'est Noël et vous devriez être ensemble tous les deux. Il n'y a pas de meilleur moment pour aplanir vos petites divergences et essayer de vous entendre. Amusez-vous un peu, pour l'amour du ciel…»

Je reste silencieux.

«Wes?… Je serais terriblement déçu de ne pas voir ma fille et son mari ensemble à ma table dimanche.»

«Eh bien, Bert, je ne sais pas… il faudra d'abord que je voie ce qu'en pense Molly et…»

«… C'est Noël et tu devrais être avec ta femme.»

Et ton fils, aurait pu ajouter Bert, s'il n'était pas si désagréable de parler d'Andrew. Et Bert fait très attention de ne rien évoquer de pénible. Plutôt oublier cela dans quelque coin obscur de son esprit où le balai ne passe jamais.

« On peut toujours essayer, Bert. »

« C'est bien... Écoute, fiston. Nous allons passer un merveilleux Noël ensemble. J'en suis certain...! Et le travail, comment est-ce que ça se passe? »

« Très bien. »

« Tu vas réussir là-dedans, Wes. Je le sais. C'est un domaine d'avenir. Il n'est plus question que d'éducation, aujourd'hui. C'est vraiment le business de l'avenir. »

« C'est juste. »

« Bon, il faut que je te laisse. Dis, tu veux transmettre mes bons vœux à Sydney Calhoun? Dis-lui que je vais essayer d'aller au chalet pendant les vacances. Je jetterai un coup d'œil sur le sien, tant qu'à y être. »

« D'accord. »

« Bonne chance, Wes... Et n'oublie pas. Amusez-vous bien tous les deux, ce soir. »

« Bien sûr... et merci, Bert. »

« De rien, Wes. Au revoir. »

« Au revoir, Bert. »

Chapitre deux

Madame Teale m'attend dans le solarium. Son seul aspect a quelque chose de rassurant. C'est une forte femme aux seins généreux, avec un visage qu'on devrait mettre aujourd'hui sur les emballages de tartes surgelées pour attester qu'elles ont la saveur des tartes faites à la maison. C'est le vieux publicitaire qui se réveille en moi, mais ce n'en est pas moins vrai. De ses ondulations grises à ses gros souliers blancs, elle est la Maternité incarnée. Chaque fois que je la rencontre, je suis prêt à m'abandonner à ses manières maternelles et à m'y enrouler comme dans un édredon.

Notre conversation, ce matin, est lourde du souvenir des Noëls passés. Madame Teale ne s'intéresse plus guère à l'avenir et cette époque de l'année est difficile pour les gens comme elle qui n'attendent jamais que le week-end. Aujourd'hui, elle souffre d'une attaque aiguë de mélancolie. Depuis la mort de son mari, il y a dix ans, elle n'a personne à qui parler du bon vieux temps, quand elle vivait sur la ferme de ses parents. Je suis probablement le seul être humain

189

vivant qui sache autant de choses sur l'adolescence de madame Teale. Si vous croyez que je l'écoute raconter ses souvenirs par compassion pour une âme solitaire, vous vous trompez. Je l'écoute parce qu'il me plaît de remonter le temps et d'imaginer cette forte femme aux cheveux gris en jeune paysanne appétissante. C'est une diversion que nous aimons tous les deux. Elle raconte, moi j'écoute.

Aujourd'hui, elle parle des hivers d'antan à la ferme. C'était au temps de la Grande Guerre, comme dit madame Teale. Un soir de Noël, le feu rasa la maison d'un de ses oncles dans le rang voisin. La lueur de l'incendie était visible à des milles à la ronde. Madame Teale, qui avait alors quinze ans, passa la nuit en traîneau à réunir les parents et les amis pour venir en aide à la malheureuse famille. Elle s'en souvient comme d'une nuit atroce, ce par quoi elle veut dire que ce fut une des plus belles nuits de sa vie. C'était évidemment la meilleure chose à faire et je vois d'ici cette jeune fille en fleur, fouettant ses percherons sur la route sous le ciel d'hiver. Nous sommes tous les deux tristes quand le récit se termine et qu'il nous faut redescendre le grand couloir brillamment éclairé. C'est comme de sortir d'un cinéma l'après-midi, en plein soleil. Nous marchons côte à côte, déprimés tous les deux de savoir avec certitude que rien aujourd'hui n'égalera cette nuit d'hiver d'il y a plus d'un demi-siècle.

La porte de la classe est ouverte. Les enfants sont assis en cercle sur des poufs au centre de la pièce. Et au milieu du cercle, mademoiselle Thompson montre aux enfants des images en couleurs de la Nativité et leur raconte la naissance de Jésus. Les plus âgés écoutent pour la plupart avec une intense attention, les traits tordus par l'effort de comprendre les merveilles de ce récit. D'autres rêvassent, les yeux vides, fixant les dessins épinglés aux murs comme autant de tableaux bizarres et criards. Un bel enfant brun semble entièrement renfermé en lui-même. Il se balance d'avant en arrière sur son tabouret, son petit poing crispé pressé contre la tempe, comme s'il écoutait au cornet d'un vieil appareil de téléphone à manivelle. Et tout ce temps, il émet sans discontinuer une plainte sourde et douce, un gémissement vide d'amour, ancien comme le deuil. Il dérange clairement les autres et mademoiselle Thompson doit s'interrompre et s'occuper de lui. « Kenneth, dit-elle doucement, nous voudrions écouter l'histoire. Il faut que tu fasses moins de bruit pour que les autres entendent. »

Andrew est assis, immobile, les mains sur les genoux. C'est une curieuse façon de s'asseoir pour un bambin. Cette position semble conférer à qui l'adopte, par sa dignité et son immobilité, toute la patience et toute la sagesse des temps. Et comme je le regarde, debout près de madame Teale, je me rends soudain compte avec un terrible pincement au cœur que j'ai souvent vu mon père assis de cette façon.

Andrew est gras comme un moine. Assis sur son tabouret en salopette de velours brun, il fait penser aux petits Chinois trapus qui grandissent dans des communes au cœur de l'Asie. J'attends près de la porte pendant que madame Teale va dans la classe parler à mademoiselle Thompson qui regarde de mon côté et sourit. Puis madame Teale revient en tenant Andrew par la main. Il marche tout de travers à côté d'elle, d'un pas balourd, car sa coordination motrice est encore imparfaite. Il y a l'ombre d'une moue sur sa lèvre inférieure. Il était bien avec les autres enfants dans cette pièce claire et gaie. Mais quand madame Teale nous laisse dans sa chambre, il retrouve son naturel heureux et me sourit. C'est un petit bonhomme affectueux qui n'aime rien tant que de jouer avec

191

moi à un jeu que j'ai inventé pour l'amuser et que nous appelons « nouilles ». Il met ses mains sur mes joues et moi les miennes sur ses joues à lui et nous approchons nos têtes jusqu'à nous toucher du nez. Puis j'entonne le mot « nouille » que je répète sans arrêt. Cette incantation semble le remplir de joie. Quelquefois, quand il a particulièrement apprécié les « nouilles », il passe ses petits bras autour de mon cou, appuie sa grosse tête sur ma poitrine et me regarde en clignant solennellement de ses petits yeux bridés. De temps à autre, sans raison particulière, il me décoche un formidable sourire, comme un singulier message d'amour.

Aujourd'hui, nous « nouillons » particulièrement bien et nous nous amusons beaucoup. Au moment de nous quitter, nous nous serrons très fort en silence, mais il n'est pas vraiment triste de me voir partir. Il a déjà hâte de retrouver la classe et les autres enfants. Nous restons un instant dans le petit hall, madame Teale et moi, à respirer la tenace odeur de cuir des fauteuils, en regardant par la fenêtre défiler le flot des voitures sur la rue Bloor. Madame Teale se sent mélancolique et aimerait bien que je partage sa tristesse, mais je me sens plutôt serein, grâce à Andrew et au « nouillage ». Madame Teale, cependant, ne se rend compte de rien et garde son ton doucement geignard.

« C'est une dure période, monsieur Wakeham. Noël est une période bien difficile pour certains. »

« Vous avez bien raison, madame Teale. »

« Je suppose que nous devrions plutôt remercier le Ciel de ce que nous avons, mais ça n'est pas toujours facile. »

« C'est vrai. »

Nous regardons tous deux dehors, perdus chacun dans son malheur comme des voyageurs solitaires. Je me prends à souhaiter qu'elle m'entretienne de la condition de son nouveau bégonia tubéreux. Nous en avons longuement parlé lors de ma dernière visite. J'ai même envie de m'en informer, mais je me retiens en la voyant secouer la tête. Elle a trouvé une diversion, mais doit la payer.

Les diversions, c'est toujours comme cela ; ça se paie.

C'est une des grandes lois de la nature, comme la gravitation. Madame Teale continue à hocher la tête.

« Quand mon pauvre Frank et moi... ah !... »

Elle place ses deux mains ensemble sur mon bras. Je les regarde se détacher sur mon imperméable : l'alliance est profondément enfoncée dans la chair du doigt, et en regardant cette main grassouillette, je me demande comment était ce doigt quand Frank y glissa l'alliance.

« Je suis certaine que vous allez bien vous en tirer, monsieur Wakeham. »

« Je vous remercie, et je vous souhaite un bon Noël. »

Elle sourit de son plus doux sourire. Avec un soupçon de tristesse lasse. Un sourire professionnel calculé pour gagner les gens.

« C'est toujours pareil, maintenant, monsieur Wakeham. Je vais chez ma sœur à Mimico. Son mari est à la retraite. Il était chef de train. Ils ont une fille, ma seule nièce, mais elle vit à Denver, au Colorado. Son mari est dans l'aviation. Ils viennent rarement à Toronto. Je suppose que c'est bien loin pour venir en voiture. Alors nous regardons la télévision ensemble, comme trois vieux toqués, j'en ai bien peur... Ça n'est pas très drôle... il faut des jeunes comme vous autour pour faire un beau Noël. »

« Vous savez… »

« Et ne vous en faites pas à propos d'Andrew. Il va très bien. »

« Oui. Il a l'air bien, n'est-ce pas… En passant, dites-moi, est-ce que madame Wakeham a dit à quelle heure elle viendrait le chercher ? »

« Je ne me souviens pas exactement, mais il me semble qu'elle a dit vers deux heures. S'il y a un message à lui faire, ça me fera plaisir… »

« Non, je vous remercie beaucoup. Au revoir madame. »

« Au revoir, monsieur Wakeham. J'ai bien aimé notre petit tête-à-tête. Ça me fait toujours plaisir. »

C'est une journée douce et mouillée. Le genre de journée où les voitures qui passent criblent les bas nylon des femmes de petites taches de boue. De lourds nuages gris roulent vers le nord, poussés par un vent humide. Un temps de Vendredi saint, pas de Noël. J'avais pensé un moment déjeuner au centre-ville, dans une des nombreuses brasseries, mais à la dernière minute, je décide de retourner à Union Plaza et d'avaler deux « zumburgers » et un verre de lait au Zum-Zum du centre commercial, comme je l'avais prévu en tout premier lieu.

Alors que je roule rue Bloor vers l'autoroute, j'ai une brève engueulade avec le conducteur d'une fourgonnette, un type au poil noir et à l'air hargneux. Il a l'impression que je ne veux pas le laisser me dépasser. Il finit par arriver à ma hauteur au coin de la rue Parliament, où un feu rouge nous a arrêtés. Il se penche sur la banquette vers sa portière droite et crie par la glace ouverte.

« Va te faire foutre ailleurs, grand-père, j'ai du boulot ! »

194

« Quoi ? »

« Foutu conducteur du dimanche. Plein de merde ! »

« Mon cul ! »

Chapitre trois

L'ironie du sort ne m'empêche pas de vivre, mais elle ne laisse pas non plus de me stupéfier, de temps à autre. Il m'arrive même d'avoir à cesser toute activité et à secouer la tête, comme pour m'éclaircir les idées. Depuis quinze minutes, je suis assis, ici, dans mon bureau, à ne rien faire qu'attendre le début de la fête. J'ai ouvert *Le Cycle de la vie* au chapitre des insectes. Je n'en avais pas particulièrement envie, mais je me suis astreint à lire un passage sur *Blatta orientalis*, une robuste petite créature à élytres, de l'ordre des orthoptères. Vous la connaissez probablement sous le nom de coquerelle ou de cafard. Mais saviez-vous qu'on en compte mille deux cents espèces différentes ? Et voici ce qu'elle a de singulier — ou du moins ce qui m'a frappé : pour une raison quelconque, *Blatta orientalis* a résisté à l'évolution, à moins que l'évolution ne l'ait oubliée. Quoi qu'il en soit, elle trottine à travers les temps immuable, primitive et nauséabonde, écrasée ou dévorée par les espèces supérieures. Et pourtant, de toutes les créatures de Dieu, c'est l'humble *Blatta orientalis* qui sera peut-être demain la plus adaptable. J'ai appris cela à *La Science et vous*, une émission de télévision qu'il m'arrive de regarder le dimanche après-midi. Et chaque fois que j'y repense, je sombre dans un état de légère stupéfaction.

L'animateur de cette émission est un petit homme souriant, biologiste de son métier, mais un peu comédien aussi. Il se plaît à émailler de blagues des sujets qu'on n'aurait pas normalement trouvés amusants. Debout en blouse blanche, stylo à bille et règle à calculer dépassant de sa poche, il me fait penser à ces médecins et ces dentistes qui ont trouvé comme tactique de vous raconter des histoires drôles pendant qu'ils vous enfoncent une aiguille dans le bras ou vous fraisent une dent. Une attitude de spécialistes qui pensent ainsi mettre le profane à l'aise. Tout en parlant de la *Blatta orientalis*, le biologiste secouait, pour que nous le voyions bien, le petit pot de verre où il avait enfermé l'insecte. *Vous voyez cette petite bête?* demandait-il avec le sourire satisfait de quelqu'un qui s'apprête à révéler quelque chose d'important. *Il s'agit d'une Blatta orientalis, une des créatures les plus anciennes et les plus résistantes de la planète. Je dis bien résistante... si jamais, nous les humains, étions assez stupides pour déclencher une guerre thermo-nucléaire* [petit sourire] *j'ai bien peur que ce ne soient pas les pauvres qui héritent de la terre.* [Longue pause et re-sourire.] *Non vraiment.* [Et secouant son pot de nouveau, en regardant l'insecte presque affectueuse-ment:] *C'est notre amie, Blatta orientalis, de l'ordre des orthoptères et, bien sûr, ses mille deux cents cousins. C'est du moins ce que croient la plupart des savants qui étudient les effets de la radioactivité sur le monde animal. Cela donne à penser, n'est-ce pas?*

Mais de penser à *Blatta orientalis* ne vaut pas mieux que de penser aux lundis et aux mercredis matin de janvier ou de mars. Une distraction, mais pas davantage. Si je pouvais seulement rester coi en attendant le party. Mais cela ne me vaut rien non plus, car je ne tarde pas à sombrer dans une rêverie où je m'échappe avec une audacieuse Gerta Bruner pour venir copuler, à l'écart des autres, dans mon bureau. Je la renverse sur ma table et je la prends comme un Goth d'antan. Non. Rêver à ce party est la pire chose à faire.

Et qui vient à mon secours, sinon madame Bruner elle-même, qui entre dans mon bureau avec une tasse de thé et un petit macaron ? Elle est de bonne humeur et comme beaucoup de femmes fortes le font quand elles sont heureuses, elle a le geste large, avec de généreux mouvements de croupe. Molly était comme cela dans notre chambre à coucher quand elle était gaie ; elle exagérait même ses ondulations de hanches de façon comique et un peu garce. Madame Bruner dépose le thé sur mon bureau et regarde le livre ouvert.

« J'apporte le thé de bonne heure aujourd'hui, monsieur Wakeham. »

« C'est très bien. »

Madame Bruner aimerait rester et bavarder un moment. Elle a terminé son travail et attend le coup de trois heures. Son bureau doit être net et propre comme un bloc opératoire. Et les autres vendeurs sont certainement occupés, car je suis la dernière personne à qui elle veut parler quand elle n'a rien à faire. Maintenant, elle sourit. Cela lui plaît d'être indulgente envers moi aujourd'hui, comme une grande sœur.

« Et comment va la tête ? »

« Beaucoup mieux, merci. Je vais m'en tirer ! »

La tête renversée en arrière, elle rit, d'un robuste gloussement teutonique. « Bien ! J'en suis heureuse. »

Nous décidons tous les deux, tacitement, d'être aimables et nous parlons des fêtes. Helmut et elle vont danser ce soir au German Club. C'est la danse de Tannenbaum. L'an dernier, ils ont gagné un prix de présence : une douzaine de bouteilles de Löwenbräu. Elle ne pense pas avoir autant de chance cette année, mais je lui dis que j'espère bien que oui, car la Löwenbräu est une excellente bière, la meilleure, en fait. Ce qui lui plaît incommensurablement, et nous nous quittons copains comme cochons.

Quand elle part, je décide de téléphoner à Molly, en espérant qu'elle sera rentrée de l'école. Elle ne m'a pas dit si elle allait retenir une table chez Martino où si elle voulait que je le fasse. Si nous nous présentons là sans avoir retenu et qu'on n'a pas de place pour nous, la soirée commencera bien mal. On décroche, et c'est la mère de Molly qui répond : je ne sais jamais comment m'adresser à elle. « Mildred » est trop familier et elle ne le tolérerait pas. Maman et toutes ses variantes : pas question. Je finis généralement par trouver le moyen d'éviter le problème en ne disant rien du tout. Sa voix craque comme un billet de banque neuf, en ce vendredi de décembre.

« Oui ? »

« Allô. »

« Oui ? »

« Je peux parler à Molly, s'il vous plaît ? »

« C'est vous, Wesley ? »

« Oui. »

« Molly est allée chercher Andrew à l'école. Y a-t-il un message ? »

Quand je lui parle, Mildred se hérisse comme un porc-épic.

« Euh… non. Je ne vois pas. C'est parfait. Je la

verrai ce soir. Merci quand même...»

Mildred raccroche sans un mot de plus. Et je fais ce que j'aurais dû faire en premier lieu : je téléphone chez Martino et je parle à un aimable signor qui me dit qu'on a déjà retenu une table aux noms de monsieur et madame Wakeham pour huit heures.

Chapitre quatre

Le vendredi après-midi est la meilleure partie du week-end, et les bureaux des Éditions Winchester sont remplis de gens qui sont joyeux comme des grillons. Je me mets complètement dans le coup. Je bois de la bière et j'écoute Ron Tuttle et Sydney Calhoun discuter calmement de la meilleure façon de faire mousser notre projecteur Télé Visor 40. Actuellement, nous donnons l'*Atlas d'Afrique orientale* en prime, et apparemment, ça ne marche pas tellement : les ventes ont été décevantes. Ron voudrait que nous annoncions un rabais pendant une période limitée pour augmenter le volume des commandes, alors que Sydney estime qu'un dépliant percutant, distribué dans les écoles, ferait mieux l'affaire. Comme d'habitude, j'abonde dans les deux sens mais n'en préfère aucun : les deux méthodes ont des avantages. J'ai quelquefois l'impression que mon vrai rôle dans la vie consiste à me promener un verre à la main, l'air aimable, et à rendre les gens heureux en étant d'accord avec eux. J'ai remarqué, toutefois, que mon opinion n'intéresse guère les gens à moins qu'elle ne concorde avec la leur, auquel cas ils l'accueillent avec de grands sourires d'amitié. Pendant la discussion, Harry Ingram apparaît entre Ron et moi et pose ses bras sur nos épaules. Il est rasé de frais et ses joues embaument les épices et le benjoin. S'appuyant lourdement sur ses bras, il avance une tête gominée dans notre cercle, comme s'il faisait partie du club.

« Bien, bien, bien… Si ce n'est pas le cœur de la maison! Comment ça va, les gars? »

Harry débite tout cela sans la moindre trace d'ironie. Il croit vraiment que nous sommes le cœur des Éditions Winchester. Il a déjà été vendeur. Il regarde tout le monde à la ronde.

« Dites, où est le grand Roger?… Hé, hé! Avec ces demoiselles, n'est-ce pas? »

Et c'est vrai. Roger MacCarthy, le visage congestionné et suant comme un débardeur, parle avec trois ou quatre filles du service des commandes. Entre deux grandes lampées de bière, il raconte des blagues et les fait rire.

« Et alors… qu'est-ce que vous pensez de la grosse nouvelle? » nous demande Harry, avec un sourire pour chacun. Nous pensons tous que cela promet beaucoup pour l'avenir et Harry redevient sérieux. Son visage se fait solennel et il enlève ses bras de nos épaules, pour mieux préciser sa pensée.

« Vous savez… c'est ce qui pouvait arriver de mieux aux Éditions Winchester et c'est vous, mes amis, qui allez en profiter le plus… saviez-vous que quatre-vingt pour cent des directeurs d'Universal sont d'anciens vendeurs? »

Harry parle sans élever la voix, nous forçant à nous rapprocher de lui. Serrés comme nous le sommes, on pourrait croire que nous nous racontons des histoires osées. Pour mieux faire valoir l'avantage d'être membre de la grande famille Universal, Harry énumère sur ses doigts toutes les bonnes choses qui vont nous arriver. À chacune, il déplie un doigt qu'il touche de l'index de l'autre main.

« Deux : en ce qui concerne le management, les possibilités sont infinies. Souvenez-vous qu'Universal est une affaire de taille mondiale. Vous pourriez même vous retrouver au soleil, dans un endroit comme Hawaii, par exemple... Trois : dans cette structure administrative, la sécurité est beaucoup plus grande... »

Au fur et à mesure que Harry parle, il m'apparaît deux choses. D'abord, il ne parle qu'à Ron et à moi. Sydney écoute lui aussi en hochant la tête, mais Harry s'est déjà fait dire que Sydney Calhoun ne figure pas dans les plans d'Universal. Deuxièmement, Harry est lui-même profondément secoué par tout cela. En fait, il a une frousse du diable. Il va bientôt continuer sa tournée pour rassurer les autres. Mais avant de partir, il passe son bras autour de mes épaules et me secoue vigoureusement.

« Hé ! Syd, où as-tu déniché ce gars-là ? » demande-t-il, impassible.

Sydney nous regarde, inquiet. « Déniché ? »

Après tant d'années, il ne s'est pas habitué à cette façon qu'a Harry de poser des questions à double tranchant, qui sont sa manière de faire des compliments.

Harry me secoue de nouveau. « Peu importe d'où il vient, j'aimerais bien que vous m'en trouviez trois pareils. Avez-vous vu la note de Cecil White ? Il semble que notre jeune ami nous a rapporté quelque chose d'extrêmement rentable. »

Le visage de melon de Sydney s'éclaire d'un rayon de soleil, un sourire plein de bonne volonté et d'une immense bienveillance. Je ne doute pas que Sydney donnerait sa vie pour moi en ce moment précis.

« En effet, Harry. J'en ai une photocopie. Ça me semble bon, non ? J'en parlais justement à Ron et à Roger, ce matin. C'est pour cela que nous les payons, non ? Ça fait partie de leur travail ! »

« Tout juste. »

Ron Tuttle regarde fixement le parquet avec l'air boudeur d'un homme auquel on ne fait pas attention. En cet instant même, il rumine les caprices de la justice cosmique et moi, je le comprends. Il semble que Harold Pendle va m'entraîner dans le sillage de son succès et Ron sait trop bien que je ne le mérite nullement.

« Eh bien ! je vous souhaite le meilleur des Noëls. Relaxez et amusez-vous bien. Syd, je te parie un lunch que tu prends dix livres ! »

Harry s'éloigne vers un autre groupe et les gens s'écartent avec respect pour l'accueillir. Il ne tarde pas à leur dire toutes les bonnes choses qui viennent...

Sydney et Ron se mettant à parler d'une campagne de printemps pour nos nouveaux manuels de géographie, je les prie de m'excuser. Charley Smith m'a fait signe, du coin de la pièce où il sirote seul sa bière en regardant à la ronde avec l'air renfrogné qu'il arbore en permanence. Charley est au début de la cinquantaine ; c'est un petit homme maigre au visage pointu, avec une grande bouche et des yeux bleus et durs. Il travaille à l'expédition, où je passe souvent pour me rendre à mon bureau et nous avons pris l'habitude d'échanger quelques mots. Un vendredi après-midi, devant une bière, à l'hôtel Union Arms, avenue Melinda, Charley m'a raconté sa vie.

Il semble qu'il soit venu d'Angleterre dans les

années trente, pour trouver du travail. La malchance l'a poursuivi jusqu'à la guerre, alors qu'il est retourné s'engager en Angleterre, laissant ici une femme et deux filles. Quand il revint au Canada, ce fut pour découvrir que sa femme s'était installée avec un autre et que ses filles ne le connaissaient pas. Il se mit à boire énormément et à errer de situation en situation. Il s'inscrivit successivement au Parti communiste et à l'Église de la Pentecôte, mais dans l'un et l'autre cas perdit la foi et partit déçu. Aujourd'hui, il passe le plus clair de son temps à boire de la bière et à régler le sort du monde à la taverne. Charley m'aime bien parce que je l'écoute volontiers dévider ses théories sur la façon de faire de la planète un lieu plus agréable.

Aujourd'hui, il rentre d'un repas copieusement arrosé de bière, à l'hôtel Union Arms, et il a le visage blême et marqué de colère. Malgré sa rage, il m'accueille assez chaleureusement.

« Bonjour, Wes. Comment vas-tu, mon garçon ? »

« Bonjour, Charley. Comment ça va ? »

Charley colle son visage au mien et chuchote d'une voix rauque : « Ces foutus merdeux vont nous faire chier, maintenant... Toi, avec ton instruction, ça ne devrait pas t'inquiéter... »

« Qu'est-ce que tu veux dire, Charley ? »

Il secoue la tête de dégoût, comme si ma stupidité imposait une épreuve de trop à sa patience.

« ...ces grosses légumes d'Universal... ahhhh je les vois venir comme en plein jour... Dans quelques semaines ils vont arriver avec leurs analystes merdeux... La première chose qu'on saura, ffffffft... des foutus ordinateurs partout... et Charley Smith sera dans la rue... comme pendant la Dépression... »

Il se frappe la poitrine du pouce. « Sauf que j'ai

207

cinquante-trois ans maintenant, mon jeune ami. Et qui, je vous le demande, est assez imbécile aujourd'hui, à notre époque, pour engager un type de cinquante-trois ans…?»

«Oh! Je ne pense pas, Charley. Pourquoi ne pas attendre? On verra bien. Il n'y aura peut-être pas tant de changements. Et de toutes façons, il y aura de la place pour vous.»

Ma réponse lance Charley dans la grande scène du mépris, qui est sa façon à lui de narguer l'innocence. Cela commence par un petit rire amer, après quoi il branle de nouveau le chef puis étend sur mon épaule une main sèche et grise. C'est alors qu'il décortique mes bêtises avec une telle rogne que les mots tombent de la phrase comme des fruits d'un arbre secoué par la tempête.

«… de la place pour moi», souffle-t-il, le regard furieux parcourant férocement toute la pièce. «C'est vraiment fort, fiston. Je ne fais partie d'aucun syndicat, moi. Oh! ils vont me trouver une place, pour ça… ils vont me mettre dans la rue! C'est là que je vais me retrouver… il y a beaucoup de place dans la rue…»

Je pivote lentement sur un pied et je regarde gravement les visages dans la pièce; je serre les mâchoires et je sens se durcir les muscles de mes joues. Les bras croisés sur la poitrine, tout mon poids portant sur une seule jambe, je puis tenir tête à Charley, avec la détermination d'un fermier frappé par la Dépression. C'est la seule chose à faire, car Charley file vraiment un mauvais coton.

«Merde de merde… C'est la même chose qui recommence. Les gros prennent la place et poussent les petits… La vie est mal faite…»

Il se tait, le temps d'une gorgée de bière qu'il avale la tête renversée en arrière. Tout le temps qu'elle descend, la gorge décharnée travaille dur.

« Quel âge as-tu, fiston ? »

« Trente ans. »

« Ahhhh, trente ans… Eh bien, écoute-moi. Quand j'avais trente ans, je risquais ma peau dans les forces armées de Sa Majesté… le Huitième en Afrique du Nord. Je ne le regrette pas. Je me disais que c'était mon devoir et je l'ai accompli… J'ai chassé les Boches dans le désert, oui monsieur, et j'en suis fier… Je répète, je n'ai aucun foutu regret… mais ça me fait quand même mal de les voir ici avec des situations comme ça, à faire chier les autres… Il y a vingt-cinq ans, ils couraient dans le désert comme une meute de chacals, tous tant qu'ils étaient, et aujourd'hui ils vivent comme des rois… »

J'ai déjà entendu tout cela. Charley est sur le point de déverser des injures sur les Allemands et les Italiens, particulièrement sur ces Allemands et ces Italiens qui ont immigré au Canada et qui ont maintenant de bonnes situations, des entreprises, de belles maisons avec des voitures bien lustrées devant la porte. Je lui demande s'il veut une autre bière, mais il secoue la tête et s'enfonce dans un silence profond et hargneux.

La fête prend sa vitesse de croisière et les gens commencent à parler plus fort pour se faire comprendre. Les jeunes sténos et les commis secouent leur timidité et échangent des plaisanteries avec leurs patrons. Roger MacCarthy est toujours entouré de filles, dont l'incomparable Shirley Pendergast, qui est juste à côté de lui. C'est la plus sexy de toutes. Juste de la zyeuter dans sa robe moulante et ses talons aiguilles suffit à vous mettre un homme en transes. C'est une femelle magnifique et je ne parviens pas à comprendre comment Roger peut supporter de rester aussi près d'elle. Il a desserré sa cravate et déboutonné son col de chemise. Il raconte une histoire pour laquelle il lui faut parler comme Donald Duck. Shirley se tord.

Rosemary Prewitt est accotée à un mur contre lequel elle se fait rebondir, en quelque sorte, en parlant à Tim, un rédacteur qui est le petit ami de Cecil White. Ils causent doucement. J'ai remarqué que les filles comme Rosemary ont souvent beaucoup de choses à dire aux hommes efféminés. À l'école et au collège, ce genre de filles était toujours attroupé autour de quelque fragile jeune homme qui parlait de Bertolt Brecht ou d'Eugène Ionesco. Aujourd'hui, ils parlent de design et de décoration. Tim vient d'emménager dans un nouvel appartement et l'idée de le décorer l'excite. Il porte une veste Mao jaune et un pantalon de matelot vert. Ses mains blanches et douces qui ondulent dans l'air me rappellent celles des jeunes coiffeurs langoureux des salons à la mode du centre-ville. Mais je le rends nerveux et il rougit jusqu'à la racine de ses longs cheveux blonds, bégayant et timide comme une jeune fille. Il parvient à peine à prononcer une phrase complète en ma présence, aussi je me retire avec un sourire, car je ne veux pas que les gens soient nerveux à cause de moi, même si, à bien y penser, j'aimerais mieux écouter Tim me parler de son appartement que d'endurer Charley Smith ou même — oui — dévorer des yeux le cul fabuleux de Shirley Pendergast.

La dernière fois que je l'ai aperçue, madame Bruner faisait à Dorothy Lovitt le récit de sa rencontre avec le Noir. Je l'ai entendue plusieurs fois la raconter. Il y a plusieurs semaines, en rentrant de ses cours du soir, madame Bruner s'est trouvée par hasard seule avec un Noir dans l'autobus. Cela se passait sur Junction Road, une route très sombre qui traverse la partie nord de Union Place, tout près de l'autoroute.

J'y suis passé plusieurs fois en voiture en me rendant visiter des écoles de la banlieue nord. La zone n'est pas complètement bâtie, bien qu'un nommé Lucas y construise une maison par jour. C'est en tout cas ce qu'affirme un grand panneau en bordure de Junction Road : « Sam Lucas, entrepreneur, le roi du confort, a construit une autre maison aujourd'hui ! » La plupart de ces maisons sont encore inhabitées et madame Bruner a raison : cette région boisée est sinistre dans l'obscurité. Peu de temps après que madame Bruner se fut assise, l'autobus s'arrêta de nouveau pour laisser monter un jeune Nègre très noir et très costaud (Je cite les mots même de madame Bruner.) Une fois monté, cet homme — l'auriez-vous cru ? — parcourut toute la longueur de l'autobus pour venir s'asseoir juste en face d'elle sur une des deux banquettes longitudinales. Et ce n'est pas tout ! Au coin de Junction Road et de Centennial Avenue, le chauffeur arrêta l'autobus et partit prendre un café dans un restaurant solitaire ouvert toute la nuit. Pendant son absence, madame Bruner ne leva pas le nez de son anthologie, mais elle sentait bien le type fixer lourdement ses belles jambes. Au bout d'un certain temps, il essaya même d'engager la conversation, mais madame Bruner resta les yeux collés sur son livre de littérature et ne dit pas un mot. Elle vous racontera qu'elle se mit à respirer mieux quand le chauffeur revint avec son café dans sa tasse en carton. Je suis à peut près certain que Dorothy Lovitt est la seule personne de notre partie de la bâtisse qui n'ait pas encore entendu le récit de la rencontre de madame Bruner et du Noir. Pour la bonne et simple raison que Madame Bruner et Dorothy Lovitt ne peuvent se sentir à trente pas quand elles n'ont pas bu.

Madame Bruner, en ce moment, n'est pas à jeun. Elle est à côté de moi et frappe légèrement le rebord de son verre sur ses dents. Quelque chose l'amuse et elle

211

m'observe avec un sourire légèrement moqueur à la commissure des lèvres. Le sherry lui a rosi le visage et l'a rendue d'humeur taquine. J'ai bien peur que ce soit à mon tour. Sa lèvre supérieure est humide, et légèrement ambrée. Une lourde odeur musquée l'enveloppe : je reconnais un parfum que Molly a déjà porté, Tabou ou quelque chose de ce genre. Madame Bruner vide son verre de sherry et me regarde droit dans les yeux comme une fille à matelots.

« On me dit que vous êtes un fameux séducteur, monsieur Wakeham ! »

« Absolument inexact. »

« Allez, allez ! C'est parfaitement vrai. J'ai entendu toutes sortes d'histoires sur votre compte. Vous avez toute une réputation, vous savez. »

« Des histoires ! En réalité, je vis comme un moine. »

« Ah ! Ah ! Ah ! monsieur Wakeham... »

« Ah ! Ah ! Ah ! si vous voulez, mais c'est vrai. Hélas. »

« C'est très vilain de me mentir comme cela. »

Elle se penche en avant, au mépris de la gravité...
« Allez, maintenant. Parlez-moi de toutes vos maîtresses... »

Roger MacCarthy lui a bourré la tête de sornettes à mon sujet et je ne puis que secouer la tête en souriant d'un air résigné — un de mes sourires les plus réussis, je crois. Madame Bruner décide de jouer les ingénues. Elle appuie son verre contre sa joue et sourit : une étrange grimace toute d'agacerie et de coquetterie exagérée. Le royaume des putains n'a jamais vu un sourire comparable à celui-là. Elle tient son verre par le pied et le secoue sous mon nez.

« Offririez-vous un autre verre à une dame,

monsieur Wakeham?»

«Mais bien sûr. Avec plaisir.»

Un bar a été installé d'un côté de la salle et les gens s'y pressent. Il y a trois rangées de personnes devant moi. Les types du service des expéditions se tiennent ensemble tout près du bar et se livrent à des jeux de vilains. Les plus jeunes aiment bien s'envoyer les cheveux en arrière ou se donner de grands coups de coude dans les côtes en regardant les filles circuler dans un bruissement de robes neuves et soyeuses. Charley Smith s'est coincé entre deux garçons qu'il gratifie d'une conférence. Le directeur des bureaux, Fred Curry, parcourt nerveusement les lieux du regard et jette de temps à autre un coup d'œil à sa montre. Il est inquiet de tout et de rien et ne relaxera que lorsque les équipes de nettoyage viendront tout ramasser.

Quand je reviens avec le verre de sherry, madame Bruner a disparu. J'ai la plus folle des intuitions. Rien de plus facile que de se glisser par le couloir jusqu'à mon petit bureau. Et la garce est bien là, appuyée, les mains derrière elle, sur mon bureau, et me sourit comme un gros chat de gouttière. Quand je lui tends son verre, elle en aspire une gorgée, puis le dépose sur le bureau et me darde lentement son index sur la poitrine, en un geste à la fois audacieux et familier. On pourrait nous prendre pour de vieux camarades de classe qui s'apprêtent à raviver une vieille querelle.

«Monsieur Wakeham, je crois que nous devrions avoir une petite causette.»

«Fort bien. De quoi allons-nous parler?»

«Je trouve que vous n'avez pas été très gentil avec moi.»

«Je n'ai certainement pas voulu...»

« Non. Vraiment pas gentil. Vous êtes un jeune homme très impoli par moments, et prétentieux. Je dois vous le dire… »

Elle m'observe avec attention. C'est bien elle de me sermonner de cette façon, mais elle ne me cherche pas vraiment querelle.

« Vos manières brusques m'ont souvent blessée… hier, par exemple… »

« Je suis désolé. »

« Vous savez, au début, je ne vous aimais pas beaucoup… et pendant très longtemps… »

« Ah ! vraiment ? »

« Oui. C'est vrai », dit-elle, en prenant son verre pour boire une gorgée.

« Mais j'en suis venue à me dire que sous cette… cette brusquerie et cette arrogance… vous êtes probablement un bon jeune homme malgré tout. »

« Je vous remercie. »

« Et je pense que nous devrions… prendre la résolution de mieux nous entendre… une résolution du Jour de l'An. »

« Excellente idée. »

« Et voilà… il faut boire à notre… »

Elle porte son verre à ma bouche et j'avale le liquide sucré et sirupeux comme un enfant.

« Et maintenant… » Elle ferme un œil et me jette le plus provocant des regards, un regard plein de malice et de désir à la fois… « maintenant, vous devez me donner mon baiser de Noël ! »

« Euhhh ! oui… »

Mais ce qu'elle veut, ce n'est pas que j'effleure sa joue de mes lèvres parfumées au sherry. Elle veut un gros baiser retentissant en plein sur la bouche. Et c'est ce que nous échangeons, un baiser brûlant, bouches entrouvertes, pleines de langues qui se cherchent et de respirations haletantes qui se mêlent. Nous nous retrouvons engagés dans une impétueuse étreinte, à nous fouiller la bouche comme des adolescents. Elle presse son long ventre contre le mien et je m'agrippe à son derrière corseté comme si ma vie en dépendait. Madame Bruner est en chaleur et je sens ses gros seins s'écraser contre ma poitrine. Mais elle doit être bardée de baleines car elle a la croupe ferme comme un bloc de granit et c'est en vain que mes doigts y cherchent une chair qui cède. Avec une ardeur féroce, nous nous dévorons interminablement, écrasés contre mon pupitre d'acier. La situation prend un tour stupéfiant. Mais quand finalement nous nous arrachons tous deux de l'étreinte, il est évident que madame Bruner est loin d'être stupéfaite. Elle a les idées beaucoup trop claires pour cela et ses yeux gris pâles sont un peu voilés mais le regard est direct et sceptique. Elle me semble même légèrement en colère.

«Et voilà… Qu'est-ce que vous en pensez?»

«C'est très bien», dis-je, et je me râcle la gorge. «Très bien. Vous êtes toute une femme.»

«Ha, ha!»

Nous nous tenons tous les deux à bout de bras, comme des amants qui se retrouvent après une longue absence.

«Vraiment, vous êtes toute une femme. Mais je crois que vous m'avez mal jugé. Venez…»

Je l'attire près de moi et je mets une main sur son sein. Elle sourit tristement et écarte ma main.

«Oh! non… ne nous laissons pas égarer, n'est-ce pas?»

215

« Pourquoi pas ? C'est ce que vous voulez… »

« Allons donc, monsieur Wakeham. Je ne suis pas comme vos petites maîtresses… Vous ne pouvez pas jouer avec moi comme ça… »

« Que voulez-vous dire ? »

« Que vous êtes sans doute un mauvais homme ! »

Elle tient ma tête entre ses mains et m'embrasse brutalement. Nos dents s'entrechoquent avec un claquement creux et elle écrase sa bouche contre la mienne. Madame Bruner n'est pas née de la dernière pluie et elle est probablement fougueuse et pleine de trucs au lit. Pauvre Helmut ! Dans une vision fugitive, j'imagine madame Bruner rentrant de la danse de Tannenbaum ce soir, gavée de schnaps et de Löwenbräu, qui enlève sa robe verte de Noël et défait les lacets de son armure, libérant de sa prison un corps doux et opulent, véritable festin de chair blanche et frémissante pour le réparateur de télévisions. Dans une bouffée de fièvre, je fourre ma main sous sa robe. J'y trouve du chaud et de l'humide mais gainé là aussi, hélas, d'une carapace osseuse. La bonne femme est aussi prenable qu'un homard. Elle arrache sa bouche de la mienne et me saisit le poignet d'une main ferme.

« Cela suffit, cela suffit maintenant… il faut vous contrôler un peu, monsieur Wakeham. Je vous en prie. »

Nous sommes tous deux essoufflés comme des sprinters.

« Vous n'avez pas à me prouver quel extraordinaire amant vous êtes. Ce n'est… pas nécessaire… » Elle allonge le bras, prend son sac et l'ouvre d'un geste sec et préremptoire qui semble chargé de menace. « Pas besoin de me tripoter comme un débardeur. »

« Je suis désolé. »

216

Debout devant moi, elle me surveille du coin de l'œil en refaisant son maquillage à petits coups précis, savourant son rôle d'Européenne qui en a vu d'autres. Et nous sommes là l'un devant l'autre à nous examiner quand un fracas survient dans le grand bureau. D'abord un cri, puis un craquement de chaise qui se brise.

«Seigneur! Qu'est-ce que c'est?»

«Je ne sais pas.»

La confusion semble totale — des douzaines de pieds ébranlent le plancher.

«Mais qu'est-ce qui se passe?»

«Je l'ignore, mais restons encore un instant.»

J'étends la main vers elle, mais elle m'esquive comme on fait dans le métro, et d'un geste précis laisse tomber son rouge à lèvres et son poudrier dans son sac.

«Allons voir ce qui se passe.»

Elle est rouge d'excitation et cueille le verre sur mon bureau d'un geste triomphal. Arborant un sourire éclatant, elle met son index sur ma bouche.

«Vous allez être très gentleman et ne jamais parler de cela à personne, n'est-ce pas?... Laissez-moi sortir d'abord. Donnez-moi trente secondes d'avance.»

Elle termine son sherry d'une seule lampée et se rend vivement à la porte qu'elle entrouvre de quelques centimètres. Elle jette un coup d'œil par l'ouverture, comme une espionne de cinéma, puis disparaît en refermant la porte sans bruit derrière elle: la plantureuse et belle hausfrau quitte la chambre d'hôtel du jeune lieutenant. Je fixe consciencieusement ma montre comme un commando, pendant que la trotteuse balaie les secondes une à une.

Debout au centre d'un groupe qui fait cercle autour de lui, Charley Smith jette sur les lieux des regards furieux. La lumière froide et tranchante de la haine brille dans ses yeux. Charley est l'être le plus vindicatif que je connaisse, et cela se voit. La violence l'a dégrisé et a laissé derrière elle une braise de rage qui lui brûle les entrailles, qui a même réduit ses viscères en cendres et consume silencieusement le reste de ce petit corps tendu, enflammant le visage et le cou. Même que je ne serais pas surpris de le voir s'embraser comme une chandelle romaine et monter comme une fusée sur un pilier de feu vengeur jusqu'à ce que son esprit agité soit enlevé sur les ailes puissantes du noir archange et qu'il ne reste plus de lui qu'un petit tas de cendres grises. Ci-gît en menue poussière Charley Smith, qui fut en son temps fort malveillant. *Requiescat in pace.*

Ce qui est certain, pour l'instant, c'est que pendant que je me livrais aux jeux de l'amour et que je m'agrippais au derrière de madame Bruner comme à une bouée de sauvetage, Charley Smith naviguait, lui, en eaux troubles sur sa lourde barge de griefs. Et pour tout salaire, il a reçu un direct dans les dents. Je devrais me rendre à ses côtés, lui servir un cataplasme d'humour bourru et lui chuchoter à l'oreille de se calmer. Je suis l'une des seules personnes ici présentes capables d'y arriver. Charley m'écouterait. J'ai de l'instruction mais je sais qu'il me trouve correct. Il serait heureux de me voir aller le trouver, poser ma main sur son épaule et l'inviter à boire une bière à l'hôtel Union Arms, en l'écoutant raconter sa vie à perte d'après-midi.

Dans une heure, Charley sera prêt de nouveau à errer dans son triste passé, à zigzaguer sur les chapeaux de roues dans les corridors de sa vie : étroites rues crasseuses du Londres de son enfance, grisaille houleuse et morne de l'Atlantique nord, en février 1932, béton glacé des cités canadiennes, toc scintillant du dancing où il rencontra, certain samedi soir, son épouse infidèle, brève et âpre grandeur de la guerre du désert (le beau temps, et de loin! ah, si on pouvait recommencer!). Tous les rêves fracassés, les pitoyables confessions d'un cœur à la fois furieux et chagrin, d'un homme de week-end.

Mais je ne me rends pas auprès de Charley. Je l'observe plutôt de loin, perdu dans l'assemblée comme un fugitif, en évitant soigneusement son regard. Pour dire vrai, j'aimerais mieux retourner dans mon bureau avec Gerda Bruner que de parler à Charley Smith. L'homme avec qui il s'est querellé est un nouveau, qui travaille aux Éditions Winchester pendant la période des Fêtes. C'est un grand type aux épaules tombantes, dans la trentaine avancée, l'oeil fuyant, blême comme s'il sortait de prison. Il emballe les livres derrière un long comptoir à l'expédition, vêtu d'une blouse, et parle et sourit la bouche de travers. Pour l'instant, il reste planté là, haussant les épaules, à regarder ses camarades de travail; la longue face grise est marquée d'un rien d'ironie. *Je me trouvais là. Je n'ai rien fait.* On dirait une victime d'un accident de voiture, le passager qui traîne sur les lieux du drame, malheureux d'attirer l'attention des spectateurs.

Fred Curry s'approche de Charley et lui parle. Fred est un petit homme mince et osseux qui porte des chemises rayées avec des élastiques aux manches, un honnête vieux pète-sec à la papa sur qui le style de la maison n'a guère déteint. En d'autres temps et d'autres lieux, il aurait pu être bedeau. Ses jours aux Éditions Winchester sont probablement comptés. Les jeunes New-Yorkais à la page qui vont atterrir ici le mois prochain décideront au premier coup d'oeil que Fred Curry est aussi désuet qu'une locomotive à vapeur. Ils s'arrangeront pour qu'il préfère partir. Pour l'instant, cependant, c'est lui qui dirige les opérations; il parle à Charley à voix basse et le guide jusqu'à la sortie. Inutile de chercher Harry Ingram. Il file sans doute déjà sur l'autoroute dans sa Buick Wildcat, sa ravissante et blonde épouse à ses côtés, s'inquiétant de l'avenir.

L'accrochage a jeté une ombre sur la fête et la plupart des gens en ont assez. Plusieurs ont déjà mis leur manteau et leur chapeau et échangent les voeux de circonstance. Debout devant une des grandes fenêtres qui donnent sur Britannia Road, Roger MacCarthy et moi regardons la pluie battre la chaussée. L'averse a fait fondre ce qu'il restait de neige et Union Place a pris une teinte de vieille ecchymose. La nuit va tomber avec la bruine sur les rues brunâtres. Roger sirote sa bière en regardant par la fenêtre, l'air maussade. Il a le masque lourd et morose de la déception, et commence à adopter son air de détective bougon. Roger aimerait faire durer la réception et tente, depuis une demi-heure, de convaincre quelques copains de l'accompagner au Capitaine. Mais tout le monde semble avoir quelque chose à faire, une dernière course ou des trucs de ce genre. Visiblement, Roger est de mauvaise humeur.

«Eh bien! Qu'en dis-tu, Wes?» demande-t-il, irrité. «Une couple de verres de plus ne nous feront pas mourir. Ça doit être fameux cet après-midi au Capitaine: les bureaux de la rue Melinda sont bourrés de poules qui se ramassent là le vendredi après-midi. On va y passer une petite heure? Qu'en dis-tu?»

«J'aimerais bien, Roger, vraiment. Mais ce soir, c'est impossible. Il faut que je passe me changer. Je dîne dehors...»

«D'accord... d'accord... c'était seulement une suggestion.» Il hausse les épaules avec affectation.

Par la fenêtre ruisselante, nous regardons Shirley Pendergast descendre bruyamment les marches de l'escalier central, perchée sur ses talons aiguilles, une canadienne jetée sur les épaules, et courir sous la pluie. Son voyou d'ami l'attend au volant d'une vieille décapotable Ford toute rouillée, cigarette au bec. Elle monte à ses côtés, se penche vers lui et lui plante un gros baiser sur la joue. Il n'enlève même pas sa cigarette. Seigneur, quel mec prétentieux ! Qu'est-ce qu'elle lui trouve ? Roger aimerait bien connaître la réponse à cette question. Moi aussi, d'ailleurs. La Ford démarre, laissant dans l'air humide et doux deux jets de fumée violette.

Quand je pars, il ne reste qu'une douzaine de personnes, par petits groupes éparpillés. Fred Curry va et vient, tout souriant, et en se frottant les mains comme avec un savon. Il est tout heureux de nous voir partir. Les deux barmans, en gilets blancs empesés, rangent les bouteilles vides dans des caisses avec des gestes vifs et exercés, et balaient avec de longs grattoirs de bois les miettes tombées sur la nappe. Ils semblent aimer leur travail et se parlent à mi-voix dans une langue étrangère que je ne puis identifier. Roger est en compagnie de madame Bruner, de Sydney Calhoun et d'une tranquille jeune fille du service de la publicité. Ils sont tout habillés, prêts à partir, et n'attendent que d'avoir fini leurs verres. Sydney me salue de la main.

« Repose-toi bien pendant les vacances, fiston, et transmets mes meilleurs vœux à ta famille. »

Les autres lèvent la tête. Madame Bruner sourit d'un air mystérieux. Elle m'a remis à ma place aujourd'hui. Enfoncé d'un cran ou deux. Roger grimace aimablement. Il semble avoir retrouvé sa bonne humeur et se réjouit déjà du week-end qui commence.

Comme je sors, il me crie : «J'espère que le Père Noël a quelque chose de spécial pour toi ce soir, Wes! Ho, ho, ho!»

«J'espère bien, oui. Au revoir. Joyeux Noël. Au revoir, tout le monde…»

Chapitre cinq

Je roule en Dart vers Union Terrace quand soudain j'ai l'impression très forte d'être retourné dans le passé : début des années quarante, pendant la guerre, dans le Middlesburgh d'antan. Cela survient à l'angle de Britannia Road et de la rue Prospect, où j'ai stoppé au feu rouge. Par le pare-brise, j'observe cinq adolescentes qui courent. Elles arrivent du high-school d'Union Place par la rue Prospect et traversent Britannia Road en courant, juste devant moi, la hanche raide et les pieds en dedans, leurs livres serrés sur la poitrine. Elles se dirigent vers le restaurant situé à côté du cinéma Pix. En les regardant, je me sens envahi de souvenirs obsédants, atteint par des éclats du passé. C'est une impression de déjà vu, mais aussi quelque chose d'autre, de plus profond et de plus fort. Je me sens possédé d'un sens aigu du moment et du lieu. Je semble capable de sentir, au-delà des ans, la texture même de l'époque : des filles du high-school en jupes écossaises et en gros chandails blancs, avec des petites chaussettes et des souliers de cuir brun et blanc. Il me passe par la tête de garer la voiture et de

223

les suivre dans le restaurant, pour leur demander si leur mère, dans le temps, n'a pas grandi à Middlesburgh, Ontario. Et tout cela au coin de Prospect et de Britannia Road, à cinq heures quinze, un après-midi d'hiver... le temps retrouvé, avec toute la présence, tout le réalisme d'un vieux magazine sépia. La tristesse de tout cela m'étouffe. Une spectaculaire attaque de nostalgie!

Chapitre six

Je serai en retard au rendez-vous avec Molly. Je suis parti pour le centre-ville bien en avance, mais j'avais compté sans un accident qui a paralysé l'autoroute. Au moment où je passe sur les lieux de l'accident, les policiers s'affairent près d'une Mustang bancroche que l'on remonte du bas du talus abrupt. La petite voiture de sport vacille en l'air au bout des câbles, ses élégantes tôles grises râpées par les cailloux et gondolées, le pare-brise marqué d'étoiles sur toute sa courbure. Quel gâchis ! Ce que les gens de l'assurance appellent une perte totale. À cause de cet accident et de la densité de la circulation, j'arrive chez Martino vingt bonnes minutes en retard. Au comptoir de cigarettes, je m'adresse au maître d'hôtel, un homme grand, avec des traits burinés et tombants. Il arbore un air grave et rappelle ces jeunes gens très dignes, tout en noir, qui ouvrent les portières des Cadillac aux funérailles d'Italiens dans le quartier ouest. Il m'écoute sans sourire et me conduit jusqu'à la table de Molly, à l'autre bout du restaurant bondé.

Je ne suis pas surpris que Molly ait choisi Martino

pour cette rencontre et cela me laisse espérer qu'elle n'est pas aussi sérieuse qu'elle le dit au sujet du divorce. Malgré la froideur et la dureté qu'elle fait mine d'afficher depuis quelque temps, Molly au fond est aussi sentimentale que son père. Si elle tenait de Mildred, nous aurions eu cette discussion à la cafétéria de Simpson's ou dans le bureau d'un avocat, Noël ou pas. Nous mangions souvent chez Martino jadis, Molly et moi, et le lieu évoque pour nous des souvenirs tendres. Pendant nos fréquentations et plusieurs mois après notre mariage, nous y sommes venus une fois ou deux par mois. J'y ai pris goût à la cuisine italienne; Molly, elle, était enceinte et devait surveiller son régime. Elle trouvait que l'atmosphère était romantique et aimait s'installer dans une des alcôves du fond et me regarder longuement, les coudes appuyés sur la nappe à carreaux rouges, ou fixer la flamme du bougeoir. Quand elle se mettait ainsi à regarder la flamme de la chandelle, cela me mettait l'estomac en boule. Cela signifiait inévitablement qu'elle allait parler de notre avenir.

À l'époque, Molly sortait tout droit de Victoria College. C'était une grande fille en bonne santé, fraîche et propre, avec l'air engageant de son père. L'été, je la regardais, la gorge sèche, bondir sur le tremplin au chalet de Bert, la peau bronzée, semée de taches de rousseur, les cuisses superbes. Quand elle plongeait, j'avais peine à me retenir. Chez Martino, elle s'asseyait devant moi et esquissait notre avenir à grands traits. En cela, elle me rappelait Karen Schuyler, bien qu'elle ait eu plus d'imagination, ce qui lui permettait d'inventer de charmants détails. Et je me retrouvais, d'un coup, père de famille, au bout de la table, à trancher le rosbif saignant pour mes nombreux enfants, leur passant les assiettes en fronçant les sourcils à leurs bêtises, le plus jeune directeur de toute l'histoire de la Boulder Corporation. Après le souper, je lirais aux enfants un chapitre d'*Alice au pays des merveilles*, avant de monter avec eux les border et les embrasser. Puis mon épouse et moi prendrions un café-cognac dans la bibliothèque avant de nous retirer de bonne heure pour faire l'amour avec imagination. Molly évoquait tout cela avec une froide détermination : pas la moindre trace d'émotion ou d'excitation. *Ces choses-là vont se réaliser, Wes. Il serait stupide de s'imaginer que c'est impossible.* Et à ces moments-là, je ne savais rien faire d'autre que de fourrer mes mains sous la table et de serrer ses beaux genoux de sportive.

En cinq ans, Molly n'a pas entièrement renoncé à ses rêves. Elle est toujours décidée à trouver le bonheur, quel qu'en soit le prix. Mais de vivre avec sa mère l'a rendue plus calculatrice. Mildred est une femme dure et sagace, capable d'enseigner beaucoup de tours à une fille comme Molly. Si elle n'avait pas passé son enfance à jouer sur les pelouses de St-Helen, Molly serait probablement devenue une femme rusée. Chaque fois qu'elle revenait vivre avec moi après une fugue dans la maison de la rue Brattle, elle était carrément hypocrite et adoptait pour me convaincre des méthodes de commerçant levantin. Cela durait quelques semaines, puis sa rouerie fondait à la faveur d'une crise et elle se remettait à pleurer et à jurer comme par le passé.

Mais en cinq ans, Molly a bien pris soin d'elle. Elle a plus d'allure que lorsque je l'ai épousée. Les parties de tennis et les week-ends de ski avec Ernestine Hough et leurs amies l'ont gardée mince. Et elle sait s'habiller. Elle a beaucoup de goût en matière de vêtements, et Bert a toujours veillé à ce qu'elle ait ce qui lui plaît. Quand nous avons emménagé, je n'en revenais pas de tous les vêtements qu'il me fallut transporter : des chemises de nuit, des robes de cocktail et du soir, des tenues d'intérieur, des pyjamas, des pantalons et des chandails, des vêtements de sport, des manteaux pour toutes les occasions, des coupe-vent pour toutes les saisons. Je fus absolument renversé de compter trente-deux boîtes de chaussures. Un jour, dans un rare élan de nettoyage, Molly décida de faire le tri de ses affaires et nous passâmes une soirée à emplir des cartons de vêtements usagés pour les nécessiteux et les malheureux. Le lendemain matin, deux employés de l'Armée du Salut se présentèrent. C'étaient de drôles d'oiseaux aux maigres traits fatigués. Ils partirent avec les caisses sans dire un mot. Molly se fâcha quand j'osai dire qu'il y avait certainement un chômeur de la rue Sackville qui serait fort étonné de rentrer à la maison, le soir même, et de trouver sa femme l'attendant en déshabillé de mousseline noire.

« Et pourquoi ces gens-là n'auraient-ils pas droit à un peu d'élégance eux aussi ? » m'avait-elle crié du fond de la salle de bains, où elle se brossait les dents. « Tu n'es qu'un sale snob, Wes. »

J'écoutais. Je l'entendis cracher vigoureusement dans le lavabo. Cela claqua sèchement comme une tape sur la joue.

Molly est belle à voir, assise à table, le long du mur. Elle a mis un tailleur gris très discret (idéal pour une négociation) avec un foulard cramoisi, comme une flamme à la gorge. Elle est allée chez le coiffeur ; ses cheveux sont remontés sur la nuque et coiffés en hauteur comme pour une grande sortie. Elle est tirée à quatre épingles et ferait tourner la tête de n'importe quel homme, ce soir. Mon oncle Fred, le mouton noir de la famille de ma mère, dirait qu'elle est « une sacrée poupée ». Au moment où j'arrive, elle fait une scène au garçon de table. Ou il l'a fait attendre ou bien le martini n'était pas assez sec, mais Molly croit nécessaire de le semoncer, en douceur remarquez bien, sur un ton qui n'est pas sans rappeler un personnage de John Galsworthy. Dans une situation comme celle-ci, elle se plaît à utiliser des conjugaisons et des expressions désuètes, comme « j'eusse aimé » ou « j'oserais dire », ou des adjectifs antédiluviens comme « lamentable » ou « atroce ». Molly est une fille pleine de bon sens, mais assise dans un restaurant ou faisant la queue devant un théâtre, elle se prend pour la reine d'Angleterre. Je me moquais gentiment de cette attitude de débutante qu'elle a envers les serviteurs ; je lui signalais que l'imposition des mains ne se pratique plus guère dans notre généreuse démocratie. Après tout, disais-je, le jardinier qui tond la pelouse de Bert tous les mercredis matin possède peut-être quelques actions de Gulf Canada lui aussi...

Le garçon de table est un grand diable à l'air méchant avec sa tignasse de cheveux cuivrés, mais qui semble finaud — il n'est pas dupe. Il écoute Molly, raide comme une statue, impassible, une serviette blanche impeccablement repliée sur le bras. Il est poli mais ne porte guère attention à ce qu'elle dit. Il s'en fiche. Il a gagné près de neuf mille cinq cents dollars l'an dernier et pense pouvoir acheter une Pontiac neuve le printemps prochain, et dans ce pays, en y pensant bien, un homme comme lui n'est pas obligé d'endurer tout ce baratin. Il part avec un léger hochement de tête et un sourire pincé, mais Molly inspecte déjà le menu, le sourcil froncé. Elle jette à peine un coup d'oeil quand le maître d'hôtel tire ma chaise avec une exquise révérence et s'assure que je suis confortablement assis. Je me dis que malgré la simplicité de son aspect extérieur, il a sans doute le caractère un peu baroque qui convient à l'emploi. Quand il part, Molly note ma présence d'un bref coup d'oeil. Elle met dans sa voix un soupçon d'ennui.

« Eh bien ! Wes, comment vas-tu ? »

« Très bien, Molly. Je suis désolé d'être en retard... Un accident sur l'autoroute. Tout le monde était bloqué... »

Elle balaie de nouveau le menu du regard. « Ne t'en fais pas... Je viens d'arriver moi aussi. »

Elle tend la main sans regarder, cueille son martini de ses doigts fins et le porte à ses lèvres d'un long geste gracieux. Le verre frôle le coin du menu. Molly a décidé de me punir de mon retard. Elle me réserve le bon vieux traitement du silence juqu'à ce que je me sente suffisamment marri. Si c'est comme ça, je prendrais bien un verre et je cherche de l'oeil l'acheteur de Pontiac neuves. Introuvable. Quand Molly se décide à refermer le menu, c'est pour planter ses deux coudes sur la table et, enfin, me regarder dans les yeux, en tenant son verre à deux mains.

« Eh bien ! tu n'as pas l'air de mourir de faim. Je vois qu'on ne s'est rien refusé. »

« C'est juste. Je suis très bien. »

« Tu as engraissé. »

« Une livre ou deux, peut-être, mais je me sens en forme. »

« Allons donc, Wes. » Elle rit. « Plus d'une livre ou deux, très certainement. Tu as le visage tout rond. »

« Pas du tout. »

« Mais c'est vrai, mon très cher mari. Tu épaissis. »

« Quels mots cruels pour un homme vaniteux. »

Elle sourit et dépose son verre, passe son doigt sur le rebord. Elle a les ongles écarlates. Ils brillent comme des grenats dans la lueur de la lampe.

« Alors, tu es toujours aux Éditions Winchester...

Ça fait quoi ? Près de quatre mois ? C'est sûrement un record. Fais attention, Wes, ou on finira par croire que tu es en train de te ranger... Et on n'a vraiment pas besoin de ça, non ? »

J'allume sa cigarette à la bougie, en protégeant la flamme de ma main. Elle veut que je lui parle de ma situation et que je lui dise si je me tire d'affaire. On dirait un directeur d'école avec un cancre : elle essaie de me deviner avant d'en venir à une décision.

« La maison a été vendue, tu sais... à Universal Electronics. »

« Les ordinateurs ? »

« Oui. »

La nouvelle lui fait légèrement tourner la tête de côté et faire la moue. Une attitude qu'elle tient de son père. Une façon de laisser croire qu'elle est très impressionnée malgré tout. Bert accompagne toujours ce tic d'une expression comme « Eh bien ! » ou « Ne me dites pas. »

« Le mari de Janet Corby travaille chez eux, je crois... à la comptabilité... »

« Est-ce vrai ? Et qui est Janet Corby ? »

Molly prend un air découragé. « Oh Wes ! ne joue pas... Tu sais fort bien qui est Janet Corby. » Elle prend une longue bouffée de sa cigarette. « Et où tout cela va-t-il conduire les petites Éditions Winchester ? »

« Bof, il y aura probablement des changements d'ici peu. Du moins j'imagine... »

« Mmm... mmm... et quelle sorte de changements ? »

« Probablement de nouveaux investissements. Universal va chercher à grossir. À diversifier aussi... plus de matériel audio-visuel... »

Molly s'appuie au dossier de sa chaise et croise mollement ses mains sur sa poitrine. Un autre de ses airs de belle d'antan. «Mais écoutez-moi cet homme...! Wes, tu parles comme un véritable homme d'affaires.»

«N'est-ce pas? Quelquefois, je me surprends moi-même.»

«Chéri, c'est moi que tu surprends...»

«Peu importe... Il y aura probablement aussi des changements de personnel. Je pense qu'il y a des gens qui vont se faire vider.»

«Comme qui?»

«Bien... probablement Sydney Calhoun, entre autres.»

Molly sourit sévèrement. «Ce ne sera pas une grande perte, non? Dieu ce que cet homme est vulgaire.»

«Oh! Syd est quelquefois un peu lourdaud, mais c'est un type bien.»

«Allons. Il est grossier comme un matelot. L'été dernier, il venait toujours au chalet en short. On voyait presque son support athlétique!»

«Oh, Molly...» Je ne puis m'empêcher de rire.

«... il suait, sentait mauvais, et souriait comme un idiot de village. Toujours à insister pour vous inviter à quelque stupide partie de croquet ou de badminton. Seigneur! l'été dernier, il a *découvert* le badminton!»

«C'est que Syd est un sportif...»

«Si seulement il ne se tenait pas si près, à nous souffler dans le nez...»

Très juste. Quand Sydney vous adresse la parole il croit nécessaire de coller son visage sur le vôtre et de vous parler dans l'oreille comme quelqu'un qui vous arrête dans la rue pour vous offrir des montres volées.

«Je ne parviens pas à croire qu'il soit compétent.»

«En fait, il est très compétent.»

«Et c'est pour cela que tu crois qu'on va le mettre à la porte?»

«Non... non, pas du tout... On va le mettre à la porte pour d'autres raisons. Parce qu'il ne cadre pas...»

«Et que va-t-il advenir de notre cher et insouciant mari?»

«C'est-à-dire moi, bien sûr.»

«Qui d'autre?»

Je prends une grande respiration, puis je me penche en avant, les bras étalés sur la table, coudes en dehors, comme un ivrogne qui va raconter sa vie.«Je te dirai, Molly, que je crois très honnêtement que mes actions sont en hausse en ce moment...»

Molly sourit, incrédule. «Bien sûr. Et qu'est-ce qui te fait croire cela?»

Elle prend son verre par la tige et le fait tourner lentement, comme un joaillier. «Qu'est-ce qui vous permet de croire, monsieur, qu'on ne vous flanquera pas dehors vous aussi?»

«Oh, je ne sais pas... une impression... je leur ai apporté ce manuscrit, tu sais, puis...»

«Oui. J'en ai entendu parler.»

Elle détourne la tête et examine nos voisins. Elle adore m'étonner.

«Et qui t'en a parlé?»

«Ton ami Calhoun a téléphoné à papa ce soir. Une attaque d'esprit des fêtes, je suppose. Il avait bu. Il

233

rampe devant papa comme tu sais... »

« Oui. »

« Alors ils ont parlé de toi. Calhoun pense que tu as un bel avenir. Il te trouve un peu paresseux, mais brillant... Et voilà. Qu'en penses-tu ? »

« Dieu bénisse cet excellent homme. »

« Il a parlé du livre à papa. »

« Mais le livre, c'est de la chance, tu comprends. Un camarade de classe... »

« Qu'est-ce que ça change ? Calhoun a marmonné quelque chose à propos du président et de toi. Que vous étiez bras-dessus bras-dessous... »

« Ah, oui. Harry et moi, on est copains... »

« Je ne comprends pas pourquoi tu te diminues toujours tellement. Pour l'amour du ciel, Wes ! Si tu fais ton travail correctement, pourquoi ne pas en être fier ? Pourquoi toujours te moquer de tout ? »

« Bien... »

« Je suppose que tu préférerais gratter la terre avec ton ami le jardinier japonais ? »

« Non. Mon ami le jardinier japonais est en Floride actuellement, mais il reviendra au printemps, gratter la terre comme tu dis... »

« Et tu iras le rejoindre ? » Molly me regarde fixement.

« Je ne sais pas. J'en doute. »

« Pourquoi ? » Une question sèche de commissaire de police.

« Parce que ce que je fais actuellement me satisfait assez... »

Molly détourne de nouveau la tête.

« Tu sais que j'ai passé un après-midi au bureau de

234

Bill Loomis, cette semaine?»

«Ah, oui? Et comment va le vieux Bill?»

Bill Loomis est célibataire, avocat et vieil ami de la famille. C'est un gros ourson d'homme qui pourrait passer pour le frère de Bert Sinclair tellement il lui ressemble. Quand je travaillais à la Boulder Corporation, j'ai entendu dire que c'était un des meilleurs notaires du Canada. On m'a aussi dit qu'il avait une certaine réputation au lit et qu'il avait séduit quelques-unes des veuves les plus riches du pays. Il lui arrivait de venir dîner chez les Sinclair le dimanche soir. Il nous racontait sous le sceau du secret les excentricités bouffonnes que certains présidents de sociétés et certains grands courtiers faisaient inclure dans leurs testaments. Il lui arrivait de recourir au jargon du métier en tranchant l'air de ses grandes mains où les boutons de manchette et les bagues d'onyx brillaient comme de gros yeux noirs. Nous ne nous aimions guère et il n'avait jamais approuvé ni ma présence ni mon mariage. «Il m'a carrément conseillé de divorcer et m'a promis de s'occuper de tout. Il dit que tu es un cas désespéré.»

«Et moi je pense qu'il n'est qu'un merdeux plein de prétention.»

«Oh, ne fais pas l'enfant. Bill n'agit que pour mon bien.»

«Et que pour regarder dans ton décolleté?»

«Tu es toujours aussi grossier, non...»

Le garçon de table nous regarde de haut, le visage empreint de sagesse canaille sous sa brillante tignasse. Une tête de bookmaker. Il me jauge, se demandant ce que je fais dans la vie et combien je gagne. J'ai remarqué que les chauffeurs de taxi et les garçons de table se flattent de leur habileté à évaluer les gens. Celui-ci passe des heures dans le couloir qui mène à la

235

cuisine à expliquer sa méthode à ses collègues plus jeunes. Il s'appelle Bruno, si je me fie au macaron de plastique qui orne son spencer écarlate. Je lui demande de nous apporter deux verres généreux. Pendant ce temps, Molly s'occupe à aligner couteaux, cuillères et fourchettes avec la dernière minutie. Nous l'observons un instant à l'œuvre, du regard discret que l'on jette en coulisse aux gens qui jouent aux échecs dans les parcs. Je sens qu'il se prépare quelque chose et je ne m'étonne pas de voir Molly croiser les mains devant elle et me regarder sévèrement. Quand elle parle enfin, la voix est grave et lourde d'émotion, mais elle a décidé de rester calme et d'éviter le genre de scène qui nous menait à la rupture.

« Wes, je veux savoir une chose. Es-tu vraiment intéressé à ce que nous restions tous les trois ensemble ? »

« Évidemment. »

« Tu veux que ce mariage dure ? »

« Oui. Tu le sais bien, Molly. »

« Ah ! je le sais ? Jésus ! »

Elle décroise les mains et s'installe sur ses coudes. « Tu m'excuseras, mais je ne comprends pas. Tu dis que tu tiens à ce mariage et pourtant, depuis cinq ans... »

Elle détourne le regard et s'attaque de nouveau aux couteaux et aux cuillères, les remettant chacun à sa place, lissant la nappe de la main. « Tu ne penses pas qu'il est temps de régler certaines questions ? »

« Probablement, oui. »

« Cette indolence, cette incurie... j'en ai marre. Et je suis sérieuse, Wes : j'en ai jusque-là et je ne l'accepte plus. Et tant pis si cela me donne l'air d'une chipie... »

« Tu ne dois pas trop attendre de moi, Molly. Je te

l'ai déjà dit. »

« Trop attendre ? »

Elle lève la tête et me regarde de travers. « Eh bien ! Drôle de façon de dire les choses. Est-ce trop attendre de toi que de te demander de garder un emploi plus de quelques mois ? »

« Non, ce n'est pas ce que je veux dire... je veux dire le succès, et tout ça... »

« Ah, bon ! Le succès et tout ça... je vois... » Elle se penche en avant et rit grassement, comme une vieille comédienne.

« Dieu ! ce que tu peux être poseur, Wes... le succès et tout ça... foutaise ! Je vais te le dire... notre brave jeune héros refuse d'être corrompu par le succès... la puissance et la gloire, ce n'est pas pour lui. Ça suffit, Wes. J'ai déjà entendu ça et trop souvent. Ça devient fatigant, ce petit jeu. »

Molly croit que ce qui m'empêche de réussir dans la vie, c'est ma farouche détermination. À ses yeux, je suis un idéaliste raté qui ne parvient pas à accepter la vie telle qu'elle est à notre époque. Et ce n'est pas vrai. Je n'ai rien contre le succès et je ne suis pas plus idéaliste raté que chasseur de têtes. La vérité c'est que je n'arrive pas parce que je suis incapable de m'appliquer à la même chose trois jours de suite, fasciné que je suis par la transe bizarre de la vie et l'invisible écoulement du temps.

« Mais ça va devoir changer, Wes ! »

« Changer ? » Je redresse la tête.

« Oui. D'abord, il va falloir nous trouver un nouvel appartement. »

« Mais j'ai un bail. »

« Un bail, ça se brise. Chez toi, c'est trop petit, tu

le sais. Nous aurons besoin d'au moins deux grandes chambres à coucher, ici au centre-ville, près de l'école. Je sais que tu es près de ton travail actuellement, mais aller m'enterrer dans ton désert de banlieue... je n'en serais pas capable! Nous allons chercher un appartement dans une vieille maison du centre-ville, dans une rue tranquille. Près de Craighleigh Gardens, peut-être, ou quelque chose du même genre. Papa est prêt à nous aider, le temps de nous installer. Il sait que l'école nous coûte cher. Écoute, Wes, ça peut marcher si tu le veux vraiment. Mais c'est vraiment notre dernière chance, j'espère que tu t'en rends compte? »

« Je m'en rends compte, Molly. »

« J'ai fait quelques projets. » Elle passe la pointe de l'ongle sur son verre d'eau. « Pour commencer, j'aimerais qu'Andrew soit externe. Nous le déposerions à l'école le matin et nous le reprendrions le soir. De cette façon, il aurait le jour les soins professionnels qu'il lui faut et profiterait des avantages de la vie familiale. J'en ai parlé au docteur Fortescue ; il semble trouver que l'idée est bonne, au moins pour un moment. On m'a conseillé d'essayer pendant deux ou trois mois. Deuxièmement, je veux me remettre à travailler. »

« Te penses-tu assez forte ? Qu'en dit le docteur Gault ? »

Molly allume nerveusement une autre cigarette, éteint l'allumette d'un coup de poignet sec et expulse un énorme nuage de fumée, la bouche en cul de poule.

« Je n'ai pas vu Gault depuis des semaines. J'ai tout laissé tomber. »

La fumée se condense au-dessus du verre de la lampe, fait vaciller la flamme, puis s'enroule dans l'air chaud et s'élève comme une spirale gris-bleu.

« Je ne crois plus à la psychanalyse, voilà. Toutes

ces bêtises sur les amies d'enfance et le pipi au lit… merde… je n'en crois plus un mot. C'est comme la foi. Quand tu la perds, tu la perds. N-i-ni fini et rien ne peut la ramener. De toutes façons, je dors beaucoup mieux maintenant. Je ne vois pas comment cela pourrait me faire du mal de travailler. En fait, je pense que cela me ferait beaucoup de bien. »

« Je le pense moi aussi… Et que ferais-tu ? »

« Eh bien… c'est drôle… »

Un moment, Molly se laisse aller. Tout est facile, comme autrefois. Comme avant notre mariage, quand nous nous donnions rendez-vous pour nous raconter notre journée. Mais elle se reprend. Molly veut que j'approuve ses projets, mais elle garde ses distances et l'avantage du terrain.

« Il y a quelque temps, j'ai rencontré un de mes anciens professeurs, Cyril Hamilton. C'était à la librairie Colonnade. On venait de le nommer directeur de son département et il cherchait une secrétaire. Il m'a demandé ce que je devenais et avant même que je m'en rende compte, il m'offrait le poste. Après tout, j'ai eu mon diplôme chez lui et j'en connais un bout là-dedans. En réalité, ce n'est pas un travail très difficile, mais il veut quelqu'un sur qui il peut compter et qui connaît un peu l'université. Alors… je vais commencer avec la rentrée, en janvier, et je dois dire que ça m'emballe. »

« Tu as raison d'être emballée, je pense. Ça me semble bien. »

« Tu trouves ? »

Elle me regarde à travers la fumée de sa cigarette, clignant des yeux, inquiète. « … ou est-ce encore une de tes réponses toutes faites… J'espère que non… »

La voici soudain agressive dans sa bonne hu-

239

meur. Ce déferlement de promesses est trop pour elle et sa nature profonde a besoin d'un exutoire. Elle écrase brutalement sa cigarette et se penche vers moi.

«Merde! Wes... je reprends confiance pour la première fois depuis des mois. Il y a enfin quelque chose qui marche. Tu as trouvé une bonne situation où au moins tu ne sembles pas t'ennuyer à mourir. Et je serais même prête à parier que...»

«Que quoi?»

Elle attaque les dernières braises de sa cigarette à petits coups de boîte d'allumette. «Oh... que... que tu travailles mieux que tu ne veux bien l'admettre.»

«Peut-être...»

«En tout cas, j'ai confiance. C'est tout.»

«Tant mieux, alors. Moi aussi... »

«Tu n'es pas obligé de le dire si tu ne le penses pas...»

«Mais je le pense.»

Notre dîner se déroule pour le mieux, je crois. Je commande une fiasque de chianti et j'implore les divinités fastes de veiller sur notre table. Je n'ai pas aussi bien mangé depuis longtemps et l'accordéoniste, qui joue des noëls de son pays, est en grande forme. Il faut le voir dans sa chemise de satin à manches bouffantes, largement ouverte sur la poitrine. Avec ses cheveux frisés et sa moustache cirée, on le prendrait pour l'homme qui annonce l'huile de maïs Gallo à la télévision. Bruno est de fort mauvaise humeur et nous inflige un air boudeur et des sourcils froncés. Je l'apprivoise, toutefois, avec des démonstrations de courtoisie qui frisent la servilité.

Tout en m'empiffrant de succulentes lasagnes, j'écoute Molly me parler de ses cours de yoga qui l'aident, m'assure-t-elle, à bien dormir. Tout cela est affaire de relaxation et très naturel, selon son maître, Rama Gupta. Molly est toute joyeuse de me dire ces choses, mais je ne puis m'empêcher d'éprouver un soupçon de tristesse. Cette histoire de yoga n'est qu'une autre des distractions auxquelles elle s'accroche et qui finissent toujours de la même façon. Un bon mardi de février, sans raison spéciale, elle va tout laisser tomber, comme elle a laissé tomber les cours de français, le folklore et le bénévolat pour les enfants retardés. Et les ennuis vont recommencer.

Mais ma Molly ce soir déborde de projets et il n'y a guère qu'à l'écouter, assis à cette table agréable, et à prendre ses mains dans les miennes. Ce qu'elle est belle dans son chic tailleur et sa coiffure longuement travaillée! En bonne épouse nord-américaine, elle se prépare déjà à inviter les Harry Ingram et tous mes collègues d'Universal. Et ce seront des dîners splendides! Je ne puis m'empêcher de penser que ce pauvre hère de Ron Tuttle, avec sa souris de bonne femme, n'a pas la moindre chance...

En sortant, Molly me serre la main comme si elle était amoureuse et me dit qu'elle est désolée de ce qui est arrivé à propos de la bouteille de l'Holocauste.

« Je savais que tu l'avais depuis longtemps, mais je n'avais aucune idée de la signification qu'elle avait pour toi. Je suis vraiment désolée, Wes. »

« Ce n'est rien. J'étais à bout de nerfs, ce jour-là. »

« Ce que nous avons pu rire, Ernie et moi. Et ça n'était pas drôle, non ? »

« Non. Mais c'est du passé. Il ne faut plus y penser. »

Nous sommes rendus dans le parc de stationnement, en face du restaurant, de l'autre côté de la rue. Je suis debout, appuyé des deux mains sur le toit de la voiture de Molly. De gros flocons de neige tombent et fondent sur ma nuque. La petite voiture tourne au ralenti en émettant un sourd ronronnement et l'air est plein de son odeur d'essence. Je regarde la main gantée de Molly qui pianote sur le volant gainé de noir.

« Tu ne viens pas prendre un dernier verre chez moi ? »

« Non, je ne peux pas. »

« Pourquoi ? »

« J'ai des gens à voir. »

« Tu as un party ? »

Elle cesse de tambouriner.

« Chez les Hough. Ils reçoivent toujours à Noël. Si je n'y vais pas, Ernestine ne me pardonnera jamais… Je ne ferai que passer boire un verre… regarde-moi… je ne suis pas habillée pour sortir… »

« Et si tu m'emmenais avec toi ? »

« Écoute, Wes, ne bousculons pas les choses… Jusqu'ici, la soirée a été parfaite… Allons-y mollo… »

« Si tu veux. Mais j'aurais aimé boire un autre verre avec toi. »

« Je sais, mais j'ai besoin de prendre les choses aisément cette fois. Pas tête première. Disons que pour un début, ça suffit… »

« D'accord. »

« Tu viens toujours dîner dimanche ? J'y compte beaucoup. Ne me déçois pas à la dernière minute. »

« Je serai là. »

« Viens vers quatre heures, nous aurons le temps de boire un verre. »

« D'accord. »

« Papa a décoré la maison pour les fêtes. Je pense

que tu seras content… Il faut que je parte. »

« Ne t'en fais pas, Molly. »

« Toi non plus. »

Elle démarre dans un crissement de pneus et la petite auto dévale la rampe du garage et se mêle au flot des voitures, les feux de freinage clignotant comme de gros yeux rouges dans la neige qui tombe.

Chapitre sept

La neige, quelques flocons à peine, cesse. La nuit est douce, les nuages bas. Le ciel de la ville brille d'une lumière blafarde et cuivrée comme dans les tableaux anciens représentant le Grand Incendie de Londres. L'air humide sent la suie et la moisissure. J'entends dégoutter la neige qui fond sur le balcon d'au-dessus. Quand le téléphone sonne, je suis convaincu que c'est Molly qui m'appelle de chez les Hough pour me demander d'aller la chercher dans une chambre du deuxième. Mais c'est Helen Corbett, la voix grinçante comme un vieux disque. Elle est mal à l'aise. En fait, nous sommes tous deux embarrassés et la conversation est difficile, pénible même. Nous conversons comme le feraient des inconnus dans l'autobus.

« Eh bien ! vous devez certainement avoir hâte d'être aux vacances... »

« Oui. J'ai hâte. Je sens que j'ai vraiment besoin de repos. »

« Je m'en doute... D'où m'appelez-vous, Helen ? »

« Oh ! de chez moi. En fait, j'allais partir. Ma valise est faite. Je vais à la maison ce soir. »

« À la maison ? »

« Oui. À Harrisville, chez mes parents. »

« Ah ! je vois… et vous partez ce soir ? »

« Oui. J'essaie de vous joindre depuis un bon moment. »

« J'ai dîné dehors. Je viens de rentrer. »

« J'espère… que vous dîniez avec votre femme ? »

« Oui. C'est cela. »

« J'en suis heureuse. Sincèrement. Je sais que ça ne me regarde pas, mais j'en suis contente. »

« Je vous remercie. »

« Wes… Je voudrais vous dire quelque chose. Je sais que ça semble idiot, mais j'étais incapable de partir avant de vous avoir parlé… Je suis assise près du téléphone depuis sept heures. »

« Ciel, qu'est-ce qui ne va pas ? »

« Oh ! rien vraiment… Je voulais seulement que vous sachiez qu'hier soir… je veux dire, ce qui est arrivé… »

« Qu'est-ce qui est arrivé ? »

« Eh bien ! vous savez… ce que j'ai fait… »

« Ah ! oui… cela. »

« Oui… cela… J'avais beaucoup bu. Eh bien ! je veux que vous sachiez que ça ne m'arrive pas tous les soirs… avec n'importe qui… »

« Mais j'en suis sûr, Helen. »

« Je ne sais pas ce que vous devez penser de moi. »

246

Une sirène retentit quelque part et je vois le flot des voitures s'immobiliser, en bas, à l'angle de Napier et Union, pour laisser passer un véhicule de secours. Ce que je pense d'elle? Oui.

«Écoutez, Helen... Je vais vous dire quelque chose et je veux que vous m'écoutiez attentivement. D'accord?»

«Oui.»

«Ce que vous avez fait hier soir...»

Une voiture de police jaune fonce vers l'ouest, gyrophare rougeoyant.

«... était un simple geste d'affection...»

La voiture de police traverse l'intersection comme une flèche enflammée et disparaît derrière les parois grises d'un immeuble d'habitation, mais le hurlement de la sirène continue de se répercuter sur les briques et le béton.

«... Et Dieu sait que la sincérité est rare aujourd'hui... Je ne veux pas que vous vous reprochiez quelque chose de sincère et de... de correct. Vous m'écoutez?»

Je me fais sévère comme un adjudant.

«Oui.»

«Et souvenez-vous bien de ceci, Helen, je vous en prie. Ce que nous avons fait la nuit dernière était quelque chose... de privé... entre vous et moi... Et maintenant, je vais vous dire ce que je veux que vous fassiez. Ça va?»

«Oui. Quoi?» Une petite voix d'enfant.

«Je veux que vous partiez pour Harrisville en vous disant... que je trouve que vous êtes quelqu'un de très bien.»

«Oh! merde, Wes... quelquefois je suis mêlée...

à propos de tout. »

« Je sais comment vous vous sentez, croyez-moi. »

Et subitement, je me sens recru de fatigue, engourdi, absolument écrasé de lassitude. J'ai les bras lourds comme des planches. La tête me tombe sur la poitrine. Helen me dit que je suis affectueux et compréhensif, mais que je suis également un homme marié. Elle ne veut pas se lancer dans des complications.

« Je crois qu'il vaut mieux ne pas nous revoir. »

Je reste silencieux, tenant le téléphone à deux mains.

« Je ne vous en veux pas. Je vous aime bien en tant qu'individu, mais je crois que ce serait vraiment mieux que nous ne nous voyions plus. »

Je dois faire un effort pour ouvrir la bouche. « Vous avez probablement raison, mais je veux quand même que vous vous souveniez de ce que je vous ai dit. »

« Je m'en souviendrai, Wes. Et merci. »

« De rien… »

« Je vous souhaite beaucoup de bonheur dans votre mariage. »

« Je vous remercie beaucoup. »

« Adieu, Wes. »

« Adieu, Helen. »

Il me faut toute ma volonté pour me rendre au fauteuil d'osier où je me laisse tomber avec un grand verre de whisky, le fond de la bouteille de l'Holocauste. Helen Corbett, en ce moment, traverse, pressée, le hall d'un immeuble appelé *Le Diplomate*. Elle a enveloppé son corps blafard en forme de bouteille dans un manteau de style Docteur Jivago, et porte de longues bottes. Elle prend l'ascenseur qui la conduit au garage souterrain et à sa petite Valiant trapue. Dans dix minutes, elle filera sur l'autoroute Macdonald-Cartier, en dodelinant de la tête au son de la radio. Papa et maman l'attendent en buvant un Sanka instantané. Ils croient qu'elle a eu une grande sortie avec un type extraordinaire. Jésus !

Je me mets au lit, les draps tirés sous le menton, et j'écoute la télévision de mon voisin : l'émission vient de New York. L'animateur et ses deux invités parlent des Noëls de leur enfance. L'un des deux est une actrice célèbre, genre sexy. Elle a connu son heure de gloire durant les années quarante, début cinquante. Puis elle a épousé un businessman du Nevada et a disparu du paysage. Elle est aujourd'hui l'héroïne d'une série comique où elle incarne l'épouse d'un businessman bon enfant mais stupide. Elle a grandi dans une petite ville du Wisconsin. Ils étaient huit enfants et son père était serre-frein dans les chemins de fer.

« Nous étions pauvres, vous pouvez me croire ! » Elle rit un peu au souvenir de cette pauvreté. « Quand je pense aux cadeaux que reçoivent mes enfants aujourd'hui ! À l'époque, avec un peu de chance, nous avions une paire de moufles de laine ou une bonne écharpe chaude. Et pourtant, vous savez, ce n'étaient pas vraiment les étrennes qui comptaient. C'était… je ne sais pas… une impression… le fait d'être tous ensemble et de se rendre à l'église le matin de Noël. Et le réveillon. Oh ! le réveillon ! »

La célèbre actrice décrit le repas de Noël, et son serre-frein de père qui récite le bénédicité avant d'entamer la dinde. Puis il y eut son premier Noël loin de la maison. Elle était à New York, jeune comédienne, sans amis et sans le sou. Elle se souvient d'avoir appelé ses parents, à leurs frais, la veille de Noël. C'était la première fois qu'elle entendait pleurer son père. Elle raconte tout cela d'une voix douce et agréable. L'animateur est un homme charmant, mais qui s'excite facilement. Et tout cela semble l'exciter. Il n'en revient pas de la beauté de tout cela.

« Tout était si simple et si beau, dans ce temps-là, n'est-ce pas ? » demande-t-il. « Si beau », enchaîne la célèbre actrice.

L'autre invité est un romancier célèbre. Pas aussi célèbre que l'actrice, mais pas non plus inconnu. Moi-même, j'ai lu un de ses romans il y a plusieurs années. Un best-seller racontant l'histoire d'un jeune homme déchiré entre le sacerdoce et la femme qu'il aime. Je ne puis me rappeler le parti qu'il prenait mais je me souviens fort bien du style « vivant » de l'auteur. Il savait vraiment décrire une scène et, en l'écoutant, je retrouve l'écrivain. Il a lui aussi été élevé, semble-t-il, dans une petite ville. En Nouvelle-Angleterre. Il se souvient de la messe de minuit, où on allait à pied sous la neige qui tombait doucement, des cloches et des cris de joie des fidèles. Tout cela excite encore une fois l'animateur qui ne cesse de l'interrompre pour s'exclamer : « Merveilleux ! Bill. Vraiment merveilleux. Et vous savez... je crois que ce dont nous parlons ici est à la fois merveilleux et triste. Et peut-être que vous tous qui nous écoutez et qui avez plus de trente ans comprenez ce que je veux dire. Parce que nous parlons d'une chose merveilleuse qui est en voie, je crois, de disparaître de notre vie en Amérique... »

Il est délirant. C'est trop pour lui et il ne sait plus trop comment s'en sortir. Je pense qu'il aimerait bien pleurer.

Quatrième partie

Chapitre un

Ce matin, je me suis réveillé dans un état d'exaltation violente. Je reconnais le symptôme : un sentiment d'imminence et d'expectative qui envahit mes samedis matins. Je me tiens sur mes gardes, comme un crabe dans des eaux inconnues, les antennes soupçonneuses. En des moments comme celui-ci, il faut s'attendre au désastre ou au moins à de très mauvaises nouvelles.

Après le vendredi après-midi, pourtant, le samedi matins. Je me tiens sur mes gardes, comme un crabe dans des eaux inconnues, les antennes soupçonneumeilleure tradition américaine des sondages d'opinion. Je l'ai lu sous la rubrique *Vie et loisirs*, dans *Newsweek*. À moins que ce ne soit *Time*. La rubrique *Vie et loisirs* me tient au courant de ce que pensent et font mes pareils en Amérique du Nord. Selon ce sondage récent, soixante-douze pour cent d'entre eux estiment que le plus beau moment de la semaine se situe entre neuf et onze heures le samedi matin. À l'inverse, quatre-vingt huit pour cent s'entendent pour désigner le dimanche soir entre onze heures et minuit comme le plus mauvais.

Dans mon exaltation, donc — remonté et ouvert à tout — je reste vigilant et je fais exactement ce qu'il faut faire d'habitude dans cet état. Je m'assois et je dresse la liste de ce que j'ai à faire. La liste de ce matin se présente comme suit :

1 — Déchirer les bouts de papier dans le pot de beurre d'arachides.

2 — Déjeuner. Ce qui me passera en premier par la tête.

3 — Téléphoner à mon frère Frank.

4 — Mettre de l'ordre dans l'appartement.

5 — Téléphoner à Harold Pendle.

6 — Achats de Noël.

Après avoir vidé le pot de beurre d'arachides dans la poubelle, j'avale une brioche fourrée au citron et je fais infuser du thé des Fournisseurs de Sa Majesté, dernier sachet d'une boîte de Earl Grey que Molly a laissée ici. Assis sur le bras du canapé, j'obéis à une impulsion et j'ouvre la télévision pour avoir un peu de compagnie. On montre la version filmée du *Conte de Noël* de Dickens. C'est le vieil Alistair Sims qui joue Scrooge : il vient de s'éveiller et se rend compte que c'est le matin de Noël, ce qui le jette, lui aussi, dans un état d'exaltation. Mais il n'a pas l'esprit à la prudence. Il se laisse totalement aller à l'hilarité et gambade dans sa chambre comme un détraqué, en agitant des bras décharnés. *Hourra ! Hé là-haut ! Ils ont réussi, bénis soient-ils. Ils ont réussi, et en une nuit seulement.* Il tombe à genoux et embrasse la colonne du lit. *Oh ! Jacob, cher Jacob. Oh ! spectres. Je jure. Je jure. Je serai désormais un homme meilleur, je le jure. Hourra ! Hé…*

Penché en avant, les doigts étendus sur mes

rotules, je regarde Scrooge courir dans les vieilles rues de Londres, appelant chacun, glissant une pièce de monnaie dans la main d'un aveugle, caressant la tête d'un gamin. Il est transfiguré. Un sentiment que je connais. Quand j'avais douze ans, un évangéliste du nom de Sunny Hill, de passage à Middlesburgh, m'avait moi aussi transfiguré un soir, au Hall évangélique. C'était un jeune homme costaud, un type du Sud avec des cheveux bruns frisés et le visage criblé par l'acné. Il avait été boxeur, ce qui n'avait pas manqué de m'impressionner grandement. Debout à l'avant du temple, il brandissait une Bible dans ma direction.

« Pour vivre, autrefois, criait-il avec un fort accent du Sud, je combattais des hommes. Ouais. Et j'ai péché plus que ma part, mes amis. Mais j'ai entendu l'appel de mon Sauveur et maintenant je m'intéresse uniquement à knock-outer le démon. Et pas avec ça ! » Il avait brandi deux poings gigantesques qu'il secouait en ma direction. « Non m'sieur. Avec ce livre-ci », cria-t-il, en brandissant de nouveau la Bible. Puis il avait souri. « Quoi qu'en y pensant bien, si ce vieux Satan s'excite, s'il veut bien s'avancer et se battre comme un homme, je ne serai pas fâché de lui donner quelques claques. » Il avait fait mine d'esquiver une droite invisible et laissé partir quelques jabs rapides. Quand le pianiste avait entamé « Jésus t'appelle », j'avais marché jusqu'à l'avant de la salle pour regarder le visage en chou-fleur de Sunny Hill. Je débordais de joie. Je me demande bien ce que fait ce type maintenant. Mais quoi qu'il en soit, pendant une semaine au moins, j'avais été semblable à ce converti de Scrooge, déambulant comme en extase, souriant à tout le monde, cherchant des façons d'être bon et serviable. Le malheur fut que tôt ou tard il me fallut bien redescendre sur la terre. Et aujourd'hui, en voyant le vieux Scrooge donner son argent à gauche et à droite, je ne puis m'empêcher de penser au jour où il redescendra sur terre et ne se sentira plus dans d'aussi bonnes dispositions. Toutes ces réflexions m'ont fait me pencher de plus en plus et je me retrouve le nez sur le téléviseur, les sourcils froncés, pianotant sur mes rotules. Le danger serait de perdre ma bonne humeur. Dans ces circonstances, mieux vaut éteindre l'appareil et téléphoner à Middlesburgh. C'est Kitty qui répond, hors d'haleine, accourant de quelque coin de la grande maison de mon père.

« Ohhh… Allô… »

« 'Jour Kitty. C'est Wes. »

« Wes ! » Elle est ravie. « Mon cher, comment vas-tu ? »

« Très bien, Kit. Et toi ? »

« Pourrait pas… aller mieux… Ohhh… laisse-moi reprendre mon souffle… J'étais dans la cave. »

Elle rit. Je l'imagine facilement, debout près du téléphone de la cuisine, les joues rouges, s'éventant avec une serviette de table.

« Eh bien ! ça fait plaisir de t'entendre. Tu viens ? »

« Eu… non. En fait, non… Je suis vraiment désolé. J'aurais dû vous appeler plus tôt… »

« Mais non, ça va. Mais où vas-tu ? Tu ne vas pas rester seul ? »

« Non. Non. Je serai avec Molly. Chez ses parents. »

« Mm mm… et comment va Molly ? » Elle dit cela très vite. Un petit obstacle à franchir.

« Elle va bien. Elle est vraiment de bonne humeur ces jours-ci. »

« Merveilleux. Et tu as l'air content toi aussi. »

« Eh bien, oui. Je me sens bien. »

« J'en suis ravie, Wes. Tu sais, tu nous inquiètes. Cela nous fera de la peine de ne pas te voir. Frank va être déçu. Nous serons tous déçus. Les enfants... »

« Tu sais... »

« Nous avons des cadeaux pour toi ici... »

« Oh ! Kit... »

« Je suppose que tu aimerais parler à Frank, mais tu viens de le rater. Il est au stade. C'est samedi matin, tu comprends, Donny a un match important. À les entendre, tous les matchs sont importants cette année, une question de vie ou de mort. »

Nous rions tous deux.

« Je sais que Frank sera très déçu de ne pas t'avoir parlé. »

Il y a de l'anxiété dans la voix de Kitty. Elle a toujours cru qu'il existait quelque chose de spécial entre Frank et moi. Quand elle nous voyait ensemble, Frank me serrant l'épaule et moi le taquinant, elle nous regardait attendrie, comme pour dire, avec l'air d'une vieille tante adorée : comme c'est merveilleux de vous voir tous les deux. Kitty était fille unique.

« J'aurais dû penser que Frank serait à la patinoire ce matin. C'est vraiment bête. Écoute... transmets-lui mes bons vœux de Noël, ainsi qu'aux enfants... »

« Bien sûr, Wes... mais quand viendras-tu nous voir ? »

« Oh... pendant l'année qui vient, certainement. Très bientôt. Je passerai tout le week-end. Molly aime skier, tu sais. »

« Ah, oui ? »

Kitty essaie de comprendre. Est-ce que Molly et moi nous nous serions remis ensemble ? Aurions-nous

257

décidé d'essayer une dernière fois? Tout cela est intrigant, mais elle est trop polie pour me poser des questions et je n'ai pas envie de fournir des explications.

« Bonne chance, Kit, et à très bientôt. »

« Je l'espère, Frank. Et merci d'avoir appelé. Je suis vraiment désolée que Frank ne soit pas là. »

« Mais tu n'y es pour rien. C'est ma faute. Je vous téléphonerai très bientôt. »

« D'accord, Wes. 'Jour. »

« Au revoir. »

Kitty s'apercevra, en raccrochant, qu'elle a oublié de demander des nouvelles d'Andrew. Et cela gâchera probablement toute sa journée.

Je fais le numéro de Harold Pendle, et c'est une de ses filles aux grandes jambes et aux longs cheveux qui me répond. Elle s'appelle Sheila et semble vive et raisonnable.

« Ma mère et mon père sont absents. Est-ce que je puis leur faire un message? »

Elle doit regarder le film à la télé elle aussi. J'entends le caquetage lointain de Scrooge qui terrorise le pauvre Bob Cratchit en lui annonçant une augmentation de salaire. Je tends l'oreille.

« Absents... je vois... »

« Ils sont au curling ce matin. »

« Bon... parfait. Je me demande, Sheila : auriez-vous l'obligeance de dire à votre père que monsieur Wakeham l'a appelé? »

Pendant la nuit, des rafales glacées venues de l'Arctique ont chassé la dépression atmosphérique et nettoyé le ciel dans tout le sud de l'Ontario. Le ciel est d'un bleu cru, l'air vivifiant, mais Union Place semble vulnérable, comme écorché, ce matin, avec ses longues rues grises qui s'étirent sous le soleil glacé. Dans le parking du centre commercial, les toits des voitures brillent d'un vif éclat métallique. De mon balcon, je regarde l'hélicoptère de la circulation s'enfoncer vers le sud-ouest, puis remonter comme une grosse libellule et glisser rapidement vers le nord au-dessus de la vallée et de l'autoroute. Ce qui me rappelle qu'il faut aller au garage pour faire vérifier la Dart. Mais pour l'instant, je préfère rester ici et regarder les deux hôtesses de CP Air sur le balcon d'un appartement voisin. Elles attachent une guirlande de lumières de Noël au garde-fou, avec la même assurance calculée et la même efficacité qu'elles mettent à servir soixante repas de poulet à vingt mille pieds au-dessus du sol. L'installation de ces lumières est supposée être un travail d'hommes, mais toutes femmes qu'elles soient, elles semblent savoir ce qu'elles font. Elles travaillent bien ensemble, démêlent les fils, vissent les petites ampoules colorées et sont belles à voir dans leurs jeans serrés et leurs blousons de daim.

Les hôtesses ont emménagé à Union Terrace une semaine environ après le départ de Molly. Elles ont loué un petit deux pièces à l'autre bout du couloir. Il y en a une qui me plaît bien : c'est une jolie petite femme chaleureuse, avec des cheveux châtains coupés court et des bras potelés, le type de fille à s'appeler Cathy ou Deb. J'ai fait sa connaissance. Cela s'est passé comme dans un de ces films qui se déroulent à New York : le type rencontre la fille dans l'ascenseur, elle est chargée de paquets et un des sacs est sur le point de céder. De toute évidence, elle est en peine et le type prend les paquets dans ses bons gros bras et les porte jusque chez elle. Elle fait du café, l'invite à rester pour en boire une tasse, et ils découvrent subitement qu'ils ont un

259

tas de choses en commun. C'est ce qui m'est arrivé, ou à peu près. J'ai aidé la petite hôtesse chargée de colis, que j'ai portés dans sa cuisinette et posés sur le comptoir de formica. Elle a enlevé la veste de son uniforme et arboré le plus chaud de ses sourires pendant que j'esquissais moi aussi le plus engageant des miens. Mais il était clair comme le jour qu'elle n'avait l'intention ni de faire du café ni de m'inviter à rester pour bavarder. Je suis reparti, utile et remercié, mais toujours étranger. Maintenant, quand nous nous rencontrons dans le hall ou à la buanderie, elle me dit bonjour et m'offre un beau sourire. Je connais des hommes qui interpréteraient ce genre de sourire comme une invitation à pousser les choses plus loin, mais moi je ne m'y trompe pas. Ma petite hôtesse m'offre les sourires qu'on réserve aux copains et aux grands frères. Elle s'est arrangée, en quelque sorte, pour me voir comme une simple connaissance, quelqu'un avec qui on est correct ou qu'on appelle en cas d'urgence.

Elle vient de m'apercevoir et me salue de la main, penchée sur le garde-fou comme un passager sur le bastingage d'un navire. Sa compagne est une blonde de taille moyenne, jolie, à l'air blasé. Elle tourne la tête dans ma direction elle aussi et son regard se pose sur un point situé quelque part derrière ma tête. Elle ne me voit pas vraiment, pas plus que le balcon sur lequel je me trouve — un visage de Nord-Américain parmi d'autres, agréable mais qui manque de caractère. Elle en a vus des milliers comme moi et il faut des traits inhabituels pour attirer son attention. Et voilà, ma petite hôtesse me fait un sourire chaleureux. Allô, semble-t-elle dire. Je souris moi aussi et je lui fais un petit signe de ma main à demi fermée à hauteur des épaules, les doigts pianotant sur un clavier imaginaire, à la façon d'Oliver Hardy.

Chapitre deux

Le Centre commercial est bondé aujourd'hui. Aux grands magasins Arcade, nous nous frôlons en glissant le long des comptoirs, examinant ceci et dédaignant cela. La fabuleuse abondance de tout cela ! J'en suis toujours ébloui, quoique je sois un bien piètre acheteur, susceptible d'errer dans les allées distraitement comme un touriste de derrière le rideau de fer.

Au rayon des bijoux, j'observe un homme d'âge moyen qui examine une montre-bracelet. C'est un type de belle apparence, en canadienne beige, coiffé d'un petit chapeau marrant à calotte haute, qui le rajeunit. La fumée de sa pipe est odorante et épicée ; elle me passe sous le nez et son riche parfum me dit silencieusement toute l'aménité du fumeur. Il garde sa pipe à la bouche en tirant de brèves bouffées d'un air méditatif, la tête penchée de côté pour examiner la montre sous toutes ses faces, puis enfile sa main dans le bracelet extensible pour en vérifier la tension — en consommateur réfléchi des biens qu'offre la vie. Le commis est un tout jeune homme, un étudiant sans doute qui travaille pendant les vacances. Il se penche au-dessus du comptoir vitré et s'appuie sur les coudes, puis tourne la tête pour m'observer, un ennui étudié peint sur son visage rose pomme. Son regard m'expédie un message. Un message qui dit : cette situation est temporaire ; en fait, je vais à l'université et je serai un jour conseiller en administration. Mais ce n'est pas le jeune commis qui m'intéresse. Ce qui me plairait vraiment, c'est de mettre ma main sur l'épaule du type bien et de lui demander s'il se rend compte qu'aucun empereur d'antan, qu'aucun prince de la Renaissance n'aurait pu imaginer un marché comme celui-ci. Et le cas échéant, de lui demander si cela ne le fait pas réfléchir. Évidemment, je n'en fais rien. Ce serait une bonne façon d'avoir maille à partir avec les autorités.

Au rayon des articles de sport, j'aperçois un visage familier. Nul autre que Bellamy le Bouc, le libidineux professeur de chimie, tout fringant dans une casquette de tweed, une écharpe et un veston à martingale. Avec des knickers, il pourrait aisément passer pour un golfeur britannique d'avant-guerre. Pour l'instant, il n'est que Bellamy, pêcheur d'expérience vérifiant le poids et la souplesse d'une canne pour la pêche à la mouche dont il fouette l'air d'un poignet souple. Il attend que le commis en ait fini avec un autre client et, comme beaucoup de gens quand ils sont seuls dans un lieu public, il s'efforce de ne pas paraître mal à l'aise. Il incarne donc la nonchalance, maniant sèchement la canne, l'air de quelqu'un qui ne s'en laisse pas imposer. Si j'allais me planter devant lui pour lui dire que ses basques sont en feu, il me regarderait de haut en disant : « Vraiment ? Que voulez-vous, c'est comme ça ! Ennuyeux, bien sûr. » Puis il tapoterait les flammes sans se presser. C'est une pose soigneusement mise au point et qu'il lui a probablement fallu des années pour perfectionner. Quand enfin le client part, Bellamy remet la canne dans le râtelier et donne son achat au commis. C'est un jeu de hockey sur table pour enfants. Pendant que le commis l'emballe, Bellamy prend une boîte de balles de tennis sur le comptoir et la secoue fermement, les sourcils froncés avec l'air de dire : voilà ce que j'appelle de bonnes balles de tennis. En quittant le comptoir, il y laisse traîner la main, tâtant distraitement la marchandise. Puis en sortant du rayon des sports, il coince solidement le jeu de hockey sous son bras et accélère, disparaissant rapidement dans la foule, de son petit pas de toupie.

Je fais mes emplettes de Noël aisément cette année. Une heure plus tard, je suis dehors dans le soleil froid, devant le magasin Woolworth, en train d'avaler une tablette de chocolat Mars. Entre mes jambes, il y a un grand sac blanc avec une tête de Père Noël recto et verso. Et dans le sac, un collier mexicain en pierre pour Molly, un ourson de peluche anglais pour Andrew (qui adore les oursons, en possède déjà plusieurs mais accepte toujours de faire de la place à un nouveau venu), un grand livre en couleurs intitulé *Nouveaux arrangements floraux*, offrande conciliatoire pour Mildred. Et pour Bert, une pipe de bruyère importée et une livre de tabac Bond Street. En tout soixante-seize dollars et quatorze cents taxe comprise, ce qui n'est pas payer cher la bonne entente par les temps qui courent.

Derrière mes lunettes de soleil, j'observe un couple âgé qui attend l'autobus. Qu'est-ce que je lis sur leur visage ? Ils sont à la retraite et habitent probablement Melody Court, une résidence de vieillards à l'angle de Trexflen et de Belvedere. Ils ont tous les deux de grands sacs à Père Noël comme le mien. Elle est grosse, informe, a le visage bouffi et les membres mous des arthritiques. Elle porte des verres sans monture et fixe les alentours avec mauvaise humeur. L'homme est maigre comme une houe, a les yeux bleus et des fanons sous le menton : amateur d'échecs et de politique, certainement, et inflexible dans ses opinions... quand il est loin d'elle. Je les ai vus il n'y a pas dix minutes au rayon de la papeterie. Elle cherchait une carte de vœux pour l'anniversaire de sa fille, faisant son choix avec une méfiance appuyée, retournant chaque carte de ses gros doigts boudinés pour lire les rimes en remuant les lèvres. Ils observent les environs sans dire un mot, sourcils froncés, d'un regard sévère de paysans. Deux parfaits étrangers ne s'occuperaient pas moins l'un de l'autre. Quand l'autobus arrive, elle monte la première et se laisse lourdement tomber sur le siège près de la fenêtre, son sac sur son giron. Lui place le sien entre ses pieds et s'assoit tout raide, le cou étiré comme un dindon, les bras croisés sur la poitrine. Comme l'autobus démarre, la femme se tourne vers la fenêtre pour jeter un dernier coup d'œil et je crois saisir ce que je vois sur son visage. Oui, cela ne fait pas de doute maintenant. C'est de la haine que je vois...

Chapitre trois

Je me suis arrêté devant le magasin de Brewer et j'écoute *Jingle Bells* qu'un haut-parleur crache sur le trottoir ; je regarde, au-delà du terrain de stationnement et de la rue, les hautes tours d'habitation. Union Terrace forme un grand rectangle blanc qui découpe le ciel géométriquement. En levant les yeux, je repère une des hôtesses qui sort sur son balcon en reconnaissance. C'est une habitude courante à toute heure chez les habitants de ces gratte-ciel. Certains, comme moi, ont même des télescopes.

Chapitre quatre

Les samedis après-midi ne sont pas si mal. Les miens sont généralement consacrés aux sports… à la télé. Il est vrai qu'en cette journée entre toutes, vous me trouverez paresseux comme un mari de comédie, sirotant ma bière dans un fauteuil d'osier en regardant des parties de golf aux Bermudes ou des matchs de football à Denver. Mais mon état d'esprit, en ce samedi après-midi, donne matière à réflexion. Je ne suis pas malheureux, mais mon exaltation s'est dissipée dans une torpeur qui défie la description. Ainsi affalé, je laisse passer les heures.

Aujourd'hui, je regarde un match de basket inter-collèges qui se déroule quelque part aux États-Unis. En Ohio, je crois. Les joueurs sont maigres et tout en jambes comme des guerriers zoulous. Ils courent d'un bout à l'autre du terrain en jetant chaque fois le ballon dans le panier. Le score a atteint un chiffre astronomique. Le match ne m'intéresse pas réellement et, à vrai dire, je ne le regarde que d'un œil, endormi au demeurant. L'autre œil parcourt le journal du samedi, où je m'intéresse toujours principalement aux bottes et aux parades du courrier des lecteurs. Un certain James J. Brown fulmine d'une colère indignée. On l'imagine aisément prenant la plume pour rédiger sa lettre, le visage rouge de colère.

Monsieur le rédacteur en chef,

J'aimerais bien savoir ce que monsieur Simon Blumenthal nous propose vraiment (Lettre du 19 décembre, Victimes de notre technologie). Monsieur Blumenthal veut-il vraiment revenir en arrière et nous faire vivre «la vie simple» de ce qu'il croit être l'âge d'or, libre des «chaînes du progrès»? Je lui suggère d'aller en Afrique du Sud, où j'ai vécu plusieurs années, et de visiter la hutte d'un Hottentot, pour voir ce qu'est vraiment la faim. Je pense qu'il sifflerait alors un autre air.

Monsieur Brown tient là un argument valable. Il vaut beaucoup mieux siroter une bière ici devant la télévision en regardant un match de basketball que de mourir de faim dans le Kalahari. D'autre part, il y a du vrai dans ce que dit monsieur Blumenthal des «chaînes du progrès». Tout cela est extrêmement difficile et je sais ce que ressentent ces messieurs. Il fut un temps où j'expédiais moi aussi des lettres aux journaux, de petits chefs-d'oeuvre de sarcasme et de polémique. La guerre durait des jours.

À l'écran, un jeune géant manipule le ballon comme s'il s'agissait d'une pêche et l'envoie tournoyer au-dessus du panier où il s'enfonce sans toucher le rebord. La foule délire et les majorettes, trois Blanches et deux Noires, se précipitent en bordure du terrain courant et bondissant, jolies petites choses en jupettes et en socquettes.

J'ouvre une autre bière et, allongé sur le canapé, je lis un entrefilet au sujet d'un vieil ami nommé Joel

Brewer. C'est bien son nom que je vois, sous la rubrique *Ce qu'ils font*. Il semble que Joel, sa femme Heather, et les parents de cette dernière, le docteur et madame Gordon Craig, passent les vacances de Noël aux Bahamas. Je suis certain que Molly aura lu ces lignes elle aussi et me suggérera de téléphoner à Joel dès la rentrée pour les inviter, Heather et lui, à passer prendre un verre un soir. Elle considérera probablement la mention de leur nom dans le journal comme un présage favorable. Enfin, les choses tombent bien en place. D'inviter les Brewer à prendre un verre constituera une étape dans le déroulement naturel de son programme de retour à la ligne de départ. Rien de plus facile que d'appeler Joel. Je sais qu'il sera ravi d'avoir de mes nouvelles, quoique nous ne nous soyons pas vus depuis bientôt trois ans.

Joel Brewer était témoin à mon mariage. Un jour que nous étions debout au bar du sous-sol de la fraternité Delta Epsilon comme deux gentlemen, il me dit que j'étais la personne la plus honnête qu'il eût jamais rencontrée et qu'il estimait avoir là une chance exceptionnelle. Inutile de dire que je lui rendis son compliment et que nous nous jurâmes une amitié éternelle. Nous formions un drôle de duo à l'université. Les parents de Joel étaient riches, et lui était un type extrêmement populaire, ce que certains appellent « un homme de poids » sur le campus. Le rôle lui convenait bien, il faut dire, avec sa beauté souriante et nonchalante et ce mélange d'arrogance et d'innocence que l'on trouve souvent chez les élèves des écoles privées. Quant à moi, j'étais le farceur de la classe, le spécialiste des mots cyniques lancés du fond de la salle de conférences. Une réputation douteuse, si l'on veut, mais que Joel enviait — à l'excès, ai-je toujours pensé. Il me trouvait un peu bizarre, je le sais, mais m'aimait bien et s'inquiétait beaucoup de moi. Il trouvait étrange, par exemple, que je n'aie pas d'autres vrais amis. Joel croyait qu'un homme doit avoir beaucoup d'amis et m'emmenait sans cesse à la fraternité Delta Epsilon où il me présentait des joueurs de football et de futurs avocats, d'immenses et chaleureux types qui buvaient des quantités terribles de bière et emmenaient les belles grandes filles de St-Helen aux parties du vendredi soir. Comme je n'avais jamais plus de dix mots à dire à ces gens, aucun ne se souvenait de moi le lendemain, et Joel devait recommencer les présentations.

Joel et moi nous nous perdîmes de vue après mon mariage. Nous nous sommes parlés pour la dernière fois il y a trois ans, dans la rue, au centre-ville, à l'heure du lunch. Je me souviens que nous étions tous les deux pressés, mais nous nous sommes retrouvés avec toute la terrible camaraderie de l'université, amis comme cochons. Il vendait des obligations pour son père courtier, et je plantais les graines de monsieur Kito. Mon travail ne lui revenait pas et il secouait la tête en souriant : « Dis donc, vieux. C'est fantastique. Qu'est-ce que tu prépares ? Tu écris un livre ou quelque chose de ce genre ? Tu en es bien capable. Tu étais un sacré type. J'ai toujours dit que tu étais un drôle de bougre. Mais écoute-moi, Christ. Je veux que tu me parles de cette affaire de jardinage. Toi et moi, il faut se voir bientôt. Demande à Molly de téléphoner à Heather. » Je répondis que je n'y manquerais pas et nous nous quittâmes en nous serrant la main une dernière fois comme de jeunes sénateurs romains.

Chapitre cinq

Il fait nuit quand je m'éveille, étendu sur le canapé, entouré des pages du journal du samedi. Le scintillement bleu de l'écran de télévision éclaire la pièce d'une lueur spectrale. On diffuse la messe de minuit d'une des églises du centre-ville. C'est l'évêque lui-même qui célèbre la messe : il est debout devant la masse des fidèles et balance gravement l'encensoir d'avant en arrière, enfumant l'air de bouffées d'encens. C'est un costaud, large d'épaules, massif comme un quartier de bœuf. La mitre lui serre les tempes comme un heaume et sa large poitrine tend la chasuble. Il a le bel air charnu d'un rotarien. La seule ombre au tableau, c'est que les réflecteurs de la télévision frappent directement ses épaisses lunettes et que ses yeux ne sont plus que d'extraordinaires trous brillants. Cela lui donne un air quelque peu sinistre et en l'observant ainsi, les yeux vitrifiés, affublé d'étonnants ornements, je ne puis m'empêcher de lui trouver quelque chose de primitif, quelque vestige de sorcellerie et de magie.

Molly a déjà pensé à se convertir au catholicisme.

271

Une autre de ses foucades. Elle s'était mise aux œuvres de Jacques Maritain et annotait des ouvrages aux titres admirables, comme *L'humanisme véritable* ou *De l'usage de la philosophie*. Mais je crois qu'au fond, c'est la liturgie qui l'attirait. Il faut admettre qu'agenouillé dans l'immense pénombre de la cathédrale St-Michael, où je l'accompagnais, il était vraiment difficile de résister à l'idée qu'il se passait sous nos yeux des choses importantes.

Appuyé sur le comptoir de formica de la kitchenette, j'avale le reste de la galantine en écoutant le chant des fidèles. Ces étranges sonorités médiévales remplissent la pièce. Que veulent donc ces gens prosternés le front dans les mains ? Pourquoi prient-ils dans cette ville canadienne, une nuit d'hiver, deux mille ans après la venue du Sauveur ? Espèrent-ils vraiment voir un jour l'aveuglante face de Dieu ? Ou cherchent-ils quelque état de grâce perpétuel, une intarissable réserve de bonheur introuvable ? Ou bien veulent-ils simplement un peu d'aide dans cette tâche solitaire qu'est la conduite de la vie ? Je ne sais que penser, mais il m'appert que j'ai plutôt mal conduit la mienne de vie. Cette songerie sur le mystère et le merveilleux n'a fait que déclencher un sauvage hurlement dans mon âme. Mon père avait probablement raison : il est beaucoup plus sensé de se soumettre et de se laisser engourdir par le passage du temps. Mais cette pensée m'inspire une sorte d'épouvante douceâtre, et je fais le numéro de Molly. Elle répond du ton péremptoire des oiseaux de nuit du téléphone, prêts à rabrouer qui se tromperait de numéro.

« Oui ? »

« Molly ?... c'est moi, Wes... »

« Wes ? » Sa surprise me fait sursauter. « Qu'est-ce qui ne va pas ? »

«Mais rien… Je vais très bien…»

«Tu sais quelle heure il est?»

Molly est contente de me parler mais ne manquera pas l'occasion de me réprimander un peu, de sa plus belle voix de téléphoniste. Il faut avouer qu'il est peut-être un peu tard pour les invitations…

«Tu nous a fait très peur.»

«Je suis désolé.»

«Tu sais ce qu'on s'imagine quand le téléphone sonne à cette heure de la nuit?»

«Oui.»

«Pourquoi n'as-tu pas téléphoné plus tôt? Je t'ai appelé.»

«Quand?»

«Vers huit heures. Andrew voulait te dire bonsoir. Oh, Wes! où étais-tu?»

«Je te demande pardon. Je m'étais endormi… cet après-midi, ici, sur le canapé.»

«Il y a un type qui t'a téléphoné. Juste avant le dîner.»

«Quel type?»

«Cet ami à toi. L'écrivain. Pendle?»

«Écrivain?»

«Oui. Apparemment, c'est Calhoun, ton patron, qui lui a donné ton numéro. Tu l'avais appelé et il a cherché à te rejoindre tout l'après-midi. Est-ce important?»

«Pas très.»

«Il demande si tu pourrais lui téléphoner demain.»

«Demain, c'est Noël…»

273

« Est-ce que je sais, moi ? Il semblait très correct. Il m'a dit beaucoup de bien de toi et a ajouté que tu l'avais grandement aidé. »

« Moi, je l'ai aidé ? C'est un imbécile. »

« Et voilà, Wes. Te voilà de nouveau cynique et blasé... »

« Tu as raison. »

En bas, dans Napier Avenue, un agent à motocyclette s'arrête devant la station de service Gulf déserte et range son engin dans l'ombre, derrière une palissade. Puis il s'en éloigne et vient se planter au bord de la rue. Son casque blanc est violemment éclairé par la grande enseigne ovale de Gulf. Il se met à faire signe aux automobilistes de se ranger, une torche électrique au poing. Il cherche sans doute des conducteurs en état d'ébriété. Je me frotte la nuque en tentant de me concentrer. Molly a bu quelques verres et semble de bonne humeur. Elle parle d'Andrew et de ce qu'ils ont regardé ensemble à la télévision ce soir.

« Casse-Noisette ? »

« Oui, imbécile. Casse-Noisette... Tchaïkovsky ! »

« Ah ! si. »

« Il a adoré cela, Wes. La musique et tous ces amusants animaux qui dansent. Nous avons eu beaucoup de plaisir. Il a regardé l'émission assis sur le divan près de papa, en riant et en frappant des mains. »

Je me cale sur l'appui de la fenêtre et j'observe le motard en bas. Il vient d'arrêter une petite voiture de sport aux lignes effilées et parle au conducteur, penché à la portière. Molly aurait aimé qu'il y ait de la neige. Pour Andrew. Moi aussi et, tout en l'écoutant, j'élabore un projet.

« Aimerais-tu venir à Middlesburgh avec moi

après-demain? Avec Andrew, bien sûr. Nous pourrions partir juste après le déjeuner et revenir pour le souper. J'ai parlé à Kitty et elle m'a dit qu'ils ont plein de neige là-bas.»

Molly réfléchit à ma proposition. Elle n'aime guère aller chez Frank et Kitty, mais d'autre part elle aimerait qu'Andrew voie la neige.

«Nous l'assoirons dans un des traîneaux des enfants et nous l'emmènerons au parc. Il y a quelques pentes. J'allais y jouer quand j'étais petit. Qu'en penses-tu?»

«D'accord», finit-elle par dire, rayonnante. «Ça me semble amusant.»

Sa décision prise, Molly dresse derechef le programme, fixe l'heure du départ et choisit les vêtements appropriés, s'informe du temps qu'il doit faire pour les deux prochains jours. Elle excelle à ce genre de détails, qu'elle adore d'ailleurs régler. Elle fera une excellente secrétaire au professeur Hamilton. Je réponds à ses questions et je regarde l'agent faire signe à la voiture de sport de repartir, d'un mouvement de sa lampe de poche. Et tout à coup, là, devant la fenêtre, pendant que je parle à ma femme, je la sens qui s'empare de moi, qui s'infiltre dans l'appartement et imprègne tout : la vieille neurasthénie, la déroutante tristesse habituelle de mon existence. Elle m'entoure comme un gaz, comme une contagion. La respiration même est une affliction qui requiert véritablement du courage. À cette heure d'une longue nuit, je ne trouve pour apaiser cette tristesse que la douce diversion de la chair. Contre toute espérance, retenant mon souffle, je demande à Molly de venir me retrouver.

«C'est à vingt minutes en taxi... ou préfères-tu que j'aille te rejoindre?»

«Wes, ça ne nous vaut rien de nous retrouver de

cette façon. Je te l'ai dit...»

« Oui, je sais », acquiesçai-je, lugubre.

« Merde ! Pourquoi avoir décidé d'attendre à demain ? Tu aurais pu tout autant venir ici ce soir. » Elle se tait, agacée, et réfléchit. Puis : « Aimerais-tu venir ce soir ? »

Je me vois à une heure du matin, à la porte de Bert, un sac de voyage d'Air Canada à la main...

« Non, Molly... je ne pense pas. »

« Mais tu aimerais que moi j'aille te rejoindre...»

« Non... non. Je pense que non. Tu as raison. Ce ne serait pas juste...»

« Je ne parle pas de justice, Wes... tu ne comprends pas ? »

« Oui, Molly. Je comprends. Mais de grâce, pas de sermon, Molly. Je n'ai pas le cœur à cela...»

« Écoute, chéri... j'aimerais vraiment me rendre chez toi. Vraiment. Mais je ne crois pas que cela arrange nos affaires de nous retrouver seulement pour faire l'amour. Il y a autre chose...»

Nos affaires. Merveilleux. Seulement pour faire l'amour. Excellent. L'agent fait entrer une longue voiture noire dans la station de service.

« Tu dis ? »

« Je sais que tu te sens seul, mais moi aussi. Ne complique pas les choses...»

« Je vais survivre, Molly. Et toi aussi. Nous allons survivre tous les deux...»

« Oh, ne sois pas si amer et écoute-moi une minute ! Pourquoi ne viens-tu pas déjeuner demain matin ? Nous allons t'attendre pour déballer les cadeaux. » L'idée l'excite. « Voilà. Pourquoi n'y ai-je pas pensé avant ? »

« D'accord. »

« Tu vas venir ? »

« Oui. »

« Parfait. Je te ferai une omelette et du café et nous regarderons Andrew ouvrir ses cadeaux. »

« Excellent. »

« Je t'en prie, chéri, déride-toi. C'est Noël et nous avons tellement de choses... »

« Je me sens mieux, Molly... vraiment. Je me suis ressaisi, littéralement... »

Son rire est délicieux à entendre. Je sais que je l'aime quand elle rit de cette façon.

« Tu es abominable... Verse-toi un grand verre et va te coucher. Nous nous verrons demain à neuf heures. »

« À demain. »

« Bonne nuit, chéri, et Joyeux Noël. »

« Joyeux Noël, Molly. »

L'évêque a enlevé sa mitre pour monter en chaire. La lumière semble hérisser ses cheveux gris coupés en brosse. Il mord dans les mots d'une mâchoire puissante et les muscles de ses joues remuent comme les bielles de quelque machine perfectionnée. Il a les dents blanches et bien alignées, très certainement vierges de toute carie. On devine l'homme qui croit aux bienfaits de l'usage du fil dentaire après chaque repas.

Il parle de façon saccadée, d'une voix exigeante et accusatrice, parfaitement adaptée aux remontrances et aux admonestations : une voix d'entraîneur de football qui pérore à la mi-temps. On peut dire, seulement à voir l'homme, que l'ironie du sort ne l'a jamais atteint. Il appert qu'il est las du pessimisme et du désespoir du monde. Il est temps de reprendre courage et de retrouver dans le cœur de l'homme des raisons d'espérer. Il défend ses idées à bout de bras, comme un aumônier militaire. Ce genre de discours m'énerve : je ne sais pas par quel bout les prendre. Il est facile de faire des phrases avec l'espoir à retrouver dans le cœur de l'homme, mais ce que cela signifie exactement, je me le demande. S'il disait plutôt ceci : efforçons-nous de rester éveillés demain, de mettre précautionneusement un pied devant l'autre, de façon à ne pas trébucher et à ne pas nous étaler par terre, je crois que je saurais ce qu'il veut dire et j'apporterais même ma petite part d'applaudissements. Je n'ai pas d'autre choix que de tourner le bouton. Exit l'évêque.

Sur le balcon, l'humidité froide du béton traverse la semelle de mes mocassins Sisman. À cette heure de la nuit, le Centre commercial a l'air sinistre. Une sorte de mélancolie semble s'accrocher à la devanture des boutiques et aux lumières de Noël qui clignotent solennellement au-dessus du terrain de stationnement. Sur le toit du magasin Arcade, le Père Noël conduit toujours son attelage spectral. Derrière moi, dans l'obscurité, j'entends grésiller faiblement les lampes de la télévision qui refroidissent.

Là haut, le ciel scintille d'étoiles. Les nuits comme celles-ci, j'avais l'habitude de sortir mon télescope et de viser un point situé au bout d'une ligne imaginaire passant par les deux dernières étoiles de la Grande Ourse. Je déterminais ainsi la position de l'étoile polaire, cette très ancienne lueur tutélaire d'autres marins aussi solitaires que moi et qui suivaient le même chemin. Peut-être une nuit comme celle-ci, au cours de l'année qui va commencer, prendrai-je ma lunette et regarderai-je de nouveau l'étoile polaire. Pour l'instant, je me contente de lever les yeux au zénith et d'attester de toute cette lumière, venue de ses fulgurantes origines, à travers l'immensité de l'espace et du temps, frapper avec une totale indifférence la rétine de mes yeux. De contempler cette admirable lumière et d'attendre le sommeil en tentant de me souvenir de ce que j'étais censé faire.

Achevé d'imprimer
en février mil neuf cent soixante-dix-huit
sur les presses de l'Imprimerie Gagné Ltée
Saint-Justin - Montréal.
Imprimé au Canada